6 10 소설 6월10일 **시대적 배경**

박종철 고문치사 사건은 왜?

1980년 광주에서 시민들을 학살한 전두환 정권의 민주화 운동에 대한 탄압이 극도로 치닫던 시기 경찰은 '민주화추진 위원회 사건' 수배자인 박종운을 잡기 위해 서울대학 후배인 박종철을 불법으로 연행한다. 박종철은 남영동에 위치한 치안본부 대공분실 조사실에서 물고문을 받던 도중 1987년 1월 14일 사망한다.

전두환의 4.13 호헌조치는 왜?

차기 대통령을 국민들이 직접 뽑겠다는 직선제 개헌 논의가 확산되는 가운데 1987년 1월 14일에 서울대생 박종철이 남영동 대공분실에서 경찰에 의해 물고문으로 사망한다. 이에 국민들의 전두환 정권에 대한 분노가 점점 끓어오르자 전두환은 1987년 4월 13일 '서울 올림픽이라는 국가대사를 성공적으로 치르기 위해 국력을 낭비하는 소모적인 개헌논의를 하지 않겠다'고 호헌을 선언한다.

6월 항쟁의 시작은?

전두환이 1987년 4월 13일에 '직선제 개헌을 수용하지 않겠다'고 발표한 가운데 남영동 대공분실에서 서울대생 박종철이 수사 도중 책상을 '탁'하고 치자 '억'하고 죽었다는 공안 경찰의 은폐 조작 사실이 밝혀지면서 대학생들은 동맹휴업에 들어간다. 그리고 '박종철 고문살인 조작 은폐규탄 및 호헌철폐 국민대회'가 1987년 6월 10일에 전국적으로 개최된다.

이한열 사망으로.

1987년 6월 10일에 열릴 '박종철 고문살인 규탄 시위' 국민대회에 참여하기 위해 연세대학교 학생들이 교내에서 시위를 벌이던 중 경찰이 쏜 최루탄에 맞아 이한열이 사망한다. 이에 전국 22개 주요 도시에서 150만명이 넘는 학생, 시민 등이 '전두환 정권 타도' 투쟁에 동참한다.

6.29 직선제 수용하다.

1987년 4월 13일 '직선제 개헌을 수용하지 않겠다'든 전두환 정권은 민주주의 쟁취를 위해 전국에서 들불처럼 일어난 민중시위에 겁을 먹고 1987년 6월 29일에 '직선제 개헌과 제반 민주화를 위한 조치시행'을 약속하는 '6.29선언'을 발표한다.

6₁₀ 소설 6월10일

6
소설 6월10일
10

6 10

소설 6월10일

초판 1쇄 인쇄 | 2017년 11월 27일
초판 1쇄 발행 | 2017년 12월 1일

지은이 | 김형진
감　수 | 김찬휘
발행인 | 김태영
발행처 | 도서출판 씽크스마트
주　소 | 서울특별시 마포구 토정로2 22(신수동) 한국출판콘텐츠센터 401호
전　화 | 02-323-5609·070-8836-8837
팩　스 | 02-337-5608

ISBN 978-89-6529-174-9

• 잘못된 책은 구입한 서점에서 바꿔 드립니다.
• 이 책의 내용, 디자인, 이미지, 사진, 편집구성 등을 전체 또는 일부분이라도 사용할 때에는 저자와 발행처 양쪽의 서면으로 된 동의서가 필요합니다.
• 도서출판 〈사이다〉는 사람의 가치를 밝히며 서로가 서로의 삶을 세워주는 세상을 만드는 데 기여하고자 출범한, 인문학 자기계발 브랜드 '사람과 사람을 이어주는 다리'의 줄임말이며, 씽크스마트 임프린트입니다.

• 원고 | kty0651@hanmail.net

이 도서의 국립중앙도서관 출판예정도서목록(CIP)은 서지정보유통지원시스템 홈페이지(http://seoji.nl.go.kr)와 국가자료공동목록시스템 (http://www.nl.go.kr/kolisnet)에서 이용하실 수 있습니다.(CIP제어번호: CIP2017029028)

씽크스마트 • 더 큰 세상으로 통하는 길
도서출판 사이다 • 사람과 사람을 이어주는 다리

민주주의가 압살당하던 시대,
한 시대와 함께 사라지는 것에 기꺼이 동의한
박종철, 김세진 열사에게 이 이야기를 바친다.

1980년대 학생운동권 은어 중에 '택'이라고 있다. '택'은 전술을 의미하는 영어 단어 Tactics(택틱스)에서 나온 말인데, 시위 주동자가 가두시위 전술 짜는 것을 '택을 짠다'고 했다. 시위 전술 '택'에 따라 화염병, 각목으로 무장한 학생 시위대는 거리에서 전투경찰과 충돌했다.

'소설 6월 10일'은 1980년대 시위전술 '택'을 잘 짜는 학생운동세력 리더와 시위 진압에 탁월한 능력을 발휘하는 전투경찰 소대장의 '창과 방패'같은 이야기다. 누군가 하나는 쓰러져야 하는 모순된 한국 사회에서 둘은 고등학교 동창이기도 하다.

6월 10일은 1987년 6월 항쟁이 본격적으로 시작된 날이다. 학생운동 세력은 노동자, 도시빈민들과 연대하여 전두환 파쇼정권과 싸웠는데 소설 속에 등장하는 시위 주동자들의 한결같은 고민은 '가족'이다. 특히 시위 주동자들은 자신의 구속으로 인해 슬퍼할 어머니 생각에 눈물을 흘린다. 그러고 보면 전두환은 단군 이래 최대의 가정파괴범이다.

1987년 대통령 선거에서 나는 민중 후보 백기완을 지지했는데 어느 날 어머니가 내게 슬쩍 물었다.

"누구를 찍으면 되겠니?"

경상도 출신의 아버지는 당연히 노태우에게 투표를 한다고 했다. 아버지를 설득하는 건 애당초 포기하고 경상도에서 태어난 어머니에게 '백기완' 후보를 찍으라고 했다. 그리고 백기완이 누군지도 모르는 어머니가 투표를 마치고 내게 불안한 눈빛으로 물었다.

"우리 동네(강남구)에서 백기완 두 표 나오면 우리란 걸 눈치 채지 않을까?"

좌우익 해방공간과 6.25 전쟁을 거쳐 이승만, 박정희, 전두환으로 이어지는 공포의 시대를 살아온 어머니는 학생운동을 하는 아들에게 닥쳐올 일을 본능적으로 알고 있다. 그렇기 때문에 아들의 언행에 무조건 동의하는 것이다.

우리 사회는 땀 흘려 일하는 민중 덕분에 유지되고 있는데 민중은 늘 소외당한다. 소설에 등장하는 학생운동 세력들은 구속뿐만 아니라 죽음까지 불사하며 민중이 주인 되는 사회를 만들고자 했다. 자유주의자들의 집권을 위해 민중이 더 이상 피를 흘려서는 안 되는데 그 잔인한 역사는 현재까지 반복되고 있다.

『소설 6월10일』은 내 친구 김찬휘가 감수를 해줬고 이현숙에게 사진 자료 도움을 받았다. 소설에서 주인공 이정훈이 가족들과 이야기 나누는 상황은 서울대학교 학보에 실린 박용규의 시(詩) '벼 베는 날'(1985.10. 8)에서 모티브를 가져왔다.

내 어머니가 내게 동의한 것처럼, 민주주의가 압살당하던 시대, 그 시대와 함께 사라지는 것에 기꺼이 동의한 박종철, 김세진 열사에게 이 이야기를 바친다.

6_{10} 소설 6월10일

6 소설 6월10일
1 0

1.

30년 전에 실종된
딸을 찾아서

　겨울 내내 시민들이 매주 토요일 광화문 광장에 모여 촛불집회를 함으로써 박근혜를 대통령 자리에서 끌어내린 후, 박근혜는 마침내 2017년 3월 31일 서울 구치소에 수감됐다. 그리고 맞이하는 4월 첫 주의 날씨는 포근함마저 느껴진다. 따사로운 햇살에 선글라스를 착용하고 경쾌하게 걸어가는 젊은이들을 쳐다보는 할아버지가 있다. 할아버지는 눈이 부신지 한 손으로 햇살을 가리며, 지나가는 젊은이들 모습을 물끄러미 바라보고 있다.

　"아버님, 저기 보이네요."

　그런 할아버지 옆에 서 있는 50대 초반의 여자가 손가락으로 어딘가를 가리키는데 상가 건물 외벽에 '국회의원 권민수' 라는 대형 간판이 보인다. 노인네들 걸음으로는 보행 신호가 짧은 건널목을, 여자가 할아버지를 부축해서 건너가고 있다. 파란색 신호등이 벌써 점멸하려 하자 할아버지는 마음도 급해진다.

'내가 살날도 얼마 남지 않았는데……'

힘 있는 국회의원 권민수 의원 사무실 입구에는 '2017년 정권교체 이룩하자'는 구호가 적힌 현수막이 걸려 있다. 사무실로 올라가는 계단 벽에는 권민수 의원이 유력 대권 후보와 어깨동무를 하고 찍은 사진도 있다. 여러 장의 홍보용 사진 중에 1980년대 학생운동을 했던 시절 메가폰을 들고 구호를 외치는 흑백사진이 유독 할아버지 눈에 들어왔다.

"어떻게 오셨어요?"

사무실로 들어온 할아버지와 여자를 향해 여직원이 사무적으로 물었다.

"제 딸을 찾으러 왔습니다."

허름한 행색의 할아버지가 뜬금없이 자기 딸을 찾는다는 말에도 여자 직원의 얼굴에 별다른 반응이 없다. 워낙 다양한 민원인들이 찾아오기 때문이다.

"근데 딸을 왜 여기서 찾으세요?"

"딸아이가 집을 나갔다가 아직 안 들어왔습니다."

"언제 나갔는데요?"

"1986년입니다."

여직원이 30년 전에 집 나간 딸을 찾는 할아버지가 제정신인가 하고 쳐다본다. 이때 국회의원 권민수가 사무실로 들어온다. 권민수 양복 상의에는 국회의원 배지가 부착되어 있다. 그걸 본 할아버지가 권민수에게 달려가 손을 덥석 잡는다.

"의원님! 제 딸 좀 찾아주세요."

지역 구민들의 자잘한 민원이 끊이지 않는 것에 익숙한 권민수는 인자

한 표정을 지으며 여직원을 쳐다보고 말한다.

"김 실장, 여기 어르신 민원 잘 해결해드려요."

권민수가 이 말을 끝으로 자기 방으로 들어가려 하자 할아버지와 함께 온 50대 초반의 여자가 입을 연다.

"이 할아버지 따님이 서울대학교 운동권이었습니다."

'서울대 운동권'이라는 단어에 권민수가 걸음을 멈추고 관심을 보인다.

"따님이 언제 집을 나갔다고요?"

"1986년 겨울입니다. 미국대사관에 출근했다가 그날부터 집에 들어오지 않고 있습니다."

할아버지의 흐느끼는 목소리에 권민수가 다시 묻는다.

"1986년 미국대사관이라……. 따님 이름이?"

할아버지가 가방에서 전단을 꺼내 권민수 의원에게 보여준다. 그 전단에는 실종된 딸의 이름과 사진이 인쇄되어 있었다.

"최지혜입니다."

"최지혜면 영문학과 최지혜인가요?"

전단의 사진을 보고 권민수 의원 입에서 영문학과 최지혜라는 말이 나오자 할아버지 눈빛이 일순 반짝거렸다.

"맞습니다. 영문학과 졸업하고 미국대사관에 취직한 최지혜입니다."

할아버지 답변이 끝남과 동시에 50대 초반 여자의 말이 이어진다.

"의원님, 지혜를 아세요?"

"알다마다요. 지혜랑 저랑 서울대 같은 서클이었습니다."

권민수 의원이 그제야 자기 방으로 할아버지와 여자를 데리고 들어간다. 잠시 후 여직원이 커피까지 갖고 들어온다. 여자가 권민수 의원에게 자신을 소개한다.

"저는 고등학교에서 영어를 가르치고 있습니다. 지혜랑은 영문학과 동기이고요. 행방불명된 지혜를 찾기 위해 여기 아버님과 함께 여기저기 찾아갔지만 지혜 흔적이 아무 데도 없어요. 그래서 권민수 의원님이 당시 서울대 운동권의 대표셨으니 지혜를 알지 않을까 해서 찾아왔습니다."

'서울대 운동권의 대표'라는 얘기에 흡족한 듯 권민수가 커피를 쭈욱 들이켠다. 최지혜 아버지와 최지혜의 영문학과 동기 여자는 커피잔에 손도 안 대고 있다. 권민수 의원이 이번엔 자기의 의문사항을 최지혜 아버지에게 단도직입적으로 묻는다.

"지혜는 4학년 되면서 미국 유학 간다고 운동을 안 했는데…. 이상하네요. 왜 실종됐을까요?"

"의원님! 그러면 제 딸이 학생운동 때문에 잡혀가거나 사라진 건 아니죠?"

"그렇죠."

권민수의 답변에 최지혜 아버지가 안도의 한숨을 쉰다. 권민수가 남은 커피를 마저 홀짝 마시고 또 묻는다.

"그러면 지혜가 집에 들어오지 않은 게 언제부터예요?"

"그……. 그 날짜는 여기 적혀 있습니다."

최지혜 아버지가 딸이 사라진 날이 적혀 있는 노트를 펼친다. 거기에 1986년 12월 21일이라고 적혀 있다. 그걸 본 권민수 의원의 동공이 갑자기 커진다.

"어어? 12월 21일이면 그날인데……."

국회의원 권민수와 최지혜가 내막을 디녔던 1980년대는 암흑의 시대였다. 독재자 박정희가 측근 중앙정보부장 김재규에 의해 살해당한 후, 전두환이라는 자가 육군사관학교 동기생들과 함께 군사 쿠데타를 강행했다. 이에 대학생 십여 만 명이 서울역 광장에 모여 계엄령 해제와 전두환 퇴진을 외치며 시위를 벌였다. 그러나 불법으로 정권을 찬탈한 전두환 신군부 세력은 1980년 5월 광주에서 민주화를 요구하는 광주 시민들을, 공수부대를 투입해 무참히 학살한다. 그리고 전두환은 방송, 신문 등 언론을 통폐합하여 국민의 귀와 입을 막아버리고 1982년 제5공화국 대통령으로 취임한다.

전두환 군사정권은 보도지침으로 언론을 통제하고 국가보안법, 집회 및 시위에 관한 법률 위반 등으로 수많은 학생과 민주인사 들을 구속하며 한 치 호흡도 하기 어려울 정도로 이 땅의 민주주의를 압살해간다.

하지만 대학생들은 서서히 전두환 정권 타도 투쟁을 선언한다. 이에 전두환 정권은 거리에 전투경찰을 방패막이로 배치한다. 학생운동 세력은 국민들에게 전두환 정권의 반민중성을 폭로하기 위해 거리에서 시위를 벌이는데, 시위를 성공적으로 이끌기 위해 학생운동 세력의 리더들은 '택'을 짜야 했다. '택'은 '택틱스(Tactics)'라는 영어 단어로 전술이라는 뜻인데, 거리 시위를 위한 전술을 의미하는 80년대 학생운동 세력의 은어다.

2.
1983년
서울대학교 입학식

　서울대학교 교문 위로 〈1983년도 입학식〉 글자가 인쇄된 대형 현수막이 관악산에서 불어오는 바람에 휘날리고 있다. 꽃샘추위에 사람들이 종종걸음으로 지나는데 고급 외제 차량 한 대가 교문을 통과한다. 거기엔 서울대 영문학과에 입학한 최지혜와 그의 부모가 타고 있다.

　입학식이 끝나고 신입생들이 아크로폴리스 광장에서 가족들과 사진을 찍고 있다. 만물이 소생하는 봄처럼 파릇파릇한 신입생들의 웃음과 가족들의 즐거운 목소리가 사진기 셔터 소리와 함께 끊이지 않고 들려온다. 그런데 아크로폴리스 광장 주변에는 누군가를 감시하는 눈동자들이 번뜩거리고 있다. 사복 형사들이 여기저기 보인다.

　관악산 매서운 바람이 아크로폴리스 광장을 휩쓸고 지나갈 때 학생회관 건물에서 한 학생이 메가폰 사이렌을 울리며 천천히 걸어 나온다. 이게 신

호인 양, 도서관 건물과 대학 본관 건물 안에서 대기하고 있던 학생들이 유인물을 하늘 위로 힘차게 뿌리며 밖으로 뛰어나온다. 갱지에 등사기로 인쇄한, 반정부 내용이 담긴 유인물이다.

"광주 학살 진상 규명 전두환 정권 타도하자!"

메가폰을 통해 시위 주동자 학생의 목소리가 크게 울려 퍼진다. 아크로폴리스 광장에는 한순간에 시위 주동자와 시위 학생들이 몰려와 구호를 함께 외친다. 입학 기념촬영을 하던 신입생과 가족 들은 갑자기 눈앞에 벌어진 상황에 깜짝 놀란다. 이런 시위대를 기다렸다는 듯 아크로폴리스 광장에 사전 배치되어 있던 사복 형사들이 다가간다. 사복 체포조들이 시위 주동자와 시위 학생들에게 폭력을 가하며 체포하기 시작한다. 연행되는 시위주동자를 지켜보는 신입생과 가족 들의 눈동자가 두려움에 커진다. 반정부 시위가 끝났다. 그제야 사람들이 웅성거리기 시작한다.

"이 미친놈의 새끼들, 하라는 공부는 안 하고 뭔 개지랄들이야."

최지혜의 아버지가 바닥에 떨어져 있는 유인물을 구둣발로 으깨듯이 짓밟으며 욕을 해댄다. 쌍소리를 해대는 아버지 옆에 최지혜가 서 있다. 최지혜는 방금 벌어진 상황이 너무나 무서워 손까지 벌벌 떨고 있다. 그 바로 옆에는 법학과에 입학한 이정훈이라는 학생이 여수에서 올라온 가족과 함께 있다. 이정훈은 바닥에 떨어져 있는 유인물을 주워 읽으려 한다. 그걸 본 이정훈의 아버지가 유인물을 뺏어서 손으로 구겨버린다.

"안 돼! 정훈아!"

이정훈의 어머니도 아들을 보호하듯 양손을 잡는다. 가족들 모두가 아무 말 없이 한동안 서 있는데 이정훈이 환한 미소를 지으며 피식 웃는다.

"엄마, 밥 먹으러 가요."

그러자 어머니가 안심이 되는 듯 아들의 손을 놓아준다. 여수에서 고등학교를 졸업한 이정훈의 할아버지는 일제 강점기에 독립운동을 했다. 수많은 옥답을 팔아 독립운동 자금을 대기도 했는데 그 바람에 이정훈의 아버지는 제대로 학교 교육을 받지 못했다.

관악산을 등지고 서울대학교 정문으로 뚜벅뚜벅 걸어 내려가는 이정훈의 가족, 그 옆을 고급 외제차가 속도를 내며 지나간다. 그 차 안에서 최지혜 아버지가 자기 딸에게 다짐을 받듯 언성을 높인다.

"지혜야, 데모는 가난한 놈들이 사회에 불만을 품고 하는 거야. 너는 절대 데모하면 안 돼! 그놈들은 빨갱이들이야, 빨갱이, 자기가 노력하면 돈을 벌고 잘살 수 있는 우리나라에서 게으르고 무식한 놈들이 자기들도 뭐가 되어보겠다고 하는 짓거리야. 알겠지? 절대 데모하면 안 돼!"

아버지의 강요에 아까 벌어진 상황이 무서운 최지혜가 조그마한 목소리로 알겠다고 대답한다.

"우리 지혜는 똑똑해서 데모 같은 거 안 해요. 걱정하지 마세요."

어머니가 인자하게 말하자 아버지가 식징이 되는지 한마디 더 한다.

"지혜야, 너 초등학교 때 테레비에서 만화영화 보고 울던 거 기억하지?"

지혜가 아버지의 얘기가 뭔 말인지 몰라 어리둥절해한다.

"파트라슈라는 개인지, 할아버지랑 손자가 키우던 개 이야기 있잖아?"

"아아~ 프란다스의 개요."

아버지의 얘기에 최지혜가 기억을 해낸다.

"그 만화를 보면서 니가 울때, 아빠가 한 말 기억나?"

최지혜가 기억 안 난다고 고개를 가로저었다.

"개를 키우던 할아버지랑 손자가 돈이 없어서 쫓겨날 때, 부자들이 많이 갖고 있는 빵을 나눠주면 안 쫓겨날 수도 있다고 하면서 니가 울었잖아."

"맞아요. 그때 우리 지혜가 펑펑 울면서 '빵을 같이 나눠 먹으면 좋을 텐데' 했지요."

아버지의 기억에 어머니가 기억을 더해준다. 어머니는 그런 딸이 대견스러운 듯 머리를 쓰다듬어준다. 그러나 아버지는 질책을 한다.

"지혜야! 다 자기가 노력 안 해서 가난하게 사는 거다. 일을 열심히 하면 다 잘 사는 게 이 땅이다. 너처럼 나약해서 어떻게 이 험한 세상을 살겠니?"

아버지의 결론에 최지혜가 대답 대신 입술을 살짝 깨문다.

서울대학교 입학식을 마친 신입생 가족들이 신림 사거리에서 점심을 먹으러 식당을 찾고 있다. 이정훈 가족은 엄청나게 많은 가게 간판들 그리고 쉴 새 없이 오고가는 사람들 틈에서 정신이 없을 지경이다.

"오늘 정훈이 입학 기념으로 엄마가 점심 살게."

이정훈의 어머니가 앞서 걸으며 식당을 찾는데 신림 사거리에 정차해 있는 전투경찰 버스를 발견한다. 버스 유리창마다 철망을 씌워놓은 전투경찰 버스 앞뒤에서 전투경찰들이 방패를 들고 경계근무를 서고 있다. 이정훈이 그 모습을 유심히 보고 있자 어머니가 그의 손을 스르르 잡아당긴다.

중국집으로 이정훈의 가족이 들어갔다. 이정훈 가족이 자리 잡은 옆 테이블에는 의예과에 입학한 학생의 가족이 식사를 하고 있다. 말투로 보아 경상도에서 올라온 학생이다.

"창식아, 전공은 뭘 할 낀데?"

아버지의 물음에 경상도에서 올라온 의예과 신입생이 바로 답한다.

"외과요."

"와아?"

"그냥 수술을 잘하는 의사가 되고 싶어요."

"그래, 외과 의사 좋다. 아버지가 농사짓다가 어디 찢어지면 잘 좀 꿰매 줘야 한데이."

아버지의 농담에 가족들이 화목하게 웃는다. 경상도 신입생 어머니가 자신은 탕수육을 먹지 않고 아들 밥 위에 계속 탕수육을 올려놓는다.

"엄마도 좀 먹어요."

"나는 배부르다. 우리 아들 먹는 거만 봐도."

그런 어머니의 말을 들으며 이정훈 얼굴에 흐뭇한 미소가 번진다. 세상 어머니들 마음은 다 똑같은 거 같다. 의예과 신입생의 외모는 자기 아버지를 닮아 농사꾼이다. 거기다 '손이 두툼해서 벼는 잘 베겠는데 수술은 잘할 수 있을까?' 하는 의문이 들었다. 이정훈이 그런 장난기 어린 생각을 하고 있는데 의예과 학생 아버지의 목소리가 진지해진다.

"창식아, 아버지가 너한테 신신당부할 게 있다."

경상도 신입생의 아버지가 잠시 날을 멈추고 소주 한 잔을 들이켠다.

"아까 데모하다가 끌려가는 학생 봤지? 그 뭔 꼴이냐? 그런다고 세상이 바뀌는 기 아니다. 네가 열심히 공부해서 훌륭한 의사가 돼서 그 좋은 기술로 가난한 사람도 공짜로 치료해주는 게 세상을 바꾸는 가다. 아버지 말 알겠제?"

"아버지, 엄마, 걱정하지 마세요. 의예과는 공부할 게 너무 많아서 데모할 시간도 없대요."

그런 아들이 대견스러운지, 아버지가 아들에게 소주잔을 건넨다.

"술은 어른한테 배워야 하는 기다. 니도 이제 대학생이 됐으니 한잔 받아라."

아버지가 따라준 소주를 아들이 고개를 옆으로 돌려 술잔을 비운다.

3.
이념서클에
가입하다

입학식도 끝나고 각 과의 신입생 환영회, MT, 고등학교 동문 모임 등으로 1학년 신입생들은 3월 한 달이 다들 어떻게 지나갔는지 모를 지경이다. 경상도에서 올라온 의예과 1학년 박창식이 연건동에 위치한 서울대학교 병원을 견학하러 1학년 동기들과 같이 있다. 의예과 선배의 인솔 하에 병원 여기저기를 둘러보고 있다.

"야, 오늘 이대생들이랑 미팅 있는 거 알지? 5시에 요 앞 학림다방으로 다 모여."

쉬는 시간에 의예과 1학년 과대표가 동기들에게 말한다. 학생들이 좋아하며 응급실 쪽으로 걸어가는데 박창식의 눈에 뭔가가 보인다. 얼굴이 초췌한 여자가 어린 아들을 안고 응급실 의사에게 간절히 부탁하고 있다.

"선생님, 제발 제 아들 좀 살려주세요."

"몇 번이나 말합니까? 원무과에 가서 접수 먼저 하라고요."

응급실 의사가 그 아주머니를 쳐다보지도 않고 말한다.

"돈이 없다고 입원 수속을 안 해줍니다. 일단 먼저 수술이라도 받게 해주세요."

"다른 병원 가서 부탁해보세요."

"이러다가 제 아들 죽어요. 제발 살려주세요."

응급실 의사가 귀찮다는 듯 대답도 안 한다. 낙담한 여자가 어린 아들을 품에 안고 복도 바닥에 주저앉아 훌쩍훌쩍 울기 시작한다. 다른 학생들은 이 상황을 보고 그냥 지나가는데 박창식은 걸음을 멈춘다. 돈이 없다는 이유만으로 수술도 받지 못한 채 죽을 수밖에 없는 어린 생명을 지켜보며 박창식의 눈빛이 흔들린다.

1학년 의예과 동기들이 서울대 병원을 나와 학림다방으로 향한다. 모두가 계단을 올라 다방으로 들어갈 때 맨 뒤에서 따라가던 박창식은 올라가지 않는다. 박창식은 학림다방을 그냥 지나쳐 걸어간다.

서울대학교 강의실에서 법학과 1학년 학생들이 수업을 마치고 나온다. 이정훈은 같은 과 동기들과 후생관에서 점심을 먹고 자판기 커피를 마시다가 벽에 붙어 있는 '사회문화연구회 서클 회원 모집 공고문'을 본다.

「한국 사회에 대해 같이 고민할 사람은 서클룸 문을 두드려주세요.」

이정훈이 공고문을 골똘히 보고 있다.

"뭘 보고 있는 거야?"

법학과 동기가 이정훈에게 물었다.

"으음……. 그, 그냥."

"혹시 저런 이념서클에 가입하려는 거야?"

법학과 동기가 이상한 눈빛으로 이정훈에게 재차 물었다. 이정훈이 아무 대답을 하지 않자, 법학과 동기가 마치 어른처럼 훈계한다.

"지금은 우리가 힘을 키워야 할 때야. 우리가 판사가 되고 검사가 돼서 그때 잘못된 것들을 바로잡으면 되는 거야."

"지금도 잘못된 현실을 바로잡으려고 행동으로 옮기지 않는데, 과연 우리가 판검사가 돼서 그런 일을 할 수 있을까?"

이정훈의 진지한 물음에 법학과 동기가 혹시 누가 대화를 엿듣고 있지 않나 두리번거린다.

남은 수업을 다 끝낸 후 이정훈의 발걸음은 학생회관을 향하고 있었다. 관악산의 시원한 바람이 불어왔지만, 이정훈의 마음은 편하지가 않았다.

연건동 서울대학 병원에서 버스를 타고 서울대 관악 캠퍼스에 도착한 박창식도 학생회관 쪽으로 걸어가고 있다. 학생회관 4층 〈사회문화연구회〉 서클룸 문 앞에 서 있는 최지혜가 뭔가 망설이고 있는데 박창식과 이정훈이 나타난다. 그러자 최지혜가 뒤로 물러선다. 박창식이 서클룸 문을 노크하고 먼저 들어간다. 그 뒤를 이정훈과 최지혜가 따라 들어간다. 서클룸 안에는 선배들이 앉아 있었다.

"어떻게 오셨어요?"

선배의 물음에 박창식이 망설임 없이 말을 꺼낸다.

"공부 좀 하고 싶어 왔습니다."

"그 뒤에 있는 사람들은요?"

이정훈과 최지혜가 거의 동시에 답을 했다.

"저희도 공부……."

서클룸에서 이정훈, 박창식, 최지혜가 서로 인사를 나눈다.

"법학과 이정훈이라고 합니다."

"영문과 최지혜예요."

"저는 의예과 박창식입니다."

박창식의 과 소개에 2학년 선배가 약간 놀라는 표정이다.

"의예과 학생이 우리 서클에 들어온 건 서클 생기고 처음인 거 같은데……."

선배 얘기에 박창식이 괜히 쑥스러운 듯 머리를 긁적였다. 이정훈이 입학식 날 있었던 일을 기억해내며 반갑게 묻는다.

"외과 의사 되는 게 꿈 아니야?"

"그걸 어떻게 알아?"

"입학식 끝나고 신림 사거리 중국집에서 밥 먹었지?"

"맞아."

"바로 옆에 우리 가족이 있었어."

이정훈의 기억에 박창식이 오랜 친구를 만난 듯 이정훈의 손을 잡는다.

"또 다시 만나서 반갑다."

최지혜가 입고 있는 비싼 옷과 구두를 보고 2학년 선배가 묻는다.

"지혜는 어떻게 우리 서클에 올 생각을 했어?"

사회과학 서클 문을 두드린, 세련된 옷차림에 미모까지 겸비한 최지혜에게 2학년 서클 선배가 궁금함을 표한 것이다.

"제가 지난주 토요일에 명동성당 미사 갔다가 문화회관에서 광주 비디오를 봤어요."

1980년 5월 광주에서 공수부대원들이 시민들을 살해하는 장면을 독일 기자가 촬영한 광주 비디오 얘기가 나오자 모두 귀가 솔깃해진다. 비디오에 담긴 내용을 얘기해주는 최지혜의 목소리가 떨렸다.

"북에서 내려온 간첩들이 광주에서 시민들을 선동해서 폭동이 일어났다고 했는데 그게 아니더라고요, 공수부대원들이 그냥 걸어가는 시민들 머리를 진압봉으로 잔인하게 내려치고……."

얼굴까지 상기되면서 발언하고 있는 최지혜를 이정훈이 보면서 '참으로 순수한 친구구나' 하고 생각했다.

"정훈이는 고향이 어디야?"

"여수예요. 여수에서 태어나서 한 번도 고향을 떠나본 적이 없었는데 대학 오면서 처음으로 고향을 떠났어요."

이념서클에 가입한 이정훈, 박창식, 최지혜는 이제 세상에 대한 궁금함을 책을 읽고 토론하며 풀어나갈 것이다.

4.
가두시위를
준비하다

1980년 광주 시민들을 학살하고 집권한 전두환 정권은 탄압만으로는 파쇼 지배 체제를 유지할 수 없기에 유화 정책의 일환으로 1982년에 프로 야구를 출범시킨다. 그리고 1984년에는 '학원 자율화 정책'으로 대학 교내에 상주하던 사복 형사들이 사라졌다. 이에 학생들은 학생 자치 기구인 '총학생회'를 부활시키고 반정부 투쟁을 적극적으로 펼쳐나간다.

대학생들이 1985년에 서울 미문화원을 점거하면서 '광주 학살 책임지고 미국은 공개 사과하라'는 슬로건으로 광주 학살의 배후에 미국이 있음을 공개적으로 밝혔다. 그리고 1986년에는 김대중, 김영삼으로 대표되는 야당이 직선제 개헌 천만 명 서명운동을 벌인다. 이에 학생들과 노동자들은 1986년 5월 3일 인천에서 직선제 개헌을 뛰어넘어 민중이 주인 되는 세상을 만들기 위한 시위를 거리에서 벌인다.

　이에 놀란 전두환 정권은 지금까지의 유화 정책을 포기한다. 학생운동에 대한 탄압을 강화하고 언론이 학생운동 세력을 폭력 집단으로 매도하며 학생운동은 수세에 몰리기 시작한다.

　1986년 가을, 서울에서 열리는 '아시안게임 개최 결사반대'를 외치는 단순 시위 가담자도 전원 구속하겠다는 정부의 강경 방침이 발표된다. 그 뿐만 아니라 차기 대통령 선거를 일 년 앞두고 전두환은 대통령을 직접 국민의 손으로 뽑는 직선제 개헌을 거부한다. 이에 학생들의 선도적인 투쟁이 시작된다.

　4학년 이정훈은 서울대학교 학생운동의 리더가 되었다. 이정훈의 서클 동료 최지혜, 박창식도 핵심 멤버가 되었다. 서울대학교 학생회관 건물에는 누런 광목에 붉은 스프레이로 쓰인 '광주항쟁 계승하여 전두환 정권 타도하자'라는 현수막이 걸려 있다. 학생회관 건물 쪽으로 걸어가는 이정훈, 박창식, 최지혜 그리고 서클 후배인 3학년 김영철의 모습이 보인다.

　"이번 학기 등록했어?"

　이정훈이 박창식을 쳐다본다.

"아니, 안 했어."

박창식은 남의 일처럼 담담하게 말한다. 이정훈이 무거운 분위기를 바꿔보려는 듯 농담 어린 말투로 묻는다.

"의대는 학과 공부가 너무 벅차서 본과생 중에 운동하는 사람은 너밖에 없을 거야."

"칭찬 고마워."

"그런 거 보면 지혜 누나는 대단해요. 운동하면서 성적 장학금까지 받고요."

후배인 3학년 김영철이 싱글벙글 웃으며 대화에 끼어든다. 김영철은 최지혜와 같은 영문학 전공이다. 충청도 깡촌에서 올라온 김영철은 말투가 느긋하다. 중학교 때 아버지가 돌아가시고 홀어머니가 고향에서 농사를 짓고 있다.

"지혜가 장학금 받는 덕에 우리 조직이 운영되잖아."

이정훈 얘기에 김영철이 '맞다'고 엄지손가락과 검지를 튕긴다. 최지혜는 그냥 미소만 짓고 있다.

"영철아, 후배들 다 연락했지?"

"네에!"

씩씩하게 대답하는 김영철을 이정훈이 믿음직스럽게 쳐다보며 모두가 학생회관 건물 안으로 들어간다.

학생회관 4층에 위치한 '사회문화연구회' 서클룸이다. 서클룸 책상 한쪽에 학생들이 촘촘히 동그랗게 모여 있다. 중간에 앉은 이정훈은 하얀색 종이 위에 능숙하게 광화문 사거리 일대 약도를 플러스펜으로 그리고 있나. 거의 화가 수준으로 쓱쓱 거침없이 그리는 약도에 서클 후배들의 감탄이 절로 나온다.

"정훈이 형은 굶어 죽지는 않을 거예요. 나중에 극장 간판이라도 그리면 먹고는 살 거예요."

"벌써 직업을 구하고 나만 신나네."

이정훈이 감사의 농담을 하고 후배들에게 나지막하게 말한다.

"여기 광화문 사거리 이쪽에 보면 덕수제과라고 있어⋯⋯."

'덕수제과' 글자 위에 이정훈이 별표를 친다.

"여기서 동이 뜬다.[1] 동 뜨는 시간[2]은 사백삼십. 다들 잘 기억해."

이정훈의 강조에 후배들이 고개를 끄덕인다.

이정훈의 가두시위 장소 설명이 끝나자 남학생들은 '가리방'이라 불리는 등사기로 반정부 유인물을 밀기 시작한다. 검은 잉크가 옷에 묻을까 봐 교련복으로 갈아입고 손에는 빨간 고무장갑까지 끼고 있다. 남학생이 힘차게 롤러로 등사기를 밀면 갱지에 유인물 내용이 찍혀 나온다. 그러면 바로 옆에 있던 여학생이 한 장씩 빼낸다. 또 다른 여학생들이 반정부 유인물을 비어 있는 케이크 상자 안에 넣는다. 생일 케이크인 듯 위장하는 것이다. 케이크 상자 위에 꽃모양 리본까지 테이프로 붙여놓는다. 누가 봐도 생일 케이크다.

남학생들이 톱으로 절단한 각목을 여학생들이 선물 포장지로 감싸고 있다. 전투경찰의 검문 검색을 피하려면 철저하게 위장해야 한다.

서클룸 바닥에 학생들이 앉아 빈 소주병에 깔때기를 대고 휘발유 시너

1 동이 뜬다 : 주동이 시위를 주노인다.
2 동 뜨는 시간 : 주동이 시위를 시작하는 시간

를 부어 넣는다. 소주병이 반쯤 차면 입구를 신문지로 꽉 틀어막고 그 사이로 가는 철사를 뽑아낸다. 이 철사에 솜뭉치를 돌돌 만다. 선배들이 후배들에게 당부한다.

"꽃병[3]에 신문지 꽉 조여야 한다. 안 그러면 휘발유 다 증발해서 현장에 가면 빈병 된다."

여학생들이 마지막으로 그 솜뭉치에 비닐 랩을 씌운다. 휘발유 시너가 공기 중으로 날아가는 것과 냄새나는 것을 동시에 방지하기 위해서다. 마침내 화염병이 완성된다. 완성된 화염병은 선물 가게에서 사온 쇼핑백 안에 차곡차곡 채워진다. 병 사이사이에는 신문지를 끼워 넣어서 병이 깨지는 것을 막는다. 유인물, 각목, 화염병을 운반하는 여학생들은 치마를 입고 구두를 신고 화장까지 나름 진하게 했지만, 왠지 어색해 보인다.

학생들이 삼삼오오 짝을 지어 버스와 지하철을 타고 광화문 사거리로 모여들기 시작한다. 이 일대는 회사가 많아서 지나가는 사람들이 많다. 광화문 사거리 국제극장 앞에는 전투경찰 버스와 최루 가스를 분사하는 검은색의 페퍼포그 차량이 항시 서 있다. 사거리 근처 버스 정류장에는 전투경찰들이 배치되어 있다. 은색 헬멧을 쓰고 청재킷과 청바지를 상하로 착용한 사복 체포조들이 2인 1조로 거리를 돌아다니고 있다. 학생들이 골목 안에서 초조하게 손목시계를 보고 있다. 사백삼십, 4시 30분이 되기를 기다린다. 화염병과 각목이 들어 있는 쇼핑백을 든 여학생들이 남학생 옆에 애인처럼 서 있다. 이제 시위 주동자가 나타나면 남학생들은 쇼핑백에서 각목과 화염병을 꺼내 들고 뛰쳐나간다.

---

3 꽃병 : 화염병의 은어

28

덕수제과 안에서 사람들이 빵과 우유를 먹고 있다. 그들 중 한 명, 오늘 시위를 주동할 학생이 의자에 앉아 있다. 제과점 벽에 부착되어 있는 시계의 바늘이 4시 30분에서 1분 정도 모자란다. 곧바로 광화문 사거리 대로변 시계 가게에 진열되어 있는 탁상시계 바늘이 4시 30분을 정확하게 가리킨다. 자리에서 일어난 시위 주동자가 가방에서 메가폰을 꺼내 덕수제과 밖으로 나간다. 그러고는 메가폰에 부착되어 있는 사이렌 소리를 울린다.

"광주항쟁 계승하여 전두환 정권 타도하자!"

시위 주동자가 메가폰으로 구호를 힘차게 외치자 육교 위에 서 있던 학생들이 반정부 구호가 적힌 현수막을 가로로 펼쳐 든다. 곧이어 골목 안에서 대기하고 있던 남학생들이 쇼핑백에서 화염병과 각목을 꺼내 들고 차도로 뛰어든다.

"자! 자! 와서 모여 함께 하나가 되자, 와서 모여 함께 하나가 되자. 물가에 심어진 나무같이 흔들리지 않게."

운동가요 '흔들리지 않게'를 부르며 학생들이 도로 위에서 스크럼을 짜기 시작한다. 여학생들이 시위를 구경하는 시민들에게 유인물을 나눠준다. 각목과 화염병으로 무장한 남학생들이 시위대를 보호하기 위해 스크럼 앞뒤에 서 있다.

광화문 사거리 국제극장 앞에 주차해 있던 전투경찰 버스에서 전투경찰들이 다급히 내린다. 페퍼포그 차량이 시동을 걸고 움직이기 시작한다. 시위대가 긴장한다. 시위대를 보호하는 전투소조(Combat Cell)CC라 불리는 학생들이 일회용 라이터를 켜서 화염병에 불을 붙인다. 사복 체포조들이 시위대를 향해 뛰어오자, 전투소조 학생들이 화염병을 그들을 향해 던진다. 아스팔트 위에서 화염병이 깨지며 불꽃이 일자 사복 체포조들이 주춤거린다. 곧바로 전투경찰들이 시위대를 향해 최루탄을 발사한다. 최루 가스가 도로에 자욱하게 퍼지자 그때를 이용해 방독면을 착용한 사복 체포조들이 뛰어 들어온다. 학생들은 뿔뿔이 흩어져 도망치기 시작한다.

그러나 오늘 시위를 주동한 학생은 도망가지 않고 서 있다. 오늘 시위를 끝으로 대학 생활을 정리하는 것이다. 시위 주동자의 다리를 사복 체포조가 걷어차서 아스팔트 바닥에 쓰러뜨린다. 그리고 시위 주동자의 팔을 뒤로 꺾고 사복 체포조 두 명이 연행해 간다.

5.
치안본부 시위 진압
대책회의

서대문에 위치한 치안본부 건물에서 가두시위 진압에 대한 특별 강의가 열리고 있었다. 서울 시내에 배치된 전투경찰을 진두지휘하는 전투경찰 소대장 50여 명이 강의를 듣기 위해 회의실에 앉아 있다. 오늘 강의를 하는 강사는 1980년 5월 광주에서 광주 시민들을 진압한 특전사 공수부대 출신 장교다. 그는 광화문 사거리 약도를 칠판에 분필로 그리고 있다. 그림을 다 그린 후 그의 입이 열린다.

"지난주 목요일, 광화문 사거리에서 발생한 시위가 운동권 학생들의 전형적인 가두시위 형태입니다."

첫 말을 뗀 강사가 칠판에 그려진 광화문 사거리의 육교를 가리킨다.

"시민들 눈에 잘 보이는 곳에 반정부 구호가 쓰인 현수막을 걸어놓습니다. 여기 육교죠. 그리고 골목에 숨어 있던 학생들이 도로로 뛰어나와 스크럼을 짜기 시작합니다."

전투경찰 소대장들이 허리를 꼿꼿이 세우고 강의에 귀를 기울이고 있다.

"그다음으로 여학생들이 유인물을 뿌리고, 화염병과 각목으로 무장한 전투소조, 약칭 '전소'라는 극렬 과격 남학생들이 시위대 스크럼 앞뒤에 배치됩니다. 군사훈련을 받아본 적도 없는 대학생들이 일사불란하게 움직이죠? 내 말 맞습니까, 틀립니까?"

강사의 다그치는 물음에 전투경찰 소대장들이 큰 소리로 "맞습니다!" 하고 대답한다.

"운동권의 군사작전을 방불케 하는 가두시위 전술에 우리 시위진압 능력이 못 따라가고 있습니다."

강사의 단정적인 말에 경찰 고위 간부가 약간 짜증난듯 끼어든다.

"그래도 그날 시위 주동자 새끼는 우리가 체포했어요."

"체포요?"

경찰 고위 간부의 말을 비웃듯이 강사의 입꼬리가 살짝 위로 올라간다.

"체포했다기보다는 시위 주동자가 도망 안 가고 체포당해준 거 아니에요? 어디 서에서 체포했나요? 내 말 맞아요, 틀려요?"

강사는 자기 의견을 강력하게 주장할 때마다 '맞아요, 틀려요?'를 양자택일하듯 묻는다. 이에 경찰 소대장들이 섣불리 답변을 못 하고 경찰 고위 간부의 눈치를 보고 있다. 경찰 고위 간부의 표정이 어두워진다.

"시위 주동자는 학생운동을 그만하고 그들 표현을 빌리면 정리하고 감옥에 갔다 와서 노동현장에서 더 큰 데모를 준비하려고 잡혀준 겁니다. 자, 그러면 이번엔 학생운동권의 용어에 대해 알아보겠습니다. 가두시위는 가투, 유인물 살포는 피 세일, 여기서 피는 Paper의 약자입니다. 화염병은 꽃병, 시위 주동자가 시위를 시작하는 건 동이 뜬다……."

강사의 이야기를 전경 소대장들이 열심히 종이에 볼펜으로 메모하고 있다.

"시위 주동자가 경찰이 쫙 깔렸거나 시위 정보가 샜다고 판단될 때는 시위 현장에서 해산명령을 내리는데 이걸 '나가리'라고 합니다. 고스톱 칠때 나가리 아시죠?"

강사가 탁자 위에 놓여 있는 물 한 컵을 주욱 들이켜고 말을 이어간다.

"운동권 애들은 가두시위 전술을 '택'이라고 합니다. 전술이 영어로 뭐죠?"

강사의 질문에 소대장 하나가 제일 먼저 손을 번쩍 든다.

"택틱스입니다."

"영어 스펠링은?"

"T, A, C, T, I, C, S입니다."

정확하게 답을 말했다. 강사가 흡족한 표정으로 답을 말한 전경 소대장의 얼굴을 턱으로 가리킨다.

"어디 소속 누군데 이렇게 똑똑해요?"

강사의 칭찬에 그가 자리에서 벌떡 일어나 관등성명을 댄다.

"서대문서 기동타격대 제2중대 제1소대 소대장 최성식입니다."

"아주 패기가 넘쳐요. 자, 그러면 일어선 김에 대답해보세요. 데모하는 애들 판별하는 방법이 뭐가 있죠? 그걸 잘 파악해야만 사전 검거해서 시위를 원천봉쇄할 수 있습니다."

강사의 질문이 끝나자마자 최성식이 기다렸다는 듯 자신 있게 말한다.

"가두시위에 나온 운동권 여학생들은 기난한 옷차림에 어울리지 않는

예쁜 선물용 포장 박스를 들고 있거나, 치마를 입고 하이힐 구두를 신고 있습니다. 그러나 자세히 관찰하면 평소 신지 않은 구두라서 자연스럽게 걷지를 못합니다."

"오호~ 엑설런트."

강사가 손뼉까지 쳐준다.

"최성식 소대장님 같은 분만 있으면 이 나라가 안정될 텐데……. 맞습니다. 고런 여자애들을 검문하면 쇼핑백 안에서 유인물, 화염병 다 잡아낼 수 있습니다. 이래서 사전 검문이 중요한 거예요. 제발 극장에 영화 보러 온 데이트족 잡아서 닭장차 태우지 말고 요런 빨갱이 년들 미리 좀 잡으세요."

강사 입에서 빨갱이 년이라는 단어가 튀어나오면서 그의 눈빛이 매섭게 바뀐다.

"80년 광주에서도 폭도들이 건물 안에 숨어 있다가 우리한테 총질을 해 댔습니다. 내가 그때 거기 있었어요. 마찬가지로 데모하러 거리에 나온 운동권 애들은 건물 안에 숨어 있습니다. 여러분! 거리만 훑지 말고 건물 안까지 들어가서 2층, 3층 화장실에 숨어 있는 애들 다 잡아요, 잡아. 제 말, 맞아요, 틀려요?"

"맞습니다!"

소대장들 입에서 '맞다'는 말이 튀어나오자 강사가 칠판에 그려진 광화문 사거리 약도를 지우개로 거칠게 다 지워버린다. 그리고 소대장들 전체를 둘러보며 말을 내뱉는다.

"광주는 고립된 지역이어서 80년 5월에 우리 공수부대가 막아냈어요. 그렇지만 서울은 달라요. 지난번 5월 3일 인천에서 벌어진 개헌집회 폭동 기억해요, 못해요?"

강사의 표독스러운 눈빛에 소대장들이 기가 죽어 말을 못하고 있다.

"인천 5·3 사태는 폭도들이 일으킨 폭동이에요. 제2의 광주라고요. 인천에서 터진 불꽃이 서울로 옮겨붙으면 걷잡을 수 없어요. 청와대까지 폭도들이 밀고 갈 수 있다고!"

핏대를 세운 강사의 반말에 전경 소대장들이 움찔한다. 그런 모습을 보며 강사의 얼굴에 야릇한 미소가 번진다.

"자~ 다들 긴장 풀어요. 릴랙스~ 팁을 드릴게요. 시위 진압에 가장 중요한 팁, 한 가지! 시위대를 절대 퇴로 없이 몰아붙이면 안 된다! 쥐들도 궁지에 몰리면 고양이를 무는 법, 제 말 맞아요, 틀려요?"

"네! 맞습니다."

"그리고!"

강사가 다시 소대장들을 긴장 시킨다.

"올해 벌어진 가두시위는 현장에서 즉흥적으로 이뤄진 게 아닙니다. 누군가 사전에 가두시위를 벌이려는 현장에 와서 지형지물을 다 살피고, 우리 말로 하면 군사작전을 짰다는 겁니다. 놈들은 이렇게까지 하는데 우리는 언제 한번 자기 관할 지역 사람들 붐비는 곳을 상세히 살펴보신 소대장님들 계신가요? 노력합시다, 노력! 빨갱이 새끼들은 노력하는데 우리는 노력을 안 해요. 이래서 육이오(6·25) 사변 나고 광주사태 난 거잖아요."

강사의 독설에 전경 소대장들 등줄기에 소름이 돋았다.

6.

시위를 주동하는 자 VS
시위를 진압하는 자

신촌 로터리 근처, 사람들이 많다. 어린이날, 어버이날, 부처님 오신 날, 스승의 날 등 기념할 날들이 많은 5월이기에, 선물을 사러 신촌 로터리에 있는 백화점이나 시장을 찾아오기 때문이다. 한가롭게 낮잠을 자기 딱 좋은 날씨, 전투경찰 버스 한 대가 신촌 로터리 한가운데가 자기 집 안방인 듯 퍼질러 있다. 그 옆에는 페퍼포그 가스 차량이 동반자로 서 있다.

신촌 로터리 고층 빌딩 옥상에서 누군가 이 지역 일대를 살피고 있다. 손에는 망원경까지 들려 있다. 말끔한 양복 차림에 누가 봐도 대기업 엘리트 사원의 모습이다. 이정훈이다. 운동화에 캐주얼 복장이면 무조건 검문하는 전투경찰들을 피하고자 이정훈은 정장 차림의 회사원으로 변장했다. 가두시위 전술 '택'을 짜기 위해 여기에 왔다. 시위 장소를 사전 답사하기 위해서다. A4 용지를 꺼내 신촌 로터리 약도를 그리고 있다. 검은색 모나미 볼펜으로 그리는 약도지만 풍경화를 연상케 한다. 신촌 지역을 유심히 지켜보며 이정훈이 혼잣말로 중얼거린다.

"법학과에서 사법시험을 준비하는 친구 중에 법전을 읽으면 책 내용이 사진기로 찍은 것처럼 머릿속으로 들어온다는 애들이 있다. 그것처럼 나는 시위할 지역이 사진처럼 촬영되어 머릿속에 기억된다."

옥상에서 내려온 이정훈이 신촌 로터리 일대를 천천히 걸으며 주위를 살펴본다.

"동은 여기 목마 레코드숍 앞에서 뜨고 PC⁴는 그레이스백화점 쪽에서 들고 나오고 CC⁵는 길 건너편 시장에 숨어 있다가……."

이정훈이 벌어질 가두시위 장면을 혼자 상상하며 걸어간다. 가두시위는 대학교 교내에서 벌어지는 시위와 목적이 다르다. 전두환 정권의 반민중적 작태를 시민들에게 폭로하기 위해 학생들은 유인물을 전달하고 선전·선동을 한다. 그런 선전·선동 과정에서 학생들의 피해를 최소화하기 위해 이정훈이 택을 짜는 것이다.

이번 시위 퇴로는 서강대 방향으로 정했다. 전투경찰이 최루탄을 쏘고 사복 체포조들이 시위대를 연행하기 위해 달려올 때쯤, 시위대는 해산해야 한다. 불필요하게 그들과 정면충돌해서 쓸데없는 희생이 발생해서는 안 된다. 그 도망치는 방향 '퇴로'를 서강대 쪽으로 정해놓은 것이다. 거리 시위에서 중요한 건 퇴로를 확보하는 것이다. 더 이상 물러설 곳이 없으면 진압하는 자들과 시위하는 학생들 양방의 피해가 너무 크기 때문이다.

---

4 PC(Placard) : 현수막
5 CC(Combat Cell) : 전투소조

주동자가 시위를 시작할 '목마 레코드숍' 안을 이정훈이 마지막 점검하듯 둘러본다. 레코드숍 매장은 넓어서 시위 주동자와 그를 보호할 학생들이 함께 있기에 편하다. 레코드판이나 카세트테이프를 고르는 척 손님으로 위장하면 전경들의 검문을 피할 수 있기 때문이다. 이때 레코드숍 밖에 설치된 스피커에서 가수 정수라의 '아! 대한민국'이라는 노래가 흘러나온다.

───── 원하는 것은 무엇이든 얻을 수 있고, 뜻하는 것은 무엇이건 될 수가 있어. 아아~ 우리 대한민국~ 아아~ 우리 조국~ 아아~ 영원토록 사랑하리라.

작금의 조국 현실과는 너무나 동떨어진 가사지만 이정훈의 얼굴엔 어떤 표정 변화도 없다. 혹시라도 있을 검문에 자칫 흐트러진 모습이 발각될 수도 있기 때문이다.

이정훈이 신촌역 지하철 계단을 내려가 대각선 방향으로 나온다. 검문하는 전투경찰들이 2인 1조로 서 있었지만, 구두까지 광을 내서 걷고 있는 이정훈은 무사통과다. 그리고 '우산 속'이라는 디스코텍 앞에 걸음을 멈춘다. 아직 낮시간이라 영업을 하지 않아 출입구가 닫혀 있다. 이정훈은 한 번도 디스코텍에 가보지 않았다. 이정훈이 '우산 속'이라는 조명이 설치된 간판을 보면서 입술을 살짝 움직여 '우산 속'이라는 단어를 외운다.

신촌 로터리 시위 지역 답사를 끝내고 버스를 타려는 이정훈의 눈에, 로터리 한복판에 배치된 전투경찰 버스 앞에서 누군가에게 야단맞고 있는 전투경찰의 모습이 보인다. 상관인 듯한 사람이 부하 전투경찰한테 야단치지만 소리는 들리지 않는다. 이정훈이 다가온 버스에 몸을 싣는다.

＊ ＊ ＊

"야, 이 새끼들아! 뻗치기, 이따위로 할 거야?"

전투경찰 기동타격대 소대장 최성식이 신촌 로터리 한복판에서 경계근무를 서고 있는 전투경찰들에게 호통을 치고 있다. 지난번 치안본부 시위진압 특별 강의 때 답변을 잘해서 강사에게 칭찬을 받았던 소대장이다. 최성식이 말한 '뻗치기'란 전투경찰 버스 앞뒤로 방패를 들고 서 있는 경계근무 형태를 말하는 거다.

"니들이 지금 신촌에 구경 나온 관광객이야? 여긴 운동권 새끼들과 전쟁이 벌어지는 전쟁터야, 전쟁터! 그런데 뻗치기를 하면서 졸고 있어?"

최성식이 들고 있던 지휘 막대기로 바로 앞의 전경 헬멧을 내리치려다가 주위 시민들 시선을 의식하고 참는다. 분을 삭이지 못한 최성식이 전투경찰 버스 안으로 올라간다. 그러자 버스 안에 있던 전투경찰들이 의자 등받이에서 등을 떼고 똑바로 앉는다. 최성식이 버스 통로에 서서 일장훈시를 한다.

"똑바로 들어. 내년 대통령 선거를 앞두고 일부 극렬 좌경 학생들은 대통령을 우리의 손으로 직접 뽑자는 주장을 하고 있다. 이는 민주주의가 성숙하지 못한 한국에서는 때 이른 위험한 발상이다."

최성식이 자기 얘기를 잘 경청하는지 대원들 얼굴을 하나하나 표독스럽게 살펴보고 말을 계속한다.

"특히 분단 상황에서 북한의 대남 전략 정책에 동조하는 이들이 우리 사회를 극도로 혼란스럽게 만들려고 한다. 그래서 거리에서 데모를 하는 거다. 올해는 우리나라에서 아시안게임이 열린다. 나라의 발전을 위해 모두가 힘을 모아도 모자랄 판에, 삘갱이 새끼들이 거리까지 나와서 데모질을 해대고 있다. 이런데도 우리의 정신 상태가 썩었다. 군기가 완전히 빠져 있다. 내가 한 바퀴 돌고 올 때까지 부동자세로 서 있어. 실시!"

전경들이 후다닥 일어나 차렷 자세를 취한다. 최성식이 한 손에는 무전기를 들고 사복 체포조 2명을 대동하고 신촌 일대를 점검한다. 이들이 지나가자 시민들은 알아서 길을 비켜준다. 걷던 최성식의 발걸음이 멈춘다. 멈춘 곳은 신촌 로터리 일대가 잘 보이는 어느 건물 앞이다. 방금 이정훈이 올라갔던 건물이다. 이 빌딩 옥상에서 최성식도 이정훈처럼 망원경을 꺼내 신촌 일대를 살펴보고 있다.

"시위대가 숨어 있을 만한 골목은…… 바로 저기 시장 골목통이야. 사람들이 넘쳐나는 시장은 운동권 새끼들이 숨어 있기에 최적의 장소지."

최성식이 망원경에서 눈을 떼지 않은 채 혼자 말하고 있다.

"이 새끼들이 숨어 있을 만한 장소에 우리 병력이 미리 배치되어 사전 검문으로 이들을 체포해야 한다. 그리고 반정부 구호가 적힌 현수막은 주로 고가도로나 육교 난간에 펼치는데… 그렇지, 저기 현수막 걸기 딱 좋은 육교가 있네."

최성식이 정답을 발견한 듯 혼자 히죽거리며 옆에 있는 사복 체포조에게 한마디 덧붙인다.

"여기 신촌은 오거리여서 시위대가 도망칠 곳이 너무 많다. 어떻게 하면 좋을까?"

"소대장님, 그러면 처음부터 우리가 아예 오거리를 다 막아버리죠?"

"아냐, 아냐, 그건 안 돼. 전면 봉쇄가 최선은 아니야. 진압의 원칙은 퇴로야. 퇴로를 막아버리면 우리나 학생 놈들이나 싸움이 커져. 쥐도 수세에 몰리면 고양이를 무는 법, 퇴로 한 곳은 열어줘야 해."

진압에 대한 최성식의 탁월한 설명에 사복 체포조들이 고개를 끄덕인다.

건물에서 내려온 최성식이 들려오는 노랫소리에 고개를 돌린다. 목마 레코드숍 바깥에 설치된 스피커에서 흘러나오는 정수라의 '아! 대한민국' 노래를 들은 것이다. 목마 레코드숍 앞에서 '아! 대한민국' 노래를 다 듣고 최성식이 감탄을 한다.

"정말 감동적인 노래 가사야."

'원하는 것은 무엇이든 얻을 수 있고'라는 노래 가사에 심취한 최성식이 가사를 흥얼거린다. 그러더니 신촌 지하철역 계단으로 내려간다. 시위 전술 택을 짜는 이정훈의 행보와 똑같은 코스다. 최성식이 옆에 있는 사복 체포조에게 자기 얘기가 맞는지 물어본다.

"지하철역은 나오는 곳이 뻔해서 검문하기가 너무 좋다. 하지만 이건 반대로 생각하면 운동권 애들이 지하철로는 이동하지 않는다는 거다. 버스로 집결하면 우리의 배치 상황을 보고 정류장에 내리지 않고 그냥 통과할 수도 있지만, 지하철은 밖을 볼 수 없기 때문이다."

자기 혼자 묻고 대답하는 최성식에게 사복 체포조들이 뭐라 뾰족이 할 말이 없다. 최성식이 지하철역을 나와 '우산 속'이라는 디스코텍 간판을 보고 그 앞에 멈춰 선다.

"어떤 새끼들은 데모하느라 정신없고 어떤 새끼들은 노느라 정신없고. 참으로 이 나라가 어떻게 되려는지……."

대낮이라 아무도 출입하지 않는 디스코텍 정문을 최성식이 괜히 혼자 흥분해서 노려보고 있다.

7.
교통체증을 이용한
시위 전술 <택>을 짜다

서울 시내 중심가, 퇴계로 5가에는 세무서가 있고 바로 옆에는 아스토리아 호텔이 있다. 그곳에 군부대가 주둔해 있는데 수도경비사령부다. 사람들이 가장 많이 붐비는 곳은 대한극장인데 바로 옆으로 애완견을 파는 가게들이 많다. 저녁 7시 퇴근 무렵이라 직장인들이 건물에서 우르르 나오고 있다. 근처 인쇄소에 퇴근 시간에도 쉬지 않고 인쇄 기계가 돌아가고 있다. 이런 사람들 틈에 이정훈과 그의 동료가 보인다. 내일 있을 대한극장 앞 거리시위를 주동할 학생이다.

"한국에서 제일 큰 극장인 대한극장 앞 도로는 시위하기 좋은 장소야, 거기다가 세운상가로 연결되는 진양상가가 바로 길 건너편에 있어서 도망가기도 좋고."

이정훈이 대한극장 외벽에 걸려 있는 '겨울 나그네' 영화 간판을 보면서 시위 주동자에게 말을 건넨다. 그러자 시위 주동자는 대한극장 길 건너편에 있는 극동극장을 쳐다보며 되받아 말한다.

"길 건너 저쪽 골목 안에 극장이 있는데 대한극장에서 영화 상영이 종료되면 바로 저기 극동극장으로 넘어가, 2류 극장으로……"

"오우, 그런 거까지 어떻게 알아?"

"정훈아, 극장 얘기는 그만하고 본론으로 들어가자."

대한극장 바로 앞 버스 정류장에서 버스를 기다리는 척하면서 이정훈과 시위 주동자가 주위를 둘러본다.

"시위가 발생하면 저쪽 지하차도 너머 명동 쪽에 대기 중인 전경 버스가 이동해 올 거야."

"명동에서 여기까지 오려면 대략 몇 분이나 걸릴까?"

"이게 이번 시위의 묘미야."

"묘미?"

이정훈의 '묘미'라는 단어에 시위 주동자는 고개를 갸우뚱거린다.

"보통은 닭장차[6]가 5분 내로 도착할 텐데 퇴근 시간 러시아워에 걸리면 15분도 더 걸릴 거라고 봐야지. 내가 어제 퇴근 시간에 맞춰 여기까지 버스로 한 정거장 오는데 15분이 걸렸어."

"너 진짜 실사구시의 지리학자 같다."

이정훈의 꼼꼼한 시위 전술 '택'에 시위 주동자가 혀를 내두른다.

"그래서 말이야, 동 뜨는 시간을 퇴근 시간에 맞추자. 그리고 내가 대한극장 상영 시간표를 보니깐 7시 30분에 시작하는 영화가 있더라고, 그 시

---

6 닭장차 : 철창이 쳐진 전투경찰 버스를 비하하는 말

간 바로 10분 전 칠백이십(7시 20분)에 동을 뜨는 거야. 그러면 영화 보러 온 사람들과 시위대가 합쳐져서 검문 검색 피하기도 쉬울 거야."

시위 전술을 치밀하게 펼치는 이정훈을 시위 주동자가 이젠 존경의 눈빛으로 쳐다본다.

"그렇다면 시위를 15분 이상 할 수 있다는 얘기네?"

시위 주동자가 만족한 듯 이정훈의 어깨를 툭 치며 다음 말을 한다.

"내가 피[7]를 뿌리면서 동을 뜨는 건 어떨까?"

"누가 들으면 드라큘라 백작인 줄 알겠어, 피를 뿌리다니……. 그것도 좋은 방법이야."

대화를 끝내고 시위 주동자가 대한극장에서 상영 중인 영화 간판을 쳐다본다.

"정훈아, 겨울 나그네 관객이 20만 명이라는데 우리도 봤으면 30만은 됐을 거야."

"우와! 우리 주동자께서 별걸 다 알고 있어요. 당분간 사회랑 격리될 텐데……. 영화 볼까?"

이정훈의 제안에 시위 주동자가 긍정도 부정도 아닌 표정을 짓는다. 그러자 이정훈이 티켓을 끊으러 갔다가 바로 돌아온다.

"겨울 나그네 전석 매진이래."

"잘됐어. 영화는 무슨……. 그래서 저 길 건너편 극동극장이 장사가 되는 거야."

"그러네. 일류 극장인 대한극장에 영화 보러 왔다가 표가 매진이면 뭐든

---

7 피를 뿌리며 동을 뜨다 : 피(페이퍼, 유인물을 의미), 동을 뜨다(시위 주동을 하다)

봐야 하기 때문에 이류인 극동극장에서 다른 영화를 보는 거구나."

"정답! 정훈이 니가 겨울 나그네 보고 나한테 꼭 스토리 얘기해주라?"

"알았어, 근데 영화에 대해 왜 이렇게 잘 알아?"

"사실 내가 어릴 때 꿈이 영화감독이었어."

시위 주동자가 자기 꿈을 말한다.

"우와, 이래서 영화에 대해 빠삭했구먼. 근데 경제학 전공생이 영화 만들면 딱딱하지 않을까? 암튼 빵[8]에 가면 책 볼 일 많으니 영화 관련 책도 지혜한테 많이 넣어주라고 할게."

"고맙다. 정훈이는 뭐가 되고 싶었어?"

"나는 말이야, 사실 고등학교 때 밀레 같은 화가가 되고 싶었어."

"그 꿈을 미뤄뒀네?"

"그렇지 않아, 나는 시위 장소 택을 짜면서 그림도 잘 그리고 있어. 미룬게 아니라 지금 그 꿈을 실현하고 있는 거야."

"아이고! 부러워 죽겠다~~."

시위 주동자가 깔깔거리며 웃다가 사거리에서 교통정리를 하고 있는 수도경비사령부 소속 헌병을 손가락으로 가리킨다.

"그나저나 저 군인은 어떻게 하지?"

"뭘 어떡해?"

"가투가 벌어지면 재가 신고하지 않을까?"

"당연히 하겠지. 그렇다고 저 안에 있는 수도경비사령부 군인들이 출동하면 그때는 혁명이겠지? 그러니깐 재들은 신경 쓸 필요 없어."

---

8 빵 : 교도소라는 은어

이정훈이 시위 주동자의 자취방이 있는 봉천동 달동네로 함께 올라가고 있다. 집 근처에 슈퍼마켓이 보인다. 이정훈이 시위 주동자에게 묻는다.

"내일 아침밥은?"

"없는데."

"야! 자취하는 애가 어떻게 밥이 없냐?"

하면서 이정훈이 슈퍼마켓에서 꽁치 통조림이랑 포장 김치를 사고 있을 때, 슈퍼마켓 안에 있는 TV에서 KBS 〈유머 1번지〉라는 코미디 프로그램을 하고 있다. '회장님, 회장님, 우리 회장님' 코너에서 개그맨 김형곤이 '잘돼야 될 텐데…'라는 유행어를 구사하고 있다. 대머리 전두환을 기업 회장에 빗댄 시사 풍자 코미디다. 슈퍼마켓 주인뿐만 아니라 동네 주민들도 같이 보고 있다. 이정훈과 시위 주동자도 TV를 보다가 김형곤이 '잘돼야 될 텐데' 하면서 대머리 전두환을 연상케 하는 행동을 하자 동시에 낄낄거리며 웃는다. 그러다가 서로를 보고 웃음을 멈췄다가 다시 웃음을 터뜨린다.

같은 시간, 이정훈의 서클 동료인 최지혜의 집. 마당에는 연못까지 있다. 평창동에 있는 부유한 주택이다. 거실에서 최지혜의 아버지와 어머니가 TV를 보다가 김형곤의 개그에 어머니가 웃기 시작한다. 아버지는 엄한 표정을 짓고 있다.

"아니, 나라가 어떻게 되려고 저런 딴따라 새끼까지 대통령 흉내를 내고 지랄이야."

아버지가 TV를 향해 벌컥 화를 내자 어머니가 웃음을 멈춘다.

"그냥 웃자고 하는 건데요."

"이게 지금 웃자고 하는 거야?! 오냐오냐하면 애를 망친다고, 나라에서 이렇게 봐주니깐 학생 누무 새끼들 데모질이 더 극렬해지고 저런 놈들까지 대통령을 갖고 노는 거잖아?!"

아버지가 핏대를 세우고 있는데, 개 짖는 소리가 마당에서 난다. 최지혜가 현관문을 열고 들어온다.

"같이 저녁 한 지가 오래됐다?"

뼈 있는 아버지 물음에 최지혜가 우물쭈물하자, 어머니가 대신 답변해준다.

"지혜가 이제 4학년이라 취직 준비하느라 그렇죠. 밥은 먹었어?"

"네에."

"지혜야, 아빠가 미국 수출 건으로 미국 영사랑 엊그제 점심을 먹었는데, 미국대사관 공보과에서 직원을 뽑는다더라. 거기 어떠니? 아빠가 힘쓰면 될 거 같은데."

"글쎄요. 고민해볼게요."

최지혜가 답변을 흐리고 2층 계단으로 올라가 자기 방으로 들어간다. 커다란 책꽂이가 방 한쪽에 있다. 거기에는 수많은 책들이 꽂혀 있다. 최지혜가 가방을 내려놓고 한숨을 내쉰다.

"미대사관이라……."

다음 날 저녁 시간, 대한극장 매표소 앞에 관람객 줄이 길게 늘어서 있다. '겨울 나그네' 영화를 보러 온 사람들이다. 영화 관람이 목적인 사람들은 표정이 밝은데 그렇지 않은 사람들이 있다. 오늘 거리시위를 하러 온 학생들은 애써 영화 홍보 전단을 읽는 척하며 초조하게 손목시계를 보고 있다. 이정훈이 짜놓은 가두시위 전술에 따라 칠백이십(7시 20분)에 동이 뜨기를 기다리고 있다.

매표소 바로 옆쪽에 오늘 시위 수봉사가 있디. 그가 손목시계를 보며 시간을 확인하는데 40대 중반의 남자가 다가온다. '혹시 이 사람 사복 경찰 아닐까?' 하고 시위 주동자가 긴장한다. 다가온 남자가 은밀하게 말을 건넨다. 그런데 시위 주동자가 긴장해서 이 남자가 하는 말을 제대로 알아듣지 못한다.

"저한테 뭐라고 말씀하시는 거예요?"

"암표 필요하냐고? 오늘 겨울 나그네 전석 매진이야. 표 없어."

형사가 아니라 암표상이었다. 극도의 긴장감이 풀리고 시위 주동자 얼굴에 미소까지 번진다.

"아저씨, 오늘은 필요 없을 거 같네요. 다음에 꼭 사서 볼게요."

시위 주동자가 암표상에게 말을 끝내고 점퍼 안에 감춰놨던 유인물을 하늘 높이 힘차게 뿌린다. 시위 시작을 알리는 거다. 어두워지려는 하늘에서 유인물이 꽃잎처럼 휘날린다. 암표상은 지금 이게 무슨 행위인지 몰라 어리둥절해서 하늘을 쳐다보고 있다. 뿌려진 유인물이 땅바닥에 닿기 전에 시위 주동자가 구호를 외친다.

"광주 학살 자행한 전두환 정권 타도하자!"

7시 20분 시간에 맞춰 주위에 있던 학생들이 함께 구호를 외치며 스크럼을 짜기 시작한다. 대한극장 양쪽 차선의 차량을 각목 든 남학생들이 막아선다. 시위 주동자가 시민들을 향해 메가폰으로 전두환 정권의 반민중성에 대해 선전·선동을 한다.

"애국시민 여러분! 전두환 정권은 80년 5월 광주 시민들을 무차별 학살하고 정권을 잡았습니다. 이런 전두환이 내년 87년 직선제 개헌을 거부하고 다시 대통령이 되겠다고 합니다. 이런 살인마 정권에게 우리의 삶을 다시 맡겨야 하겠습니까?!"

열변을 토해내는 시위 주동자의 사자후에 시민들의 반응이 나타난다. 박수를 쳐주는 시민들, 유인물을 열심히 읽고 있는 시민들이 시위 주동자의 말에 귀를 기울이고 있다. 이정훈의 예상대로 시위대가 양쪽 차로를 막자 교통체증이 더 심해지면서, 15분이 지났는데도 전투경찰 버스가 대한극장 쪽으로 나타나지 않고 있다. 사거리에서 교통 정리를 하던 수도경비사령부 소속 헌병이 시위 상황을 신기한 듯 구경하고 있다. 시위 주동자가 손을 내뻗어 '전두환 정권 타도하자'를 외치자 몇몇 시민은 함께 손을 들며 구호를 따라 외친다. 마침내 명동 쪽에서 전투경찰 수송 버스가 모습을 드러낸다. 시위 주동자를 보호하는 학생들이 전경 버스가 나타난 걸 시위 주동자에게 알려준다.

　"자, 애국시민 여러분! 우리 함께 힘을 모아 전두환 정권을 타도하고 평등한 세상을 건설합시다. 감사합니다."

　시위 주동자가 다급히 말을 마치자 남학생들이 화염병에 불을 붙이고 다가오는 전투경찰 버스를 향해 던진다. 수십 개의 화염병이 날아가 도로 바닥을 금세 불바다로 만든다. 전투경찰들이 최루탄을 아직 발사하지 않았지만 시위 주동자가 시위대에게 해산 명령을 내린다. 그러자 시위대들이 뿔뿔이 흩어진다. 사복 체포조가 시위대에 뛰어들면 쫓기듯이 도망치던 예전 시위 형태와 달리, 이번 시위는 교통체증을 이용하여 장시간 동안 성공적으로 이뤄졌다. 이날, 시위 주동자를 제외하고는 단 한 명도 잡히지 않았다.

8.

남대문 시장 시위를
모의하다

최지혜의 아버지가 안방에 걸려 있는 새해 달력에서 '2000년'이라는 올해 연도를 보고 있다. 그러면서 연도를 역순으로 웅얼거린다.

"2000, 1999, 1998, 1997, 1996, 1995……"

최지혜 아버지의 이상한 행동에 최지혜의 어머니가 "지금 뭐 하는 거예요?"하고 묻는데도 아버지는 계속 숫자만 이어간다.

"1988, 1987, 1986."

그러다가 1986에서 말을 멈춘다. 아버지 입에서 '1986'이라는 숫자가 튀어나오자 어머니 표정이 굳어버린다. 최지혜가 실종된 연도다. 1986년 겨울에 출근한다며 집을 나간 딸이 14년이 지났지만 아직도 집으로 돌아오지 않고 있다. 지난 14년 동안 어머니와 아버지는 사라진 딸을 찾아 백방으로 수소문했지만 어디에서도 딸의 흔적을 발견하지 못했다.

"도대체 내 딸이 하늘로 올라간 거야, 땅으로 꺼진 거야?"

새천년이 시작된다는 2000년 밀레니엄 시대라고 사람들은 들썩이고 있지만 최지혜의 아버지와 어머니는 어떤 감흥도 느끼지 못한다.

연초, 새해 첫날부터 최지혜의 아버지와 어머니는 대한극장 앞에서 딸의 실종 전단을 사람들에게 나눠주고 있다. 그러나 영화를 보러 온 사람들은 전단을 잘 받지 않는다. 최지혜의 아버지와 어머니는 양손에 전단을 들고 힘없이 터벅터벅 걸어간다. 둘이 걷다 보니 남대문 시장까지 왔다. 시내 중심가 광화문에 있는 미대사관에서 딸이 사라졌기 때문에 최지혜의 아버지와 어머니는 시내 중심가 지역에서 전단을 나눠주고 있다.

시간은 2000년에서 과거로 돌아간다. 1986년 5월 남대문 시장에 이정훈이 서클 동료 박창식과 함께 있다. 서울대학교 입학식이 끝나고 신림 사거리 중국집에서 이정훈 가족 옆에 앉아 있던, 경상도에서 올라온 의예과 학생 박창식이다.

"창식아! 복잡한 재래시장만큼 시위대가 도망치기에 좋은 퇴로는 없어. 한마디로 최적의 시위 장소지. 그렇지만 시장 상인들과 충돌할 수 있다는 게 문제야."

이정훈의 문제 제기에 박창식이 반문한다.

"시장 상인들과 충돌이라니?"

"상인들은 손님이 시장에 안 오는 것을 제일 두려워해. 장사를 못 하기 때문이지. 시장 안에서 시위가 발생하면 가게의 물건이 파손될 수도 있고. 그래서 시위대가 전투경찰과 싸우기 전에 상인들과 싸움이 날 수도 있어. 작년 겨울에 상인들이 학생들을 잡아서 경찰에 넘기기도 했잖아. 잘 알지?"

"재래시장의 양면성이구먼."

"하루 벌어 하루 먹고사는 상인들이니깐 어쩔 수 없지……. 그러니까 창식이 니가 시장 상인들을 설득해낼 수 있는 감동적인 아지[9]를 해야 돼."

이정훈의 충고 아닌 충고에 박창식이 입을 굳게 다문다.

"그렇지만 너무 걱정하지 마. 전두환이 장기 집권 음모를 노골적으로 드러냈기 때문에 민중도 반응이 있을 거야. 우리 역할이 민중의 분노에 불을 붙이는 거잖아. 그리고 무엇보다 시위 주동자인 네가 학생처럼 안 생겨서 시장 상인들 호응이 좋을 거야. 동질감을 느껴서."

이정훈의 농담 어린 말투에 박창식이 주먹을 굳게 쥔다.

"나만 믿어봐! 그러면 정훈아, 퇴로는?"

"남산공원 쪽으로 도망치면 아주 좋아. 그쪽에는 전투경찰 버스 등이 배치되어 있지 않더라고. 퇴로는 그쪽으로 잡았어."

"남산공원? 거기 한번 가보자. 서울 올라오던 날, 아버지가 남산에서 케이블카 타자고 했었는데."

박창식이 어린아이처럼 신이 나서 이정훈의 팔을 끌어당긴다.

"그러고 보니 입학식 날, 중국집에서 니가 아버지한테 했던 얘기를 내가 엿들었어."

"내가 무슨 얘기를 했는데?"

이정훈이 박창식의 경상도 사투리를 흉내 낸다.

"아부지, 의과대학은 공부할 게 너무 많아서 데모할 시간이 없어예."

이정훈이 자기 말투를 흉내 내자 박창식이 기침까지 해가면서 웃는다.

---

9 아지(아지테이션 - Agitation) : 선동

"남의 소중한 가정사를 옆에서 키닝하다니……. 정훈이 너도 입학식 때 가족들 다 왔었어?"

"응, 시집간 누나까지 왔었어."

"야~ 시간 참 빠르다. 입학할 때가 엊그제 같은데 벌써 우리가……."

박창식의 얼굴이 살짝 어두워졌다가 이정훈보다 앞서 걸어간다.

오뉴월 햇살에 갓난아이들이 쑥쑥 자라난다는 날씨에 남산공원에는 진달래, 개나리꽃이 어우러져 피어 있다. 광장 한구석에 김구 선생 동상이 보인다. 그걸 본 박창식이 김구 선생 동상을 향해 손을 흔든다.

"김구 선생님! 제가 왔어요."

"투사 창식이가 김구 선생님한테 인사까지 하네."

"한 번은 꼭 오고 싶었던 남산에 오니 괜히 기분이 들뜬다."

"창식아, 의대 공부 계속했으면 정말로 외과 했을 거야?"

"응, 수술 잘하는 의사가 되고 싶었어."

"체 게바라도 의사였잖아. 한국의 체 게바라가 되면 되겠네."

"고맙다, 정훈아. 니 덕분에 윤봉길 의사 같은 의사도 되고……."

둘이 대화하면서 케이블카 타는 곳까지 금방 걸어왔다.

"케이블카 한번 타볼까?"

박창식의 제안에 이정훈이 쉽게 동의한다. 창식이가 이번 남대문 시장 시위로 구속이 되면 언제 교도소에서 나올까 싶어서 그런 거다.

"서울 처음 왔을 때 케이블카 타야지 타야지 했는데, 창식이 동 뜨는 기념으로 오늘에야 타보네."

케이블카를 타고 남산 팔각정까지 올라가는데 서울 시내가 다 내려다보인다. 소풍 나온 유치원생처럼 이성훈과 박창식이 즐거워한다. 케이블카가 팔각정에 도착하고 박창식이 화장실을 다녀올 동안 벤치에 앉아서 이정훈이 종이에 뭔가를 그리고 있다. 잠시 후 나타난 박창식이 이정훈이 그린 그림을 보고 놀란다.

"우와! 김구 선생님이 아니라 박창식 선생님이네."

이정훈이 김구 동상에 박창식 얼굴을 끼워 넣은 그림이다.

"나중에 우리 정훈이는 남산 팔각정에서 초상화 그려주고 먹고살아도 되겠다. 그나저나 벌써 내 동상까지 만들어주다니…… 나보고 빨리 죽으라는 얘기냐?"

"죽기는 왜 죽어. 다들 오래 살아 좋은 세상 봐야지……."

둘이 팔각정에 앉아 솜사탕까지 한 개씩 사서 녹여 먹고 있다. 달콤하다. 대학 입학 이후 처음으로 맛보는 느긋한 봄날이다. 유치원생들이 두 명씩 짝을 지어 걸어가고 있다. 그걸 애정 어린 눈빛으로 보고 있는 이정훈을 박창식이 툭 건드린다.

"뭘 유심히 보고 있어?"

"고향에 있는 조카 생각이 나서."

"나도 세살짜리 조카가 있는데 얼마나 귀여운지 몰라, 정훈아, 봄볕이 요렇게 따뜻한 줄 정말 몰랐다."

"나도 사실 여기 올라왔을 때 그 생각이 제일 먼저 들더라. 그나저나 어머니 수술은 잘됐어?"

"엄마는…… 말기 암이라 어려울 거 같아. 아들이 의대생이라고 늘 자랑스러워하셨는데……."

박창식이 자기 눈에 물기가 어리자 눈에 힘을 꽈악 준다.

"우리가 어머니 잘 돌봐드릴게, 지혜가 빵잽이[10]들 옥바라지 전문이잖아."

"정말 고맙다……."

이정훈에게 고마움을 전하는 박창식이 어머니 생각에 다음 말을 잇지 못한다.

"괜히 어머니 얘기로 마음 혼란하게 해서 미안하다."

"아니야, 가족 문제는 운동하면서 어차피 해결해야 할 문제잖아. 그만 내려가자."

남산공원 올라갈 때 앞장서서 걷던 박창식이 내려갈 때도 앞장서서 걷는다. 그 뒤를 따라오던 이정훈이 쭈뼛거린다. 그런 낌새를 느낀 박창식이 걸음을 멈춘다.

"왜 그래?"

"그게 말이야, 내려갈 케이블카 요금이 없는데……."

"별게 다 걱정이다. 걸어가면 되잖아"

넉살 좋은 박창식이 이정훈과 어깨동무를 한다. 둘이 개구쟁이들처럼 씩씩하게 걸어 내려간다.

10 빵잽이 : 감옥에 간 대학생 수감자

9.
시위를 주동하는
의대생

    대학가 시위 진압 출동이 없는 날, 서대문 경찰서 마당에서 전투경찰, 사복 체포조 들이 시위 진압 장비를 점검하고 있다. 학생들이 백골단이라 부르는 사복 체포조들은 청바지, 청재킷, 사과탄 주머니, 방독면 마스크, 가죽 장갑, 흰 운동화, 대발(대나무를 쪼개서 가슴과 정강이 보호대)을 착용하고 있다. 사과탄 주머니에는 사과탄 7개가 들어간다. 하얀 헬멧을 쓰고 있어서 학생들이 백골단이라고 부르는 것이다. 소대장 최성식이 상황을 체크하며 지나가다가 사복 체포조 중 한 명의 어깨를 툭 치고 지나간다. 이름이 김용수인데 최성식과는 여수에서 같은 고등학교를 나왔다. 김용수는 집안이 어렵고 공부도 썩 잘하지 못해 고등학교 졸업 이후 특수부대를 지원했고, 제대한 후에 특채로 사복 체포조에 임용되었다. 그리고 우연히 고등학교 동기인 최성식이 소대장으로 있는 기동타격대에 배치된 것이다. 고등학교 친구 사이지만 계급은 최성식이 높은 상관이다.

전투경찰들은 SY-44 발사기를 점검하고 있다. 이 발사기는 각도가 45도 밑으로 내려가면 작동하지 않게 설정되어 있다. 전경들이 시위대를 향해 직격탄 발사를 못하게 한 조치다. 가스차라 불리는 페퍼포그 차량도 최루액을 주입하고 있다. 최성식 소대의 전투경찰과 사복 체포조는 수송 버스 3대, 지휘 차량 1대, 보급 차량 1대로 대형을 갖추고 거리 시위 진압에 나선다.

시위 예상 지역에 최성식 소대의 전투경찰 버스들이 주차되어 있다. 따듯한 날씨라 전투경찰들과 사복 체포조들이 밖에서 점심을 먹기 위해 배식을 기다리고 있다. 대원들이 배식을 기다리고 있는데 김용수가 새치기해서 맨 앞으로 끼어든다.

"야, 오늘 반찬이 뭐냐?"

김용수가 자기 식판에 밥을 산더미처럼 퍼 담으면서 삶은 달걀 하나를 더 집어 호주머니에 넣으며 묻는다.

"이러면 다른 사람 계란이 없어요."

"아, 새끼 참 말 많네. 다 먹고 살자고 하는 일인데."

김용수가 배식하는 취사병의 말을 무시하고 바닥에 주저앉아 밥을 한 숟가락 입에 넣는다. 이때 소대장 최성식이 버스에서 빠른 걸음으로 내려온다.

"시위 발생, 출동! 출동!"

최성식의 명령에 전투경찰들은 먹으려던 밥을 놔두고 후다닥 전경 버스에 올라탄다. 김용수는 숟가락으로 밥과 반찬을 한입에 쑤셔 넣는다. 이를 본 최성식이 김용수를 째려본다. 그러자 김용수가 밥과 반찬을 씹어 먹으면서 말을 내뱉는다.

"아~ 밥 먹을 땐 개도 안 건드린다는데…… 이 데모하는 새끼들은 개지랄이야."

전투경찰과 사복 체포조 들을 태운 수송 버스가 남대문 시장을 향해 달려간다. 남대문 시장 좁은 골목마다 행상 좌판들이 빼곡하게 들어서 있고 노점상들이 물건을 팔고 있다. 학생들이 상인들과 물건을 사러 온 사람들에게 반정부 유인물을 나눠주고 있다. 각목과 화염병으로 무장한 남학생들은 남대문 시장 입구에서 전투경찰 버스가 오는지 지켜보고 있다. 그들의 손에는 일회용 라이터가 들려 있다. 여차하면 화염병에 불을 붙여 던져야 하기 때문이다.

안 그래도 복잡한 시장에 시위 학생들이 나타나자 몇몇 상인들의 목소리가 짜증스럽게 높아진다. 이때 오늘 시위를 주동하는 의대생 박창식이 메가폰의 사이렌을 울린다. 이 소리를 민방위 훈련으로 착각하는 상인들도 있다. 메가폰을 들고 있는 박창식에게 모두의 시선이 쏠린다.

"안녕하세요? 저는 여러분과 함께 이 땅을 살아가는 민중의 아들입니다."

다른 시위 주동자는 눈에 힘을 꽉 주고 정치인 연설하듯 얘기를 하는데 박창식은 편안한 말투로 싱글싱글 웃어가며 말을 한다.

"우리는 꼭두새벽부터 일어나 늦은 밤까지 일하며 사는데 우리의 삶은 나아지지 않고 있습니다. 그 이유가 뭘까요?"

퀴즈 문제 내듯 이유를 묻는 시위 주동자의 질문에 시장 상인들이 귀를 기울인다. 농사꾼처럼 생긴 박창식의 외모도 상인들을 집중시키는데 한몫을 하고 있다.

"80년 5월 광주 시민들을 자기 맘대로 살해하고 정권을 잡은 대머리 전두환은 민중의 어려운 삶은 외면한 채, 자신들만의 편안한 삶을 지속하기 위해 또다시 대통령을 해먹으려고 합니다. 그것도 지 마누라 주걱턱 이순자와 함께 말입니다."

박창식이 '대머리, 주걱턱'이란 단어를 말하자 상인들이 웃는다. 시위 주동자 박창식 곁에 시장 상인들이 점점 늘어난다. 그의 얘기를 듣기 위해서다.

"우리도 일요일 하루는 편히 쉴 수 있는 날을 만들려면 어떻게 해야 할까요? 생각보다 쉽습니다. 우리 모두가 구호를 힘차게 외치면 됩니다. 오늘은 저를 따라 함께 외쳐 주세요. 그리고 다음번에 저 같은 사람이 나타나면 이렇게 해주세요. 같이 돌멩이를 전투경찰을 향해 던지는 겁니다. 자, 오늘은 구호만 저랑 같이 힘차게 외치면 됩니다. 민중 생존 압살하는 전두환 정권 타도하자!"

박창식이 외치는 구호를 시장 상인들이 따라 해준다. 노점상들이 힘찬 박수를 박창식에게 보내준다. 아주머니 한 분이 박창식에게 자기가 파는 박카스 한 병을 건네준다. 박창식이 박카스를 건네받으며 어머니 나이 또

래의 아주머니 손을 잡으며 말한다.

"어머님~ 감사합니다. 이 박카스 마시고 열심히 싸우겠습니다."

마침내 전투경찰 버스가 왔다. 화염병과 각목을 들고 있는 전투소조 남학생들이 달려간다. 곧바로 화염병을 전투경찰 버스를 향해 투척한다. 그리고 모두가 바로 후퇴해서 남대문 시장 안으로 들어온다. 멈춰선 전투경찰 버스에서 내린 전투경찰들이 열을 맞춰 방패를 들고 남대문 시장 쪽으로 다가간다. 소대장 최성식이 뒤에서 명령한다.

"SY-44 장전! 발사!"

남대문 시장 시위대 쪽으로 최루탄이 날아온다. 상인들은 혼비백산 도망을 가는데 학생들은 도망가지 않고 전경들이 가까이 다가오기를 기다리고 있다. 남학생들 손에는 계속 화염병이 들려 있다. 최성식이 사복 체포조들에게 명령을 내리자 김용수를 포함한 사복 체포조들이 먹이를 포착한 치타처럼 뛰어간다. 그런데 시장 입구에 있는 봉고차와 리어카 들 때문에 들어가기가 만만치 않다. 이를 본 최성식이 연이어 명령을 내린다.

"저 봉고차들 밀어버려."

사복 체포조들이 주차해 있는 봉고차들을 들어 올려 옆으로 밀어낸다. 이때를 틈타 시위대의 화염병이 사복 체포조들을 향해 날아온다. 순식간에 번져오는 화염에 하마터면 김용수가 화상을 입을 뻔했다. 사복 체포조들 눈빛이 살벌하게 변한다. 시위를 주동하는 박창식은 메가폰으로 구호를 쉴 새 없이 외치고 있다.

"저 새끼 잡아!"

최성식의 단말마 명령에 사복 체포조들이 용수철처럼 튀어 나간다. 사복 체포조들은 전투경찰들의 두툼한 시위 진압복과는 달리 청재킷에 청바

지, 헬멧 차림으로 시위 주동자를 체포하러 간다. 그런데 이번엔 노점상들
이 길을 비켜주지 않는다. 비켜주지 않는 게 아니라 자신들을 막고 있다.
이에 김용수가 당황한다.

"어어? 비키세요. 비켜!"

김용수의 말에도 상인들 행동이 변하지 않는다. 사복 체포조들이 노점
상들과 티격태격하고 있을 때 최성식이 최루탄 발사 명령을 내린다. 이번
엔 최루탄이 상인들 머리 바로 위에서 터진다. 눈물, 콧물 흘리며 정신을
못 차리는 상인들을 밀어제치며 사복 체포조들이 시위 주동자를 잡기 위
해 달려든다. 오늘 거리 시위를 할 만큼 했다고 판단한 박창식이 시위대에
게 해산 명령을 내린다. 이정훈의 택, 전술대로 시위대는 남산공원 쪽으로
뿔뿔이 흩어져 도망친다. 사복 체포조에게 잡혀가는 박창식을 시장 상인들
이 안타깝게 쳐다보고 있다. 전투경찰 버스 안으로 연행되어 온 박창식과
시위 학생들에게 김용수가 명령한다.

"지금부터 호주머니 안에 있는 거 다 꺼내놓는다. 실시!"

연행된 학생들 호주머니에서 농선, 지갑, 그리고 라이터가 나온다. 그걸

본 김용수가 한 건 잡았다는 듯 단호히 "라이터 나온 새끼들은 화염병 던진 거니깐 적극 가담자로 분류!" 말하다가 박창식이 꺼내놓은 박카스 병을 보고 놀란 표정이 된다.

"오우! 이 새끼는 데모 대장이라고 아예 박카스 화염병을 갖고 다니네."

"화염병 아닌데요."

"이게 화염병이 아니면 뭐야?!"

김용수가 박카스 병뚜껑을 돌려 냄새를 맡아보고 마셔보니 진짜 박카스 음료수다. 박창식이 능글능글하게 말한다.

"시장 상인들이 준 박카스입니다."

"그러니깐 니 얘기는 장사꾼들이 박카스 먹고 힘내서 데모하라고 줬다는 거지?"

김용수가 자기의 질문이 끝남과 동시에 박창식의 가슴을 발로 걷어찬다.

"이 새끼가 아주 우릴 갖고 노네. 너! 어느 대학 다녀?"

"서울대요."

"전공은 뭐야, 새꺄?"

"의예과요."

"의예과면 의사……."

김용수가 머뭇거리다가 더욱 화가 난 얼굴이 되어 박창식의 가슴을 주먹으로 때린다.

"개새끼들, 의사나 하면서 세상 편히 살지. 뭐가 불만이야, 병신 새끼들 내가 대학생이면 씨발! 도서관에서 공부만 하루 종일 할 거다. 니가 생긴 건 우리랑 비슷해서 정이 가는데 하는 짓은 맞아야겠다."

김용수가 이번엔 쓰고 있던 헬멧으로 박창식을 사정없이 구타한다.

집시법으로 구속된
선배를 그리며

오늘 있었던 남대문 시장 시위를 주도했던 박창식의 자취방에 이정훈과 최지혜가 있다. 박창식에게 구속영장이 발부되면 경찰 수사관들이 가택 수색을 나오는데, 그 전에 문제가 될 만한 책, 유인물 등을 챙겨 가기 위해서다. 허름한 반지하 자취방, 책상 위에는 박창식이 대학 입학식 때 가족들과 서울대학교 교문 앞에서 찍은 사진이 액자 속에 들어있다. 그걸 본 이정훈의 마음이 짠하다. 최지혜가 사회과학 책 등을 챙겨서 가방에 넣고 있다.

"지혜야, 얘기 들어보니 오늘 가투에서 창식이 아지[11]가 감동 그 자체였다는데……. 상인들이 재미있어서 웃고 난리가 났대."

"창식이가 말을 쉽고 재밌게 하잖아."

---

11 아지(아지테이션 - Agitation) : 선동

최지혜가 취사도구 없는 박창식의 자취방을 보며 긴 한숨을 내쉰다.

"얘는 밥도 안 먹고 살았던 거 같아."

"명색이 의대생이라는 녀석이 지 건강은 하나도 안 챙기고 살았네……."

이정훈이 잠시 말을 멈췄다가 최지혜를 쳐다본다.

"지혜야! 지난번에 내가 살짝 얘기했지만, 우리가 지금까지 벌이고 있는 산발적인 가두시위만으로는 적들에게 치명적인 타격을 입히지 못해. 그래서……."

이정훈이 무거운 얘기를 꺼내자 최지혜가 긴장한다.

"뭔가 큰 싸움이 필요할 거 같다."

"큰 싸움이라면?"

"내가 조만간 너랑 의논할게."

"알았어. 오늘 서클 후배들이 술 한잔한다는데?"

"그냥 후배들끼리 하게 놔두자고. 창식이 구속으로 다들 마음이 심란할 텐데."

저녁 늦은 시간, 서울대 학생회관에 있는 사회문화연구회 서클룸에 회원들이 모여 있다. 그 모임은 3학년 김영철이 이끌고 있다. 1학년생도 열 명 정도 있다. 사회과학 책을 읽고 토론하는 긴 테이블 위에 오늘은 막걸리와 두부, 새우깡 등 저렴한 안주가 놓여 있다. 오늘 남대문 시장 시위로 구속된 서클 선배 박창식 때문에 분위기가 무겁다. 김영철이 어렵게 입을 연다.

"오늘 남대문 가투[12]로 우리 서클 창식이 형이 SM[13]을 정리했습니다.[14] 남대문 시장 가투에 참가했던 후배들은 창식이 형이 상인들에게 했던 마

---

12 가투 : 가두 투쟁. 가두시위를 말함
13 SM(Student Movement) : 학생운동
14 정리하다 : 학생 신분으로 학교 다니는 것을 끝내는 것.

지막 말을 기억하고 있을 겁니다. 우리 모두 힘을 합쳐 전두환 정권을 몰아 내고, 가난한 사람들도 일요일 하루는 편히 쉴 수 있는 날을 만들자는 형의 말과 꿈을 우리가 꼭 이뤄냅시다."

김영철이 투쟁의 결의를 다지고 있지만, 분위기가 침울하다.

"자! 다들 잔을 들고, 창식이 형이 건강하게 다시 우리 앞에 나타날 그 날을 기원하며, 창식이 형을 위하여!"

김영철의 '위하여' 건배 선창에 후배들이 막걸리가 담긴 종이컵을 위로 들어 올린다. 안주는 안 먹고 막걸리만 마시고 있던 1학년 여자 후배가 김 영철에게 약간 따지듯 묻는다.

"영철이 형, 우리가 전두환과 싸우는 게 달걀로 바위 치는 거 같아요."

후배의 술 취한 물음에 김영철이 차분히 답해준다.

"나도 3년 동안 돌 던질 때마다 그런 생각이 들어. 하지만 전두환 정권 이라는 바위는 튼튼한 바위가 아니라고 생각해. 민중을 학살하고 집권한 반민주적인 정권은 민중의 단합된 힘으로 깨부술 수 있다고 봐."

흥분하지 않고 말의 고저가 일정한 김영철의 설명을 듣고 있던 2학년 후배가 과격하게 끼어든다.

"맞아요. 계란이 바위에 던져져 깨지면 계란 후라이도 될 수 있습니다. 투 사는 깨져 새날을 빚는 겁니다. 자! 파쇼 정권 타도의 그날을 위해 건배!!"하 는데 1학년 후배들의 반응이 거의 없다. 그러자 2학년 후배가 쑥스러워 한 다. 이때 1학년 여자 후배가 자기 얘기를 꺼낸다.

"제가 대학 들어와서 처음 나간 가투가 오늘 남대문인데요. 사실 너무 무서웠어요. 고향에 있는 엄마, 아버지 생각도 나고, 혹시라도 내가 구속되 면 어떻게 하지……"

1학년 후배의 목소리가 떨린다. 그런 후배에게 김영철이 솔직하게 자기 생각을 밝힌다.

"나도 사실 늘 무서워. 전투경찰 방패에 찍히고 백골단 곤봉에 맞을 때는 이러다 죽을 수도 있겠다는 공포감도 들어. 그렇지만 그 두려움을 우리가 함께 이겨내자고. 그건 민중에 대한 사랑과 사회 변혁에 대한 과학적 이론으로 무장할 때 가능하다고 봐. 자, 힘들 내자고!"

김영철의 목소리에 힘이 실린다. 그러자 1학년 후배가 취했지만 조금 안정을 찾는 모습이다. 노래를 잘하는 후배가 노래하자고 제안한다.

"창식이 형이 죽으러 간 것도 아니잖아요, 제가 노래 하나 하겠습니다. 노래 제목은 '친구 투(2)'입니다."

후배가 목청을 가다듬고 노래를 시작한다.

—— 어두운 죽음의 시대 내 친구는……. 멀고 험한 길을 북소리 울리며 사라져 간다. 친구는 멀리 갔어도 없다 해도……. 내 마음속에 영혼으로. 살아 살아, 이 어둠을 사르리, 사르리…….

노래 부르던 후배의 목소리가 끝내 울먹이며 갈라진다. 김영철을 포함한 서클 후배들이 후렴구를 같이 부르면서 눈가에는 전두환 정권에 대한 분노와 함께 눈물이 그렁그렁 맺힌다.

늦은 밤, 9시가 지난 시간임에도 경찰 조직의 우두머리 치안본부가 있는 서대문 로터리 화양극장 앞에는 전투경찰 버스들이 줄지어 서 있다. 뻗치기 근무 경계를 서고 있는 전투경찰을 제외한 전투경찰들과 사복 체포조들이 버스 안에 모여 있다. 소대장 최성식이 이들을 상대로 정신교육을 하고 있다. 최성식의 고등학교 동기 김용수의 모습도 보인다.

"우리가 막아야 할 가두시위에는 두 종류가 있다. 대학 운동권 놈들이 아예 가두시위 날짜와 상소를 표방하고 벌이는 공개 시위와 그 반대인 기습 시위다. 공개 시위는 원천봉쇄 작전을 처음부터 펼 수 있지만, 기습 시위는 막아내기가 쉽지 않다."

최성식이 '시위'라는 단어를 말할 때마다 지휘봉에 힘을 주어 휘두른다.

"1986년 올해는 시민들의 반응이 예사롭지 않다. 내가 배운 바에 의하면, 시위대에 동조하는 형태가 6·25전쟁 당시 빨갱이들에게 동조했던 양민의 모습이다. 이번 남대문 시장 상인들의 행동에서 그 모습을 보았다. 시위진압이 점점 어려워진다. 다들 그렇게 생각하지?"

최성식의 강요에 부하들이 "네!"하고 크게 대답한다.

"시위대와 시민들의 구별이 쉽지 않다. 그래서…… 시위대건 시민이건 무조건 일단 체포다. 알겠지?"

"네에!"

전경들이 큰 목소리로 답한다. 최성식이 전경들 상대로 교육을 마치고 버스에서 내려오며 혼잣말로 결론을 내린다.

"사실 데모를 막는 최고의 방법은 시위 정보를 미리 아는 거다. 우리에게 포섭당한 프락치 정보원의 정보를 통해서다."

화양극장에 영화를 보러 온 대학생 차림의 학생들을 보고 최성식이 사복 체포조들에게 명령을 내린다.

"극장 안까지 들어가! 보면 알잖아! 영화 보러 온 애들인지, 데모하러 온 애들인지."

"쟤는 우리 쉬는 꼴을 못 봐요."

김용수와 사복 체포조들이 투덜거리며 움직인다. 극장 안으로 들어간 사복 체포조들이 남녀 4명을 체포해 나온다. 근데 여자들은 짧은 치마에 하이힐까지 신고, 아무리 봐도 시위대가 아니고 데이트하러 온 사람들이다. 김용수가 연행한 남녀 4명을 전투경찰들에게 넘긴다. 그러고는 피곤한 듯 버스 안으로 들어간다.

버스 안에서는 계급이 낮은 전경은 몸을 곧추세우고 앉아 있고, 고참 전경들은 편하게 앉아서 소니 워크맨으로 음악을 듣기도 한다. 소니 워크맨을 통해 나오는 음악 소리에 김용수가 고참 전경을 툭 친다.

"야! 그거 줘봐."

"왜요?"

"왜요? 왜요는 일본 이불 요고, 명령이다. 줘봐!"

김용수가 워크맨을 뺏다시피 해서 자기가 들으며 묻는다.

"이 팝송 제목이 뭐냐?"

고참 전경이 아니꼽지만 노래 제목을 말해준다.

"타잔보이요."

"타잔? 아, 그래서 가사가 Oh, Oh, Oh~구나. 영어 쉽네. 이래서 대학생들이 워크맨 들으면서 영어 공부하는 거구나."

이때, 버스 문이 열리며 최성식이 나타난다. 워크맨 헤드폰을 끼고 있는 김용수에게 한마디 한다.

"애들 거 자꾸 뺏지 마."

"잠깐 빌린 거예요. 그나저나 밤도 늦었는데 애새끼들 지랄 안 하겠죠?"

"그거야 모르지."

최성식의 말이 끝나기도 전에 무전기가 지지직거린다. 최성식이 무전을 받는다.

"찰리 브라보……. 뭐야? 21시 30분 광화문 로터리 솔밭에 풀잎 일어날 예정? 알았다, 오버!"

무전을 마친 최성식이 다급히 명령을 내린다.

"출동 준비!"

최성식이 받은 가두시위 정보는 경찰에 회유 포섭당한, 소위 말하는 '프락치 정보원'이 알려준 것이다.

잠시 후, 시위가 벌어지려던 광화문 로터리 부근 버스 정류장에 버스가 도착하자마자 사복 체포조들이 버스에 올라가 시위 예상자들을 무조건 연행하기 시작한다. 그들이 소지하고 있던 각목, 화염병, 유인물도 모두 발각된다. 그런 모습을 보며 최성식이 뿌듯한 듯 중얼거린다.

"니들은 우리를 절대 이기지 못해!"

11.
학생운동 세력의
비밀 아지트

　학생들의 광화문 로터리 거리 시위 정보가 경찰에 새어나간 그 다음날, 잠실 연립주택 지역에 이정훈이 나타났다. 지나가는 이정훈을 향해 슈퍼마켓 주인의 여섯 살 된 손녀가 반갑게 손을 흔들어준다. 이정훈도 아이에게 손을 흔들어준다. 고향집에 있는 누나의 딸 생각이 난다. 슈퍼마켓을 지나 이정훈이 거주하고 있는 연립주택 주변을 한 바퀴 돌고 나서 뒤를 슬쩍슬쩍 쳐다본다. 혹시 미행자가 있는지 확인하는 거다.

　이정훈이 허름한 연립주택 입구로 들어간다. 계단을 통해 4층 꼭대기까지 올라간다. 그리고 4층에서 아래층을 다시 한 번 살핀다. 이정훈의 학생운동 조직 비밀 아지트가 이 연립주택 3층에 있다. 여기서 조직원들의 사상 학습, 유인물 작성을 하고, 비밀 문건, 사회과학 책 등을 보관해놓고 있다. 이 근처에는 대학교가 없기 때문에 검문 등이 없어서 소위 말하는 입지 조건이 좋다. 이상한 기미가 보이지 않자 천천히 내려와 3층 301호로 들어간다.

301호 작은 평수의 집 내부, 한쪽 벽면은 사회과학 책으로 꽉 차 있다. 그리고 반대쪽 벽면에는 서울 시내 지도가 부착되어 있다. 김영철, 최지혜 그리고 서클 3학년 후배들이 미리 와 있다. 이정훈에게 김영철이 오늘 시위 상황을 보고한다.

"형, 오늘 야간 가투 오더가 샜어요.[15]"

"근처에 치본(치안 본부)이 있으니까 당연히 사전 검문이 심한 거야. 그런 날도 있는 거지."

이정훈이 시위 정보가 샌 거 같다는 김영철의 보고를 대수롭지 않게 넘긴다. 이정훈이 서울 시내 지도가 부착된 벽 앞에 선다. 그리고 마포 공덕동 로터리 지역을 빨간 매직으로 동그랗게 표시한다. 지역과 시위 형태를 설명한다.

"이번 시위는 이슈 파이팅[16]이 목적이야. 그래서 작전명은 5분 카레!"

"5분 카레면 시위를 5분 안에 끝내자는 거예요?"

후배의 물음에 이정훈이 고개를 끄덕인다.

"그렇지, 깜짝 시위 같은 개념이라고 봐야지. 공덕동 로터리 가든호텔 쪽 육교에서 PC(플래카드)를 내리면서 동(시위 주동자)이 뜨면, 동 보호들이 각목으로 보호하면서 전소(전투 소조)가 공덕동 로터리에 대기 중인 닭장차(전투경찰 버스) 철망에 꽃병(화염병) 타격하고, 여학생들이 시민들에게 피세일(유인물을 나눠주기)하고 후다닥해서 5분 만에 끝내자고! 퇴로는 여의도 방향! 여기는 한강대교가 있기 때문에 전경들도 없어. 한강에

---

15 오다(order)가 새다 : 정부가 사전에 새어나갔다는 뜻
16 이슈 파이팅 : 반정부 구호를 외치는 것

만 뛰어들지 않으면 달리는 애들[17] 없을 거야."

이정훈이 상황 설명을 간결하게 마쳤다. 후배 한 명이 손뼉까지 친다.

"정훈이 형은 육사(육군사관학교) 갔으면 전술 잘 짜는 장군이 됐을 거예요."

"과찬의 말씀을~ 동원 가능한 빌(인원)은? 동부 지역(고려대, 한양대, 외대, 경희대, 시립대 등)부터 얘기해봐."

여자 후배가 먼저 보고한다.

"우리 쪽은 1백 명 정도입니다."

"서부(연세대, 서강대, 이대, 홍익대 등)는?"

"가투 지역이 학교랑 거리도 가깝고 해서 2백 명 정도 동원할게요."

"남부(서울대, 동국대, 숭실대 등)도 2백 명 가능합니다."

남부 지역에서 시위 동원 가능한 학생 수가 2백 명이라고 김영철이 보고하자 이정훈이 되묻는다.

"남부의 관악(서울대) 애들 요즘 빌력(동원되는 인원수)이 너무 약해. 그다음으로 북부는?"

"북부(성균관대, 국민대, 성신여대 등)는 3백 명 정도입니다."

"북부 애들 없으면 가투 못한다니깐."

"북부는 에스꽝꽝(SKK 성균관대학)이 있어서 그런 거잖아요."

지역별 시위 동원 가능 학생들 수를 보고받은 이정훈이 결론을 내린다.

"암튼 그날 소나기처럼 적들을 타격하고 퇴각할 때 안개처럼 사라져서 한 명도 잡히는 사람 없이 돌아오기 바래, 혹시 질문?"

---

17 달리는 애들 : 잡히는 학생들

이에 여자 후배가 살짝 손을 든다.

"지난번 강남 고속버스터미널 앞 시위 건을 얘기하고 싶은데요. 웬만하면 강남에선 가투를 안 했으면 합니다."

"왜?"

의아한 표정의 이정훈에게 후배가 부연 설명을 한다.

"터미널 앞 도로가 8차선입니다. 너무 넓고요, 그나마 시민들 호응이 있을 거 같은 호남선 앞에서 돗이 뜨고 우리가 유인물 나눠주는데 시민들이 유인물을 받지도 않아요. 우리도 기분이 동네 음식점 홍보 전단 나눠주는 느낌이에요. 우리끼리 썰렁하게 구호 외치고 우리끼리만 뭐랄까? 군중 속의 고독이랄까? 썰렁합니다."

약간 장난스러운 후배의 불만 어린 말투에 이정훈도 씩 웃어준다. 그러자 후배의 말이 계속된다.

"전투경찰 버스도 근처에 배치되어 있지 않아 흑석동 중앙대 쪽에서 출동하느라 거의 30분이 지나서야 나타나는데 우리가 먼저 지치는 거 있죠. 전투경찰 출동이 기다려지는 날도 있더라고요."

"언젠가는 강남 사람들도 우리 시위에 동참하는 날이 오겠지."

이정훈은 담담하다. 이정훈의 택 설명이 끝나고 김영철과 후배들이 이날 시위에 대해 세부적인 물량 동원 등을 회의하고 있다. 이런 모습을 이정훈이 스케치북에 볼펜으로 스케치한다. 최지혜, 김영철, 후배들의 얼굴이 그려지고 있다. 사진을 찍은 듯 똑같이 그린다. 이때 위층에서 음악 소리가 크게 들려왔다.

"6시다!"

여자 후배가 시세도 안 보고 여섯 시라고 외친다. 꼭 이 시간에 '오오~

오우오우오우~ 오오~ '로 시작하는 팝송을 누군가 크게 튼다. 디스코텍 같은 데서 춤추기 좋은 노래지만 여기 있는 학생들에게는 전혀 흥겹지 않았다. 다들 마음 같아서는 당장 올라가서 소리를 줄여달라고 하고 싶었지만, 신분 노출의 위험이 있어서 나설 형편이 아니다.

"저 노래 제목이 뭘까? 지혜 언니가 알 거 같은데."

여자 후배가 최지혜를 쳐다보자 최지혜가 귀를 기울여 들려오는 팝송 가사를 전달해준다.

"Jungle life I'm far away from nowhere On my own like Tarzan Boy…… 라고 하는데……. 제목은 나도 모르지."

"우와……. 역시 영문과는 달라요, 근데 같은 영문과인 영철이는 왜 말이 없을까?"

여자 후배의 놀리는 말투에 김영철이 웃으며 말한다.

"나는 팝송 안 좋아해."

"우리 위층에 누가 살기에 이 시간만 되면 저 노래를 듣는 거지? 저번에 내가 위층에 사는 여자를 슬쩍 봤는데 술집 여자 같던데……."

후배의 상상에 이정훈이 일침을 놓는다.

"쓸데없는 생각 하지 말고 다들 하는 일들이나 계속하세요."

12.
학생운동 리더와 전경 소대장의
운명적 만남

깔끔한 양복 차림의 이정훈이 버스를 타고 종각역을 지나 종로 3가, 5가 그리고 동대문, 신설동을 지나가고 있다. 창밖으로 건물 간판 등을 보고 있는 이정훈이 청량리 성 바오로 병원 앞에서 내린다.

서울 시내에서 사람들 왕래가 많고 붐비는 곳을 꼽으라면 여기 청량리 로터리가 빠지지 않는다. 지하철역뿐만 아니라 기차역도 있어 오고가는 사람들이 어깨를 부딪힐 정도다. 가두시위 지역으로 천혜의 조건이지만 경찰도 그걸 알기 때문에 청량리 로터리에는 아예 전투경찰 버스와 페퍼포그 차량이 상주해 있다. 거기다가 이 근처에는 외대, 경희대, 시립대 등이 있어, 학교 근처에 대기 중인 전투경찰 병력이 청량리 로터리에서 시위 발생 무전을 받으면 5분 내로 달려올 수 있다.

이정훈이 기차역인 청량리역 안에서 거리 상황을 살핀다. 청량리역 광

장 쪽에는 2인 1조 사복 체포조가 5분 간격으로 돌아다니고 있다. 그만큼 시위 발생에 즉시 대처하겠다는 의도다. 청량리역에서 학생들이 모여 있다가 큰 도로까지 나오기에는 거리가 상당히 멀다. 아무래도 청량리역보다는 맘모스백화점이 모이기가 쉽다고 이정훈이 판단한다. 그런데 막상 맘모스백화점 쪽에서 보니 백화점 건물을 중심으로 사방에 전투경찰들이 뻗치기 근무를 하고 있다. 시위 학생들이 백화점 안으로 들어와 숨어 있는 걸 원천 봉쇄하겠다는 뜻이다.

이번엔 이정훈이 맘모스백화점 길 건너편 오스카극장으로 걸어가는데 거기는 아예 사복 체포조들만 태운 봉고차가 진을 치고 있다. 극장 안에 시위대가 숨어 있다가 뛰어나오는 전술을 경찰들도 워낙 많이 겪다 보니 극장 쪽을 시위 우범지대로 판단한 것이다. 사복 체포조 봉고차가 있는 것만으로도 다가갈 엄두가 안 난다.

'이거 생각보다 택 짜기가 쉽지 않은데…….'

사람이 많고 주위 골목길도 복잡해서 시위를 벌이기 좋은 지역이라고 생각했는데, 막상 현장에 와보니 그렇지가 않다.

'혹시 내가 시위 장소를 너무 큰 도로만 생각해서 그런 건가?'

이정훈이 자문자답하면서 청량리 로터리에서 시립대, 외대 방향 쪽으로 몸을 돌린다. 거기에는 진주상가 낡은 건물이 있다. 진주상가 건물 안으로 들어가 본다. 철학원, 한의원, 옷가게 등 가게들이 수없이 있다. 퇴로는 외대, 시립대 방향 위생병원 쪽으로 잡으면 된다. 단, 진주상가 뒤쪽으로 도망치면 청량리 경찰서가 있다. 호랑이 아가리로 들어가는 꼴이다. 이정훈은 검문하는 사복 체포조들 눈에 띄지 않기 위해 종이에 시위 지역 약도도 그리지 않는다. 머릿속에 다 그려서 담는다.

'너무 큰 그림을 그리지 말자. 작게 가보자. 꼭 큰 도로가 있는 로터리를 향해 전진하는 시위가 최선은 아닐 거야. 이번엔 청량리 로터리로 치고 나가지 말고, 진주상가 앞에서 스크럼을 짜고 로터리에 있는 전투경찰들이 몰려올 때 치고 빠지자. 어차피 시위가 길어져 외대, 시립대 쪽에서 전경 버스가 몰려오면 양방향으로 퇴로가 막혀 끝장난다.'

이정훈이 진주상가 앞에서 시위 전술을 궁리하며 걸어가고 있는데 뒤에서 누가 자기 이름을 부른다.

"정훈아!"

이정훈이 걸음을 멈춘다. '누구지?' 호흡을 가다듬고 돌아서는데 사복 체포조 한 명이 자기 이름을 부른 것이다. 사복 체포조가 서 있는 것을 보고 이정훈이 일순 긴장한다. '어떻게 백골단이 내 이름을 알지? 혹시…….' 여차하면 도망칠 자세를 취한다.

"정훈이 맞네. 나야, 용수!"

사복 체포조가 이정훈에게 다가와 손을 잡는다.

"오오~ 용수, 김용수구니?"

사복 체포조가 고등학교 동창 김용수라는 것을 알자, 이정훈은 안도의 한숨과 함께 반가움을 표한다. 김용수가 이정훈의 위아래를 훑어본다.

"우와, 우리 정훈이 멋쟁인데?"

김용수가 2인 1조로 돌아다니는 사복 체포조 동료에게 이정훈을 소개한다.

"야! 인사해라. 내 고향 친구, 고등학교 동창 이정훈이야. 서울대학교 법학과 다녀."

동료 백골단이 이정훈에게 공손히 손을 내밀자 이정훈이 악수를 한다.

"용수한테 말씀 많이 들었습니다. 여수에서 천재 소리 듣던, 의리 있는 친구라고……."

"아. 무슨 그런 말씀을……."

김용수가 사복 체포조들한테 자기 친구 이정훈 자랑을 평소에 많이 한 모양이다.

"아직 판사는 안 된 거야?"

"아직 공부 중이야."

"우리 고등학교 졸업하고 처음이네. 정훈아, 너를 보고 싶어 하는 사람이 한 명 더 있어. 잠깐만."

김용수가 무전기를 켠다.

"야! 소대장 바꿔."

김용수가 말한 소대장의 목소리가 무전기를 통해 지지직거리며 흘러나온다.

―― 뭐야? 무슨 일이야?

"소대장님, 어릴 때 친구를 발견해서 지금 체포했습니다."

── 너 지금 뭔 소리 하는 거야? 친구를 체포했다니? 누구를?

"정훈이입니다."

김용수의 말에 상대방 무전기가 잠시 말을 멈춘다. 소대장의 목소리 톤이 높아진다.

── 정훈이면 이정훈?

＊＊＊

이정훈, 김용수 그리고 전경 소대장 최성식 등 고등학교 동기 3명이 청량리 로터리에 있는 빵집, 파리제과점에 앉아 있다. 창밖으로는 사복 체포조가 어슬렁거리고 있는 모습이 그대로 보인다. 김용수가 슈크림 빵, 곰보빵 등을 잔뜩 들고 온다. 최성식이 이정훈에게 다정히 묻는다.

"사시 공부 힘들지?"

"뭐, 공부가 다 그렇지 뭐."

"정훈이는 워낙 공부를 잘해서 사시뿐만 아니라 행시, 외시까지 3관왕을 할 거야."

김용수가 테이블 위에 빵을 내려놓으며 자기가 먼저 한입 크게 베어물고 둘의 대화에 참여한다.

"정훈이가 빨리 판사 돼야 우리도 도움받고 좋을 텐데."

김용수의 계속되는 얘기에 이정훈이 대답 없이 곰보빵을 맛있게 먹는다.

"여긴 웬일로 왔어?"

예상했던 최성식 질문에 이정훈이 자연스럽게 말을 한다.

"제기동 경동시장 쪽에 과 선배가 변호사 사무실을 개업했다고 해서 거기 들렀다가 운동도 할 겸 여기까지 걸어온 거야."

"아~ 경동시장 약재 골목 입구에 있는 변호사 사무소?"

지형지물을 잘 파악하는 전경 소대장답게 최성식이 그쪽 지역을 얘기한다.

"그래, 그 건물 3층에 있는 변호사 사무실."

이정훈이 진짜로 거기를 들렀다 온 것처럼 최성식에게 말한다. 종로를 거쳐 동대문, 신설동을 지나가는 버스를 타고 오면서 보았던 경동시장 근처의 변호사 사무실을 기억해낸 것이다.

"너희는 할 만하냐?"

이정훈의 물음에 김용수가 대답한다.

"나야 뻥이 치는 백골단 사복 체포조고, 우리 소대장 성식이는 경찰청장까지 바라보는 경찰대 출신이라 나랑은 달라."

"그러면 소속이 여기 청량리 경찰서야?"

이정훈의 질문에 이번엔 최성식이 대답한다.

"아니야. 우린 서대문서 소속인데 요즘 데모가 너무 많아서 지원 나온 거야. 여기 청량리가 근처에 대학이 3개나 있고 기차역에 시장에 588[18]도 있잖아."

"우린 시도 때도 없이 여기서 부르면 달려가고 저기서 부르면 달려가는 뻥뻥이야."

김용수도 한마디 거드는데 최성식이 이정훈에게 엉뚱한 얘기를 꺼낸다.

"정훈아, 우리 고등학교 1학년 때 경찰서 잡혀간 거 기억하지?"

---

18 588은 청량리 근처에 있는 사창가를 말하는 은어

이정훈은 최성식이 '너 대학에서 데모하니?' 이런 걸 물어볼 줄 알았는데 엉뚱하게 고등학교 시절 얘기를 꺼내자 나직이 말했다.

"당연히 기억하지."

최성식이 담배 한 개비를 꺼내 불을 붙여 피워 문다. 그리고 담배 연기를 속 깊이 빨아들이고 길게 내뱉는다.

13.
세친구

1980년, 찬바람이 눈과 함께 불어오기 시작하는 겨울 문턱, 여수의 어느 남자 고등학교 1학년 교실의 쉬는 시간이다. 이 학급의 반장인 이정훈이 급우들과 얘기 나누고 있는데 혼자만 책상에 앉아서 공부하는 학생이 있다. 지금 전투경찰 소대장이 된 최성식이다. 김용수는 교실 뒤쪽에서 불량스러워 보이는 급우들과 동전 따먹기, 일명 '짤짤이'를 하고 있다.

수업 시작종이 울리며 담임 선생이 들어온다. 학생들이 부리나케 자기 자리에 앉는다. 담임 선생과 함께 들어온 건장한 체격의 학생 3명이 보인다. 담임 선생이 교탁 앞에 서자 반장인 이정훈이 자리에서 일어난다.

"열중쉬어, 차렷! 선생님께 경례!"

학생들이 "안녕하세요?" 하면서 인사를 한다. 담임 선생이 옆에 서 있는 학생들을 소개한다.

"서울에서 전학 온 학생들이다. 아버지들이 우리 여수산업단지 공장장으로 발령받아 오셨다. 서울 애들한테 배울 게 많으니 다들 친하게 지내라!"

전학생들은 거만하게 고개만 까닥여 인사를 한다.

이날 이후로 서울에서 전학 온 학생들은 등하교도 자가용으로 하면서 이 학급을 장악하기 시작한다. 최성식은 의도적으로 전학생들과 어울리려 하지만 전학생들의 반응은 그리 호의적이지 않다. 되레 전학생들은 반장 이정훈에게 다가가지만, 이정훈은 이들과 친해질 생각이 없다. 다음 수업은 체육 시간이라 학생들이 교실에서 체육복으로 갈아입는다. 그중에 가난한 학생이 입고 있는, 찢어져 꿰맨 내복을 보고 전학생 한 명이 빈정거린다.

"야! 거지새끼도 아니고 옷이 그게 뭐냐."

친구들 모두가 있는 자리에서 창피를 당한 가난한 학생은 어쩔 줄 몰라한다. 이때, 이정훈이 나선다.

"거지새끼라니? 친구한테 해서는 안 될 말이야."

이정훈이 정색을 하고 말하자 전학생이 잠시 움찔했다가 불량스럽게 얼굴을 일그러뜨린다.

"이보세요, 반장님~ 남의 일에 신경 쓰지 마세요. 그냥 자기 공부나 계속 잘하세요."

전학생의 빈정거림에 이정훈의 목소리 톤이 높아진다.

"이건 남의 일이 아니야. 우리 반 모두에 대한 일이야. 친구한테 사과해."

"못 하겠다면?"

"빨리 사과해!"

"니가 지금 반장에 전교 1등이라고 이리는 거 같은데……."

이정훈이 전학생에게 거의 밀착하듯 다가가서 세게 말한다.

"빨리 사과해!"

"어쭈?! 이 새끼, 이러다 사람 치겠다?"

전학생 옆으로 서울에서 전학 온 나머지 2명이 합세한다. 마치 3 대 1로 이정훈을 때리겠다는 행동이다. 그 순간 김용수가 이들 사이를 가로막는다.

"야! 하지 마! 친구끼리."

김용수가 전학생들을 막아서며 이정훈을 보호한다. 근육질에 깡이 있어 보이는 김용수의 등장에 전학생들이 주춤하며 물러선다. 그러다가 한마디 내뱉는다.

"아~ 이래서 광주 사태 때 여기도 확 쓸어버렸어야 했는데……. 야! 나가서 햄버거나 먹자. 같이 갈 사람 나와."

전학생들의 뒤를 최성식과 몇몇 학생이 쫄래쫄래 쫓아나간다. 교실에 남아 있는 학생들 얼굴이 굳어진다. 이정훈이 분노에 찬 눈빛으로 친구들을 둘러본다. 모두가 이정훈의 눈빛만 쳐다보고 있다. 특히 찢어진 내복을 입고 있던 학생은 자기 때문에 일이 벌어졌다고 생각해서 미안함이 얼굴에 묻어난다.

손을 호주머니에 넣지 않으면 안 될 정도로 매서운 날씨지만 학생들이 운동장에서 축구를 하고 있다. 전학생들과 최성식 등이 축구공을 차고 있을 때 운동장 한쪽 구석 나무 벤치에 이정훈과 몇몇 학생들이 모여 있다. 거기에는 김용수도 있다. 이정훈이 비장하게 친구들에게 동의를 구한다.

"우리가 해결하자."

이정훈의 제안에 친구들이 고개를 끄덕인다. 이정훈을 중심으로 둥그렇게 모인다. 이정훈이 공책에 볼펜으로 여수 시내 중심가 약도를 그린다. 인쇄된 지도만큼 정교하게 그리면서 설명을 한다.

"서울 놈들이 잘 가는 곳이 시내 뉴욕제과점이야. 제과점에서 나오면 담배를 피우려고 골목 안으로 들어갈 거야. 우리는 길 건너편 당구장에서 이걸 보고 있을 거야. 그리고 함께 움직이자고."

이정훈 얘기가 끝나자 김용수가 약간 겁을 먹으며 묻는다.

"우리 얼굴을 당연히 알 텐데?"

"걱정 마. 겨울이라 해가 일찍 떨어질 거고 우리는 다 교련복으로 갈아입는 거야. 교련복에 있는 명찰이랑 학교 마크 다 떼고, 민방위 훈련할 때 쓰던 마스크 있지? 다들 갖고 와."

이정훈의 추가 설명에 친구들이 조금 안심하는 표정이다. 계속해서 이정훈이 지시를 한다.

"골목 안에 다섯 명이 미리 숨어 있고, 골목 밖에서 내가 들어가면서 신호할게. 그러면 골목 안과 밖에서 동시에 놈들을 공격하는 거야."

이정훈과 작전을 짜던 친구들이 고개를 들어 축구하는 전학생들을 쳐다본다. 전학생들이 세상 걱정 없이 축구를 하고 있고, 그들 옆에서 최성식이 공만 잡았다 하면 열심히 전학생들에게 패스하고 있다.

"성식이는 어떻게 하지?"

"저런 놈들과 어울리면 똑같은 놈이야."

이정훈이 담담하게 거사의 결론을 내린다.

이날, 학교 수업이 끝나고 이정훈이 여수 시내 중심가를 걸어가고 있다. 뉴욕제과점을 중심으로 주위를 둘러본다. 삼거리 초입에 파출소가 있지만 뉴욕제과점까지는 거리가 멀어서 문제가 될 것 같지 않다. 거사 이후 파출소 방향으로 도망가지만 않으면 된다.

'그렇다면 도주로는 파출소 반대쪽이야.'

이정훈이 퇴로를 정하고 뉴욕제과점 길 건너편 건물 2층 당구장으로 올라간다. 당구장에는 교복을 입고 당구를 치는 학생들도 있다. 이정훈이 마치 당구 치러 온 친구를 찾듯이 당구장 내부도 살펴보고 창밖으로 길 건너편을 유심히 보며 혼자 생각한다.

'골목이 꺾여 있어, 골목 안에서 싸움이 벌어져도 사람들이 볼 수 없다. 싸우기 아주 적당한 곳이야.'

그날 저녁, 여수 변두리 판잣집. 김용수가 살고 있는 곳이다. 여러 세대가 화장실도 공동으로 사용하는 판자촌 단칸방에서 김용수가 교련복의 명찰과 학교 마크를 떼어내고 있다. 그리고 흰색 마스크를 교련복 주머니에 넣는다. 방 한쪽 벽면에는 아버지 영정 사진이 보인다. 그 밑에 사인펜으로 김용수가 쓴 '하면 된다.'라는 문구가 부착되어 있다. 김용수가 책상에 앉아 책을 펼치자마자 꾸벅꾸벅 졸기 시작한다. 그러다가 책상에 엎드려 코를 골며 잔다.

자정이 넘은 시간, 김용수의 어머니가 집으로 돌아온다. 머리에 이고 있던 빨간 고무대야를 힘들게 내려놓고 행상의 하루를 마친다. 무릎 관절이 결리는지 손으로 주무르며 방문을 연다. 책상에 엎드려 자고 있는 아들을 어머니가 깨운다.

"용수야! 편하게 자! 어여 자!"

김용수가 비몽사몽 간에 일어난다.

"어머니 왔어요? 날도 추운데 빨리 들어오시지……."

"그려, 알았어. 여기 누워."

어머니가 이불을 펴자마자 김용수가 쓰러지듯 눕는다. 어머니가 방바닥에 있는 교련복 명찰을 발견한다. 명찰이 떨어진 줄 알고 아들의 교련복에 바느질로 다시 달아준다. 그리고 교련복을 아들 가방에 넣어준다.

그다음 날, 학교에서 여느 때와 다름없이 희희덕거리며 떠들고 있는 전학생들, 그 옆에 최성식이 보인다. 김용수는 긴장된 얼굴로 그들을 슬쩍슬쩍 쳐다보는데 이정훈은 무표정으로 책만 보고 있다.

학교 수업이 다 끝나고 이정훈과 학생들이 당구장 건물 2층에서 길 건너편 뉴욕제과점 출입구를 바라보고 있다. 눈발이 날린다. 그걸 보고 김용수가 자그마한 소리로 말한다.

"눈 온다."

"잘됐다. 눈발이 시야를 가릴 거야. 그러면 우리가 누군지 더 모를 거야."

이정훈이 내리는 눈에 손을 갖다 댄다.

"하늘도 악당들을 무찌르라고 우리를 돕는구나."

김용수가 맞장구를 친다.

드디어 전학생 3명이 제과점에서 나온다. 그 뒤에 최성식이 보인다.

"다들 교련복으로 갈아입어."

이정훈의 명령에 친구들이 교복을 벗고 교련복으로 갈아입는다. 다들 명찰을 떼었는데 김용수 교련복에만 명찰이 붙어 있다. 어머니가 어젯밤에 다시 부착한 것이다. 다들 긴장해서 김용수 교련복에 있는 명찰을 확인할 틈이 없다.

"마스크 쓰고."

이정훈이 마스크로 얼굴을 가리며 짧게 말한다.

"나가자!"

이 한마디에 학생들이 신분시로 포징한 민가름 두 개씩 들고 이정훈의 뒤를 따라 내려간다. 모두 마스크로 얼굴을 가렸다. 이정훈이 길을 건너가면서 신문지를 뜯자 그 안에는 다 타버린 연탄이 보인다. 골목 안에서 전학생들이 담배를 피우고 있는데 최성식은 담배도 피우지 않고 있다.

"야, 너도 피워."

전학생 하나가 담배를 내밀자 최성식이 양손을 저으며 거절한다.

"됐어. 나는 괜찮아."

"아, 새끼, 쫌스럽게 담배도 안 피우면서 왜 우릴 쫓아다녀."

전학생의 힐책에 최성식이 뭐라 할 말이 없어 쭈뼛쭈뼛하고 있을 때 골목 밖에서 누군가의 우렁찬 목소리가 들린다. 어둠 속에서 거세게 내리는 눈발에 섞인 힘찬 소리다.

"들어갑니다!"

이정훈이 보내는 신호에 골목 안에 미리 숨어 있던 친구들 다섯 명이 긴장한다. 전학생과 최성식이 '이게 뭔 소리지?' 하면서 고개를 돌리는 순간, 골목 안에 있던 학생들이 연탄재를 전학생과 최성식에게 던진다. 날아온 연탄재들이 정확하게 4명의 등을 강타한다. 전학생들과 최성식의 몸이 휘청거린다. 골목 안으로 들어온 이정훈이, 친구를 거지새끼라고 말한 전학생의 얼굴을 향해 연탄을 던진다. 제대로 맞는다. 그 전학생은 바닥에 고꾸라진다. 양쪽에서 날아오는 연탄재를 맞은 전학생들과 최성식은 고개를 처박고 있고, 시야를 가리는 함박눈과 연탄재로 골목 안이 뿌옇게 변한다.

"자, 이제 그만!"

이정훈의 지시에 모두가 골목 밖으로 동시에 뛰어나간다. 이 순간, 이정훈에게 연탄재를 정통으로 맞아 쓰러졌던 전학생이 고개를 들어 한 명의 교련복에 부착된 명찰을 본다. 김용수라는 글자가 새겨진 명찰이다.

이정훈이 계획했던 대로 피출소 반대 방향으로 다들 뛰기 시작한다. 이 정훈이 안심할 수 있는 거리에 도달하자 뛰는 속도를 줄이며 마스크를 벗는다. 그러자 친구들도 마스크를 벗는다. 내리는 눈이 얼굴에 시원하게 와 닿는다. 이제 긴장감도 없고 얼굴에는 통쾌함이 번져나간다. 그러다가 이 정훈이 걸음을 멈추고 김용수의 이름을 부른다.

"용수야."

김용수도 걸음을 멈춘다. 이정훈의 시선이 김용수 왼쪽 가슴으로 향한다. 김용수가 손으로 자기 왼쪽 가슴을 만져보고 화들짝 놀란다. 떼어낸 줄 알았던 명찰이 귀신이 곡할 노릇으로 붙어 있는 것이다. 모두의 얼굴에 근심이 저녁 어둠처럼 짙게 깔린다. 눈발이 한 치 앞도 안 보일 정도로 쏟아 붓는다.

14.
독립운동가의 후손

그다음 날, 1교시 수업이 시작되었는데 전학생들과 최성식의 모습이 보이지 않는다. 불안함을 감추지 못한 김용수는 자리에서 일어났다 앉았다를 반복하고 있다. 담임 선생이 출석을 부르는데 교실 문이 벌컥 열린다. 한눈에 봐도 형사 아니면 조직폭력배다. 나타난 사람이 담임 선생의 수업은 신경도 안 쓰고 학생들을 향해 짧게 말을 뱉어낸다.

"김용수가 누구야?! 나와!"

그 사람 입에서 김용수라는 이름이 나오자 김용수의 얼굴은 사색이 된다. 담임 선생이 그 사람에게 다가간다.

"누구세요?"

"여수서 형사입니다. 김용수란 놈 잡으러 왔어요."

"뭔 일이 있나요?"

"요 새끼가 어제 시내에서 같은 반 친구들을 개 패듯 팼어요. 김용수 나와!"

형사의 손가락질에 자리에서 일어난 김용수가 도살장 끌려가는 소처럼 비칠거리며 앞으로 나온다. 형사는 김용수의 손목에 수갑까지 채운다. 김용수가 벌벌 떨며 끌려가지 않으려 하자 형사가 김용수의 뒤통수를 세게 후려친다. 곧, 교실 문이 닫힌다.

담임이 아직도 무슨 상황인지 몰라 어리벙벙해하고 있는데 이정훈이 자리에서 일어나 교실 문을 열고 나간다.

어젯밤 사이, 내린 눈이 거의 다 녹아 질퍽거리고 있는 여수 경찰서 앞마당이 보인다. 이정훈이 〈강력계〉 사무실 의자에 앉아 있다. 그 앞에는 강력계 형사가 조서를 꾸미고 있다. 저쪽 구석에는 폭행당한 전학생들과 최성식이 있다. 그들과 함께 전학생들의 어머니도 있다. 조서를 꾸미던 형사가 타자 치던 손을 멈추고 이정훈에게 묻는다.

"그러니깐 저기 있는 애들 때린 걸 너 혼자 다 했다, 이거지?"

"예."

"그러면 잡혀 온 김용수 쟤는 뭐야?"

형사가 이정훈 옆에 앉아 있는 김용수를 턱으로 가리킨다. 이정훈은 눈길도 돌리지 않고 형사를 쳐다보며 대답한다.

"이 친구는 거기에 없었습니다."

이정훈의 이런 모습을 지켜보던 전학생 어머니가 거침없이 다가온다.

"이 어린놈이 시뻘겋게 거짓말하는 거 봐. 이런 양아치 깡패 새끼……. 커서 뭐가 되려고."

전학생 어머니가 입고 있는 밍크코트 깃을 여미며 형사에게 명령조로 말한다.

"애, 그냥 구속하세요. 합의고 뭐고 필요 없어요."

그런 어머니 말투에 형사가 기분이 살짝 상한다.

"어머님! 가만히 계세요, 수사는 제가 합니다."

"아, 이런 후진 데로 애아빠가 전근 오는 게 아닌데, 수준 떨어지는 애들 이랑 우리 아이가 학교를 같이 다녀야 하고…… 어휴 불결해."

어머니가 말을 함부로 내뱉고 자기 아들 옆으로 다시 간다. 형사가 위협 적인 말투로 이정훈에게 묻는다.

"이정훈이! 공범 없이 너 혼자 독박을 쓰겠다는 건데, 구속되어도 괜찮 다는 거야?"

형사의 '구속'이라는 단어에도 이정훈이 입을 꼭 다문다.

"아, 이 새끼, 말로 해서 안 될 놈이네."

형사가 책상 위에 있던 대나무 자로 이정훈의 머리를 한 대 때린다. 이 때 이정훈의 학교 교장과 담임 선생이 들어온다. 그걸 본 전학생 어머니가 그들 앞을 가로막는다.

"교장 선생님, 저기 있는 깡패 새끼! 퇴학시키세요. 안 그러면 내가 가만 히 안 있을 거예요. 우리 시아버님이 전남 도경에 계세요."

"네네, 어머님, 조금만 진정하세요."

후덕하게 생긴 교장 선생이 전학생 어머니를 진정시킨다. 그리고 이정 훈을 조사하는 형사에게 다가가 깊숙이 고개를 숙여 인사한다.

"수고가 많으십니다. 이 학생 다니는 학교의 교장입니다. 이런 일이 벌 어진 것에 대해 제가 진심으로 사과드립니다."

"교장 선생님! 우리도 단순 패싸움으로 처리하고 싶은데 저기 있는 학생들 부상 정도도 심하고, 무엇보다 이 녀석이 함께 있던 공범들을 불지 않고 있습니다. 아주 악질이에요, 악질!"

형사 입에서 나온 '악질'이라는 단어를 듣고 교장 선생이 몸을 구부리며 무릎까지 꿇는다.

"형사님, 이 학생은 우리 학교 전교 1등입니다. 앞길이 구만리 같은 학생입니다. 선처 부탁드립니다."

교장 선생의 행동과, 악질인 학생이 전교 1등이라는 사실에 형사뿐만 아니라 전학생 어머니들 기세가 한풀 꺾인다. 형사가 무릎 꿇은 교장 선생을 일으켜 세우며 말한다.

"그런데 교장 선생님, 피해 학생들 얘기를 들어보면 싸움의 형태가 거의 조직폭력배 뺨치는 수준이에요. 철저하게 준비된 상태에서 기습적으로 치고 빠지는 게……."

말하면서 형사가 이정훈의 머리를 대나무 자로 또 한 대 때리려다가 참고 이야기를 이어간다.

"너 이 새끼, 좋은 머리 공부하는 데 쓰지, 이게 뭐 하는 짓이야? 그런데 교장 선생님, 피해자와 합의도 해야 하고 그러니 그냥 석방은 안 됩니다."

형사의 강경한 발언에 교장 선생이 다음 얘기를 조심스레 꺼낸다.

"이 학생 할아버지가 독립운동가 이철상 선생입니다. 저희 아버지와 같이 독립운동을 하시다 옥고도 치렀습니다."

독립운동가 이철상 선생님이라는 말에 형사가 자리에서 벌떡 일어난다.

"우리 여수의 독립운동가 이철상 선생님 손자라는 말인가요?"

교장 선생이 고개를 끄덕인다. 그러자 형사의 얼굴 표정이 금세 바뀌며 호의를 베푼다.

"교장 선생님 부탁이고 하니 이 학생 풀어주겠습니다."

이정훈 옆에서 돌아가는 상황을 눈치만 보고 있던 김용수도 살았다는 안도의 한숨을 내쉰다. 전학생들과 어울려 있던 최성식은 형사의 말 한마디에 왔다 갔다 하는 상황을 보며 부러운 듯이 형사를 쳐다보고 있다.

"그런데 반성문을 써야 합니다."

형사가 최후 통보를 하자 교장 선생이 이정훈에게 부탁한다.

"정훈아, 빨리 반성문 쓰고 나가자."

그런데 이정훈이 단호히 거절한다.

"교장 선생님, 죄송합니다. 반성문 쓰지 않겠습니다."

어찌 보면 똥고집을 부리는 모습에 형사가 화가 치밀어 오른다.

"이철상 선생님 손자라 봐주는 건데, 전교 1등! 니가 뭘 잘못했는지 모르는 거야? 너 바보 아니야? 넌 지금 범죄자야."

형사가 들고있던 대나무자로 이정훈 머리 대신 책상을 세게 내려친다. 그런 형사의 눈을 피하지 않고 이정훈이 또박또박 자기 의견을 말한다.

"저기 있는, 서울에서 전학 온 부잣집 자제분들이 같은 반 친구한테 거지새끼라고 말한 거랑, 광주 사태 때 여기도 쓸어버렸어야 했다고 말한 거 반성하면 저도 반성문 제출하겠습니다."

이정훈의 말이 끝남과 동시에 강력계 사무실 분위기가 싸늘하게 바뀐다. '광주 사태 때, 여기도 쓸어버려야지'를 들은 강력계 형사들의 눈꼬리가 위로 올라가며 전학생들을 노려본다. 귀부인 전학생 어머니조차 한마디도 못 하고 있다. 최성식은 슬그머니 자리를 피해 밖으로 나간다.

15.
저녁 6시만 되면
들려오는 팝송

청량리 로터리에 위치한 제과점에서 주고받는, 예전 고등학교 시절 서울 전학생 폭행 사건을 듣고 있던 최성식의 표정이 밝지 않다. 눈치 없는 김용수만 신나게 떠들고 있다.

"그때 정훈이 덕분에 나도 반성문을 쓰지 않고 석방됐지. 으흐흐."

최성식은 진지하게 이정훈에게 묻는다.

"정훈아, 내가 왜 경찰이 되려고 했는지 아니?"

이정훈이 모르겠다고 고개를 좌우로 젓는다.

"그때 여수 경찰서 그 형사 손가락 하나에 너희들 앞길, 운명이 걸렸다고 생각하니 그 사람이 그렇게 멋져 보이더라고. 등록금 겨우 내는 우리 집 형편에 내가 살아갈 길은 이거다 싶어서 경찰대학을 간 거야."

그리고 최성식이 담배 한 개비를 피워 물며 속 깊은 얘기까지 털어놓는다.

"서울에서 전학 온 개들 아버지 공장에서 우리 아버지가 경비원으로 일하고 있었어. 개들한테 꼬붕처럼 굽신거렸던 내 처지를 니가 이해해주기 바란다."

"당연히 이해한다."

그런데 김용수가 분위기 파악 못하고 둘 사이 대화를 끊는다.

"성식이는 그때 형사가 멋있다고 했지만, 나는 정훈이가 어른처럼 보이더라고. '반성문 쓰지 않겠습니다.' 우와! 독립투사 보는 줄 알았다. 그리고 정훈이 할아버지가 여수 대지주였는데 독립운동 자금 대는 바람에 전 재산 날렸다는 사실도 그때 처음 알았어."

"그런 얘기 해서 뭐하니?"

이정훈이 이제 그만하자고 하지만, 김용수는 계속 말을 한다.

"정훈이 너는 억울하지도 않냐? 독립운동 하다가 할아버지가 감옥도 가시고 재산도 다 날리셨는데……."

"억울한 건 없고."

이정훈이 한 호흡 쉬었다가 얘기한다.

"우리가 공격했던 서울 전학생 중, 한 명의 할아버지가 일제 때 고등계 형사였다고 여수 경찰서장이 나와서 쩔쩔매는 걸 보면서, 그놈들 때리길 잘했다는 생각은 들었어."

이정훈 얘기에 최성식도 마지못해 씁쓸하게 웃는다. 그러고는 갑자기 제안한다.

"내가 서울 놈들 연락처 아는데 우리 고등학교 동문회 한번 할까?"

"개들 뭐 하는데?"

"전문대학인가 다니다가 미국 유학 준비한대, 미국 가기 전에 내가 동문회 한번 만들어볼게."

미국 유학이라는 최성식의 말에 이정훈의 귀가 솔깃해진다.

김용수가 이정훈에게 남은 빵 하나를 권하며 투덜거린다.

"잘사는 분들은 세상 참 편하게 사는구면. 미국 유학이라……. 부럽다. 우리 정훈이도 맘만 먹으면 미국 유학 갈 수 있는 거 아냐?"

"용수야, 미국 유학 가는 거 쉽지 않아. 그러면 다음에 또 보자. 내가 다른 약속이 있어서 그만 갈게."

"그래, 같이 나가자."

최성식이 테이블 위에 있는 무전기를 챙기며 일어선다.

"정훈아! 어디로 연락하면 돼? 전화번호 알려줘."

김용수가 메모지와 볼펜을 꺼낸다.

"신림동 고시원에서 공부하는데 전화 사절이야. 용수, 니 연락처 알려주면 내가 연락할게."

김용수가 자기 사는 집 전화번호를 메모지에 적어 이정훈에게 건네준다.

다시 거리로 나온 3명은 서로 헤어져 걷는다. 최성식과 김용수는 청량리 로터리에 주차해 있는 전투경찰 버스로 향하고, 이정훈은 반대 방향으로 걸어가며 생각한다.

'우리 셋이 살아가는 방법이 가난한 민중의 아들들이 걸어가야 하는 길인 거 같아 마음이 편하지 않다.'

이정훈이 버스를 타고 잠실 비밀 아지트 근처 버스 정류장에 내린다. 라면을 사러 슈퍼마켓에 들어가며 주인아저씨한테 인사를 한다.

"아저씨 안녕하세요?"

"어서 와, 요즘 회사 일이 바쁜가 봐. 늦게 되근하네?"

"네, 미국에 수출할 물건이 너무 많아서요."

라면을 고르는 이정훈 옆으로 여섯 살짜리 주인의 손녀가 다가와 말을 붙인다.

"아저씨, 이거 봐! 회장님이 하는 거야."

손녀가 KBS 프로그램 〈유머 1번지〉 회장님 코너에서 개그맨 김형곤이 하는 유행어와 동작을 해 보인다.

"여러분! 잘될 턱이 있나!"

늙은 회장의 목소리까지 굵게 흉내 내는 손녀에게 이정훈이 손뼉을 쳐 준다. 라면을 사고 슈퍼마켓을 나오면서 이정훈의 얼굴에 미소가 번진다.

'개그맨이든 가수든 뭐든지 금방 따라 하는 똑똑한 아이다. 고향에 있는 누나 딸이 한 살이 되는데…….'

이정훈이 보안 수칙대로 살고 있는 연립주택 주변을 한 바퀴 돌면서 미행자가 있는지 확인했다. 그리고 연립주택 1층 출입문을 열고 들어가려는 데 뒤에서 누군가 먼저 손을 쑤욱 내민다. 이정훈이 깜짝 놀란다. 여기 연립주택에 사는 술 취한 호스티스가 자기가 먼저 들어가려고 한 것이다. 이 여자는 4층에 살고 있다. 이 여자가 바로 저녁 6시만 되면 '오오오오오' 하는 팝송을 틀어놓는 장본인이라는 걸 이정훈이 알고 있다. 진하게 풍겨오는 술 냄새, 자신의 직업을 이 여자가 말한 적은 없지만, 외모와 평상시 출퇴근 시간으로 봐서 짐작됐다. 오늘은 퇴근이 엄청 빠르다. 아직 저녁 10시도 안 됐는데…… 여자가 비틀거리며 4층에 올라간다.

"저녁 6시만 되면 틀으시는 팝송 제목이 뭔지 물어봐야 하는데……."

이정훈이 혼자 말하며 웃는다.

서울대학교 중앙도서관 5층, 화장실에서 이정훈이 김영철에게 뭔가를 건네준다. 청량리 로터리 지역 시위 약도를 그린 종이다. 김영철이 그 종이를 상의 안주머니에 넣고 총학생회 사무실로 간다. 거기에 있는 복사기로 그 약도를 복사하려는데 종이가 계속 걸린다. 고장이다. 그러자 김영철이 가방을 들고 법학과 사무실로 간다. 김영철이 문을 노크하고 들어간다.

"조교님, 안녕하세요?"

김영철을 반갑게 맞아주는 남자는 법학과 79학번 조교다.

"영철아! 밥은 잘 먹고 다니니?"

"네, 조교님이 종종 주시는 용돈으로 밥 잘 먹고 있습니다."

도수 높은 뿔테 안경을 낀 조교는 이정훈, 김영철이 소속된 사회문화연구회 선배이기도 하다. 이정훈이 입학하기 전, 1981년 학내 시위를 주동해 군대에 강제 입대, 징집을 당했던 학생운동 선배이기도 하다.

"전공 책 조금만 복사해도 될까요?"

김영철이 가방에서 영문학 원서를 꺼내 보인다. 조교의 허락을 받고 그 책에 끼워져 있는 청량리 로터리 시위 약도를 10장 정도 복사한다. 조교는 편하게 복사하라고 자기 자리에서 일어나 학과장 책상 쪽으로 몸을 옮긴다. 청량리 지역 시위 약도 복사를 마친 김영철이 그 종이들을 영문학 원서 책갈피에 끼워 넣는다.

"복사 다 했습니다."

"영철아, 내가 언제 맛있는 점심 한번 사줄게."

"우와, 말씀만 들어도 배가 부르네요. 네~ 감사합니다."

김영철이 예의 바르게 인사를 하고 나간다.

16.
청량리 로터리에서
시위를 모의하다

학생들 가두시위가 전혀 발생하지 않는 지역인 강남구 성모병원 1층 원무과 앞에 대학생 차림의 학생들 여섯 명이 앉아 있다. 누군가를 기다리고 있는데 저쪽 출입구에서 김영철이 나타난다. 김영철이 이들과 함께 계단을 통해 지하 층으로 내려간다. 계단을 내려가다가 지나가는 사람이 없음을 확인하고 청량리 시위 약도를 이들에게 나눠준다.

김영철과 만났던 서울 시내 대학의 운동 세력 여섯 명은 건네받은 약도를 각자 대학 후배들에게 보여준다.

"다들 외웠지?"

그 약도를 유심히 본 후배들이 고개를 끄덕인다. 그리고 그 약도 종이에 라이터 불을 붙여 재가 되도록 태운다.

이날 밤, 청량리 로터리 한가운데 주둔해 있던 전투경찰 버스들도 다 철수한 늦은 시간이다. 이정훈이 시위 전술 '택'을 짰던 청량리 진주상가 앞에서 내일 시위를 주동할 학생과 같이 서 있다. 두 명 모두 말쑥한 양복 차림이다.

"여기 상가 건물 2층에서 유인물이 뿌려지는 걸 신호로 동을 뜨자고. 동 뜰 때, 차 조심!"

"알았어."

"동이 뜨면 바로 뒤이어 전소들이 건물 양쪽 출입구에서 나올 거야."

"여기 상가에서 모든 걸 해결하는 셈이네."

"그렇지. 저기 보이는 맘모스백화점, 오스카극장 쪽으로는 아예 애들이 안 모일 거야. 짭새들이 저쪽에 워낙 많이 포진해 있어서 우리가 치고 들어가기가 쉽지 않아. 그래서 시립대, 외대 방향에서 애들이 밀고 나올 거야. 내일 시위는 6개 대학 연합시위라서 초반에 스크럼만 잘 짜면 적들이랑 제대로 한판 붙을 수 있어."

"정훈이 택이 거의 대첩 수준이야."

시위 주동자가 이정훈을 칭찬해준다.

"싸움은 커질 수 있지만, 우리 주동은 적당히 하고 잡혀줘. 몸 상하지 말고 잡혀가는 것도 우리 전술 중에 하나야."

이정훈의 부탁에 시위 주동자가 아무 말 안 한다.

"저녁 먹으러 가자."

이정훈이 앞장서서 걸어간다. 청량리 시장은 늦은 시간에도 계속 장사를 하고 있다. 분식집에서 이정훈은 순대와 떡볶이를 맛있게 먹는데 시위 주동자는 순대를 전혀 안 먹는다.

"순대 안 먹어?"

"어릴 때 우리 집이 순대를 팔았는데 지겹도록 먹어서 못 먹겠어."

시위 주동자가 순대 못 먹는 이유를 밝힌다.

"그래? 그러면 내가 다 먹는다."

이정훈이 한입에 다 넣는 행동을 하다가 멈추고 묻는다.

"가족들은?"

"아버지가 제일 마음에 걸려."

"강원도 인제에서 근무하신다고 했지?"

"응, 나 때문에 불명예제대 하겠지? 배고파 군대에 들어가서 올해 인사계 상사 됐다고 좋아하셨는데……."

시위 주동자가 손바닥으로 얼굴을 감싼다. 그런 그의 어깨를 이정훈이 토닥거린다.

"언젠가 어머니, 아버지가 우리 행동을 이해해주실 날이 올 거야."

이때 분식점에 켜놓은 TV에서 KBS 〈유머 1번지〉 코미디 프로그램을 하고 있다. 개그맨 김형곤이 '회장님, 회장님, 우리 회장님' 코너에서 전두환의 부인 이순자의 주걱턱을 빗대며 "잘될 턱이 있나?"라는 풍자를 하고 있다.

"요즘 코미디언들 정치 풍자가 대단해, 저러다가 잡혀가는 거 아니야? 잘될 턱이 있나? 이거 완전히 이순자를 떠오르게 하는 건데……. 참, 우리 동네 슈퍼 손녀딸이 이거 진짜 잘하는데." 하면서 이정훈이 코미디언의 유행어와 동작을 따라 하려다가 멈춘다.

"정훈아! 한번 해봐!"

시위 주동자의 부탁에 이정훈이 할까 말까 하다가 참는다.

"너 석방되면 기념으로 내가 그때 해줄게."

둘은 동네 개구쟁이들처럼 낄낄거린다.

청량리 시장에서 나와 시립대학 쪽의 한적한 도로를 걷는다. 아버지가 직업군인인 시위 주동자가 나지막하게 '늙은 군인의 노래'를 들릴 듯 말 듯 부른다. 보통 학생들은 '늙은 군인의 노래'를 개사해서 '투사의 노래'로 불렀는데 직업군인의 아들이 오늘은 원곡 그대로 부른다.

"나 태어난 이 강산에 군인이 되어 꽃피고 눈 내리기 어언 30년, 무엇을 하였느냐 무엇을 바라느냐, 나 죽어 이 강산에 묻히면 그만이지."

시위 주동자의 노래를 이정훈도 같이 조용히 따라 부른다. 노래가 끝나자 이정훈이 걸음을 멈추고 묻는다.

"학교에서 좀 더 할 일이 있을 텐데 이번에 정리하는[19] 건 좀 빠른 거 아냐?"

"학생 신분은 계속 기득권 유지고 고민의 연속이잖아. 어차피 평생 할 운동, 빨리 정리하고 싶어."

이정훈이 호주머니에서 청량리 지역 시위 약도를 꺼내 건넨다.

"오늘 밤에 잠도 안 올 텐데 이거 갖고 공부해~"

시위 약도를 건네받은 시위 주동자가 이정훈과 악수를 하고 헤어진다. 그러다가 그가 갑자기 뒤돌아서 이정훈을 부른다.

"정훈아! 너 약속 꼭 지켜라. 내가 빵에서 나오면 김형곤 흉내 꼭 내는 거다?"

이정훈이 명랑하게 답변한다.

"알았어."

청량리 지역 일대가 완전히 어둠에 잠긴다.

---

19 정리하다 : 구속이 돼서 학생 신분을 끝내다

17.
사복 체포조의 기습

다음 날, 점심시간이 끝나고 청량리 지역에 지원 나온 최성식이 오스카 극장 앞에서 청량리역 쪽을 골똘히 쳐다보고 있다. 그 옆으로 김용수가 다가온다.

"우리 소대장이 또 무슨 작전을 짜려고 생각에 빠지셨나요?"

최성식이 김용수는 쳐다보지도 않고 시선을 앞에 둔 채로 입을 연다.

"여기 청량리 로터리 지역은 시위대에겐 천국이야. 이건 바로 우리 시위 진압대에게는 지옥이라는 얘기지. 로터리 근처에 백화점, 극장, 시장도 있고 지하철에 기차역까지…… 시위대가 시민 틈에 섞여 집결할 공간이 너무 많아. 그리고 좁은 골목이 미로처럼 퍼져 있고."

"그래서 어떻게 해야 합니까?"

김용수의 재차 물음에 그제야 최성식이 김용수를 바라본다.

"막아낼 방법은 사전 검문 강화밖에 없어."

오스카극장 앞으로 전투경찰들이 10m 간격으로 서서 학생처럼 보이는 사람들 가방을 뒤지고 있다. 누가 봐도 청량리역에서 MT를 떠나는 날라리 류의 학생들인데 전투경찰들이 연행하여 전경버스에 태운다. 그러다 보니 오스카극장 앞으로는 아예 지나가는 젊은이들이 없다. 이때, 청량리 진주상가 건물에서 유인물이 뿌려지기 시작한다. 동시에 진주상가 출입구에 서 있던 시위 주동자가 메가폰 사이렌을 울리며 도로에 뛰어든다. 곧이어 진주상가 옥상에서 반정부 구호가 적힌 현수막이 밑으로 펼쳐져 내린다. 시위 주동자가 메가폰을 통해 구호를 외친다.

"민중 생존 압살하는 전두환 정권 타도하자!"

시위 주동자 주위를 진주상가에서 뛰쳐나온, 화염병과 각목으로 무장한 전투소조가 둘러선다. 시립대, 외대 방향에서 대기하고 있던 6개 대학 학생들이 진주상가 쪽으로 달려오고 있다. 그러나 스크럼을 짜고 청량리 로터리 방면으로는 전진하지 않고 진주상가 앞에서 전경들이 오기를 기다리는 전선 프런트를 형성한다. 이정훈의 시위 전술 '택'이 펼쳐지고 있다.

시위 주동자가 메가폰을 통해 부르짖는 '전두환 정권 타도하자' 구호를 시위 학생들이 따라 외친다. 지나가던 시민들이 호기심 어린 눈으로 시위를 구경하고 있다. 6차선 도로를 완전히 접거한 시위대는 투쟁 의지를 드높이며 운동가요 '흔들리지 않게'를 부르기 시작한다.

"와서 모여 함께 하나가 되자, 와서 모여 함께 하나가 되자! 물가에 심어진 나무같이 흔들리지 않게……."

노래를 부르며 남학생들이 인도의 보도블록을 뽑아 땅바닥에 내려쳐 깬다. 돌멩이 무기가 된 것이나. 최성식이 진주상가 시위 발생 상황을 무전으로 통보받는다. 청량리 로터리, 오스카극장, 맘모스백화점 쪽의 시위 발생을 예상하고 배치되어 있던 전투경찰 버스와 페퍼포그 차량이 그제야 움직이기 시작한다.

"이 개새끼들, 완전히 허를 찌르는 전술이네."

최성식이 쌍소리를 해가며 전투경찰 버스 출동을 명령한다. 그러나 진주상가 앞 도로를 완전히 장악한 시위대는 전진하지 않는다. 그대신 전투 소조들이 전투경찰 버스들이 다가올 도로에 미리 화염병과 돌멩이를 투척한다. 앞쪽 도로에 불길이 일어나자 전투경찰 버스가 접근하지 못하고 멈춰 선다. 곧이어 남학생들이 돌멩이를 무수히 앞 도로를 향해 던진다. 몇 개의 돌멩이는 멀리 날아와 전투경찰 버스를 강타한다. 6개 대학 3백여 명의 학생들이 진주상가 앞 도로를 점거하고 스크럼을 짜고 있자 전투경찰들도 쉽게 접근하지 못하고 있다. 지금 펼쳐진 상황을 망원경을 꺼내 살피던 최성식이 사복 체포조를 이끌고 차도가 아닌 인도로 걸어서 시위대에게 몰래 접근한다. 기습공격을 하려는 것이다. 이런 사실을 모르는 시위대는 계속 구호를 외치고 시민들에게 유인물을 나눠주고 있다. 청량리역 근처, 발 디딜 틈 없이 많은 사람들의 사이를 비집고 최성식과 사복 체포조들이 시위대 쪽으로 서서히 다가간다. 그리고 최성식이 무전기로 청량리 로터리에 대기 중인 전투경찰들에게 SY-44 최루탄을 발사하라고 명령한다. 최루탄이 시위대 머리 위에서 터져서 시위대의 스크럼이 잠시 풀린 틈을 확인한 최성식이 전광석화처럼 사복 체포조에게 명령을 내린다.

"주동자 새끼 잡아!"

김용수를 비롯한 사복 체포조가 경주마 뛰어나가듯 시위 주동자를 체포하기 위해 뛰어나간다. 전투 소조들이 로터리 쪽에 있는 전투경찰만 신경

쓰다 보니 인도 쪽에서 사복 체포조가 뛰어나오는 걸 전혀 보지 못했다. 급작스러운 사복 체포조들의 등장에 시위대는 갈팡질팡 도망가기 시작한다. 시위 주동자를 보호하는 전투소조 남학생들 서너 명이 각목을 휘두르며 사복 체포조의 접근을 막지만, 시위 주동자를 체포하면 특별 포상이 있기 때문에 사복 체포조들은 부상의 위험을 무릅쓰고 덤벼든다. 그러다가 김용수가 전투소조가 휘두른 각목에 팔꿈치 부위를 맞고 쓰러진다. 그러다가 다시 일어난 김용수의 눈빛이 매섭게 변해 있다. 각종 무술로 단련된 사복 체포조와 시위 학생들의 싸움은 애시당초 상대가 되지 않는다. 시위 주동자를 보호하는 학생들이 모두 사복 체포조에게 팔이 꺾인 채 체포된다. 이때를 틈타 김용수가 시위 주동자의 허리띠를 뒤에서 낚아챈다. 시위 주동자가 휘청거리며 넘어진다. 그런 그의 가슴을 김용수가 발로 짓밟는다. 그래도 시위 주동자가 격렬하게 저항하자 김용수는 쓰고 있던 헬멧을 벗어 머리를 가격한다. 김용수의 과도한 폭력에 근처 노점상 아주머니들이 차도까지 나와 김용수의 팔을 잡아챈다.

"그만 때려!"

갑자기 나타나 팔을 잡는 아주머니들 때문에 김용수의 행동이 멈춘다.

"뭘 잘못했다고 학생을 때리는 거야?!"

아주머니들의 항의에 김용수가 주춤했다가 위협을 가한다.

"자꾸 이러시면 아주머니들도 체포합니다."

김용수가 노점상 아주머니와 실랑이를 벌이고 있을 때 시위 주동자가 벌떡 일어나 들고 있던 메가폰으로 다시 구호를 외친다. 예전 시위 주동자들은 순순히 체포되었는데 이번 청량리 시위 주동자는 한 치의 타협도 없이 끝까지 싸우다 체포될 모양새다.

"민중 생존 압살하는 전두환 정권 타도하자!"

김용수가 메가폰을 뺏으려 하지만 시위 주동자가 뺏기지 않고 계속 구호를 외쳐댄다. 그러자 김용수가 시위 주동자의 배를 주먹으로 세게 가격한다. 시위 주동자가 헉! 하며 도로에 쓰러진다. 메가폰이 그의 손에서 떨어진다. 그 메가폰을 김용수가 발로 짓밟아 깨버린다.

체포된 시위 주동자와 시위 주동자를 보호하던 학생들이 전투경찰 버스 안으로 연행된다. 이들과 함께 버스에 올라온 김용수가 안에 있는 전투경찰들에게 명령한다.

"커튼 쳐."

전경 버스 유리창을 녹색 커튼이 일제히 가린다. 이제 버스 안에서 무슨 일이 벌어져도 밖을 지나가는 시민들은 알 수 없다. 김용수가 시위 주동자를 폭행하기 시작한다.

"너, 이 개새끼, 오늘 나랑 한번 끝까지 붙어보자!"

시위 주동자는 고개도 숙이지 않고 그대로 김용수의 주먹을 다 맞고 있다. 그런 김용수의 폭력이 과하게 느껴진 전투경찰 고참들이 김용수를 말린다. 오늘 시위대 각목에 팔꿈치를 맞아 분이 안 풀린 듯 김용수가 씩씩거린다.

"이 개새끼들, 너희는 배부르고 등 따시니깐 데모질할 생각이 나는 거야. 우리는 밥도 제대로 처먹지 못하고 이 지랄 하는 거고⋯⋯."

이때 최성식이 차 안으로 들어오자 김용수가 시위 주동자를 손가락으로 가리키며 미친 듯이 외친다.

"이 새끼가 주동이야! 내가 잡아 왔어."

김용수가 전쟁터에서 전리품을 챙기듯 숨을 거칠게 몰아쉰다.

18.
구속된 아들을
면회하는 어머니

학생들의 격렬했던 가두시위가 진압된 청량리 진주상가 앞 도로에는 시위대가 던진 화염병 조각, 돌멩이, 유인물, 찢어진 현수막, 시위대의 신발 그리고 전투경찰들이 쏜 최루탄 파편 등이 바닥에 널브러져 있다. 오늘 청량리 시위 진압을 마친 후 김용수가 경찰서 구내 공중전화기로 여수에 있는 어머니와 통화를 하고 있다.

"나는 몸 편히 잘 지내고 있어요. 엄마가 보내준 반찬이랑 해서 밥도 잘 먹고, 몸은 어때요? …… 몸도 안 좋은데 자꾸 일 나가니깐 상태가 안 좋은 거잖아요!"

김용수가 몸이 아픈 어머니가 일하는 게 마음이 아파 짜증을 낸다.

"우리는 데모 진압 안 나가요. 나는 경찰서 책상에 앉아서 사무 보니까 걱정하지 마세요."

공중전화기 동전이 거의 다 없어지는 걸 보고 급히 말한다.

"엄마, 돈 다 됐어, 그만 끊어요. 또 연락할게."

통화를 마치고 김용수가 담배 한 대를 피워 문다. 시위대의 각목에 맞은 팔꿈치 부위를 본다. 시퍼렇게 멍이 들었다. 안티푸라민을 호주머니에서 꺼내 바르고 있는데 남루한 차림의 아주머니와 상사 계급 복장의 군인이 김용수 쪽으로 다가온다.

"정보과가 어디입니까?"

상사 계급의 군인이 아버지뻘 되는 나이라 김용수가 담배를 비벼 끄고 정보과 위치를 알려준다.

"정보과는 저 건물로 들어가 2층이에요."

앞에 있는 아주머니 얼굴은 울음이 터져 나오기 직전이다. 그걸 보고 김용수가 조심스레 묻는다.

"무슨 일로 정보과를 찾으세요?"

"아들을 만나러 왔습니다."

"아드님이 정보과 형사예요?"

김용수의 재차 물음에 상사 계급 군인이 입을 다문다. 강원도에서 올라왔다는 두 분을 김용수가 친절히 정보과 건물로 모시고 간다.

정보과에는 오늘 청량리 시위를 주동한 대학생이 수갑을 차고 앉아 있다. 그 학생 조서를 꾸미는 정보과 형사가 나름 인간적인 대화를 나눈다.

"너는 급이 높은 관계로 우리 정보과에서 직접 챙긴다. 그런데 솔직히 난 니들 이해가 안 된다. 현실에 불만이 있어도 서울대 다니는 놈들이 조금만 참았다가 졸업하고 사회 나와서 국회의원 되고 장관 돼서 사회를 바꾸지, 왜 이 난리를 쳐서 감방 가고 그래? 다 니들 인생 조지는 거야."

마음씨 착한 정보과 형사가 시위 주동자에게 담배 한 개비를 내민다.

"한 대 피워!"

"말씀만 고맙게 받겠습니다."

시위 주동자는 어떠한 타협도 하지 않겠다는 비장한 각오로 담배를 거절한다. 김용수가 아주머니와 상사 계급의 군인과 함께 정보과로 들어온다. 아주머니가 수갑을 차고 있는 아들을 발견하고 한걸음에 달려간다. 그리고 수갑 찬 아들의 양손을 잡고 소리 내어 울기 시작한다. 아들은 어머니에게 '죄송하다'는 말을 하려다가 그 말을 도로 삼킨다. 상사 계급의 군인 아버지가 분노한 눈빛으로 아들을 노려본다. 화가 치밀어 오르는지 눈에 핏발이 선 아버지가 아들을 때리려 하자 어머니가 아들을 온몸으로 감싸 안는다. 내 새끼 때리지 말라는 행동이다. 이 모습을 김용수가 다 지켜보고 있다. 정보과 사무실을 나온 김용수가 경찰서 마당에서 담배를 꺼내 불을 붙이고는 연기를 속 깊이 들이마셨다가 내뱉는데 최성식이 다가온다.

"오늘 시위 주동도 체포하고 한 건 크게 했네. 축하해."

최성식의 축하 인사에도 김용수는 기쁘지가 않다. 심란하게 담배만 뻑뻑 피워댄다. 그러자 최성식이 궁금한 듯 묻는다.

"왜 그래? 무슨 일 있어?"

"오늘 시위 주동 새끼의 어머니랑 아버지가 방금 왔는데 엄마가 울고불고 난리다. 그 새끼 아버지 군인이던데 이제 군대 잘리고 연금도 못 받고 좆됐어."

"운동권 새끼들, 오늘 지들 주장대로 민중 생존권이 끝장난 거네. 겁대가리를 상실한 거지."

"그래도 부모들이 고생고생해서 서울대 보내놨는데 불쌍하잖아."

불쌍하다는 김용수 말에 최성식의 목소리에 날이 선다.

"불쌍하기는. 어디 감히 국가를 상대로 싸워보겠다는 거야? 조선 시대 같았으면 반역죄로 능지처참당할 놈들이지."

이날 밤, 경찰서 유치장 안에는 조서를 마친 시위 주동자가 한쪽 구석에 앉아 있다. 술 취한 잡범들과 섞여 있다. 이때 김용수가 유치장 문을 열고 들어온다. 그리고 눈이 퍼렇게 멍들어 있는 시위 주동자를 쳐다본다. 시위 주동자도 자기를 체포하고 구타한 김용수를 알아본다. 김용수가 주위 눈치를 살피며 시위 주동자 옆에 앉는다. 시위 주동자는 이 사람이 왜 이러지 하는 동작으로 일단 경계를 한다. 김용수가 호주머니에서 뭔가를 꺼내 시위 주동자 손에 슬쩍 쥐여준다. 타박상, 멍 등에 바르는 안티푸라민이다. 시위 주동자가 김용수에게 고맙다는 말 대신 고개만 끄덕인다. 김용수는 조용히 유치장 밖으로 나간다.

최지혜가 서클 후배 김영철과 학생회관에서 나오는데 누군가 뒤에서 김영철을 부른다. 법학과 조교다. 최지혜는 보안 관계상 조교에게 자기 얼굴을 보이지 않으려고 혼자 도서관 쪽으로 향한다. 조교가 김영철에게 다가온다.

"영철아, 점심 약속 없으면 나랑 먹자."

"점심 좋지요."

김영철이 조교를 따라 교수식당에서 밥을 먹는다.

"여긴 교수들만 먹는 데 아니에요?"

"학생들도 먹어도 돼. 너희가 몰라서 못 먹는 거지."

"조교님한테 늘 고마워하고 있어요. 복사도 하게 해주고 용돈도 주시고."

김영철이 숟가락을 내려놓고 고마운 말을 전한다.

"내가 니들한테 미안해서 그래."

"궁금한 게 있는데, 조교님은 강제 징집 어디로 갔어요?"

"나는 7사단, 철책에 있었는데 초소 경계 근무 서면 무릎이 시큰거릴 정도로 산세가 가팔랐던 데야."

"그때는 80년 광주가 끝난 직후라 지금보다 훨씬 운동하기 힘들었죠?"

"경찰이 아예 교내에 상주하고 있었지."

"조교님이 그때 동 뜰 때 얘기 좀 해주세요."

김영철이 흥미진진하게 물어오자 조교가 그 당시를 떠올린다.

19.
강제 징집당한 조교

전두환이 80년 5월 광주 시민들을 학살하고 정권을 잡은 지 1년이 지났다. 조교가 학내 시위를 주동했던 때다. 서울대학교 중앙도서관 앞, 본관 건물을 비롯해 학생들이 많이 모이는 곳은 사복 형사들이 배치되어 있다. 아크로폴리스 광장이 보이는 중앙도서관에서 학생들이 조용히 공부하고 있다. 이때 책상에 앉아 있던 법학과 조교가 손목시계를 보고 가방에서 밧줄을 꺼내 주위를 살핀다. 그리고 그 밧줄을 도서관 라디에이터에 묶는다. 조교가 묶인 밧줄을 도서관 창밖으로 내려뜨린다. 그제야 공부하던 학생들이 교내 시위의 시작을 알아챈다. 도서관에 앉아 있던 학생들이 유인물을 나눠준다. 조교는 밧줄에 매달려 창밖으로 내려가며 구호를 외친다.

"광주 학살 자행한 전두환 정권 물러가라!"

이것을 신호로 도서관 앞, 본관 건물 앞에 삼삼오오 모여 있던 학생들이 후다닥 모여들어 스크럼을 짠다. 학생들이 구호를 다급히 외친다.

"광주 학살 자행한 전두환 정권 물러가라!"

사복 형사들이 스크럼을 짜는 학생들을 연행하기 시작한다. 그리고 도서관 4층에서 법학과 조교가 밧줄을 타고 매달려 있는데 그 밧줄을 사복 형사들이 위에서 흔들고 있다. 자칫하면 떨어져 죽을 수도 있는데……. 시위대는 해산되고 밧줄에 매달려 있던 법학과 조교는 끌어 올려져 바로 체포된다.

이날 시위 주동으로 관악 경찰서에 끌려간 법학과 조교는 다음 날 아침 군 수송 트럭에 태워져 군 입대 신체검사도 없이 강원도에 있는 군부대로 끌려갔다. 시력이 나빠서 군 면제를 받을 수 있는데 현역병으로 그 부대에 배치된 것이다. 7사단 ▒▒대 내무반에 조교가 서 있다. 잠시 후 내무반 문이 열리며 대위 계급장을 단 군인이 들어온다. 조교의 신상명세서를 훑어본 대위가 조교에게 존댓말을 쓴다.

"우리 서울대생은 사회에서 외쳤던 요구 사항이 아직도 남아 있습니까?"

조교가 대답하지 않고 고개를 숙인다.

"말이 없으면 요구 사항 없는 거로 알고 지금부터 옷을 벗습니다. 빤스까지 다 벗습니다. 실시!"

팬티까지 벗으라는 대위의 명령에 조교가 멈칫한다. 그러자 대위가 워커발로 조교의 가슴을 걷어찬다. 조교가 뒤로 훌러덩 자빠져 내무반 문까지 밀려가는데 끼고 있던 안경이 떨어지며 렌즈가 깨진다. 이때, 내무반 문이 열리며 또 다른 군인 한 명이 들어온다. 계급은 중사인데 조교를 때린 대위가 예의를 갖춘다. 보안대 소속 중사이기 때문이다.

"아이고, 우리 중대장님 근무 의욕이 너무 넘치세요. 애들 살살 다뤄주세요. 다 나라의 기둥이 될 청년인데요."

보안대 중사가 말리자 조교는 눈물까지 날 뻔했다. 안경이 벗겨진 조교의 눈에 보안대 중사의 얼굴이 흐릿하게 보인다.

서울대학교 교수식당에 앉아 있는 조교가 코에 걸려 있는 안경을 위로 올려 쓴다. 김영철이 밥을 먹으며 조교에게 궁금한 것을 또 묻는다.

"조교님 때 강집(강제 징집) 가서 의문사로 처리된 사람도 많죠?"

김영철의 호기심 어린 질문에 조교가 과거 힘들었던 시절을 떠올리기 싫은지 화제를 돌린다.

"그나저나 정훈이는 잘 지내고 있지?"

김영철이 답변을 안 한다. 왜냐면 조직 선배의 근황을 누군가에게 알려줘서 좋을 게 하나도 없기 때문이다. 김영철이 왜 대답을 안 하는지 눈치챈 조교가 더 이상 묻지 않고 다른 얘기를 한다.

"정훈이는 내가 복학했을 때 우리 과 1학년이었는데 누가 봐도 똑똑하고 정의감이 넘치는 후배였지."

조교가 식사를 마치고 커피까지 한잔 사주면서 김영철에게 봉투 하나를 건네준다.

"이게 뭐예요?"

"밥값으로 써. 불법 과외로 번 돈이야."

"고맙습니다. 다음에 꼭 갚겠습니다."

"안 갚아도 돼."

"아닙니다, 조교님. 꼭 갚을 날이 올 겁니다."

김영철과 조교가 따뜻한 햇살을 등 뒤로 받으며 여유롭게 커피를 마시고 있다.

　1986년 가을에 있을 서울 아시안게임 개최를 알리는 애드벌룬이 서울
시내 곳곳에 띄워져 있다. 종로 3가 청계천 세운상가 구름다리 위에 양복
을 말끔히 차려입은 청년의 모습이 보인다. 이정훈이다. 누군가를 여기서
3시에 만나기로 했는데 이정훈은 30분 전에 미리 도착해서 혹시라도 있을
미행을 확인했다.

　구름다리 계단을 힘겹게 올라오며 이정훈을 발견하고 손을 흔드는 소아
마비 학생이 있다. 청계천 시위를 주동할 학생이다. 한 손에는 지팡이를 짚
고 다리를 심하게 전다. 둘이 만난 이곳을 '구름다리'라고 부르는데 이곳에
서는 저작권 허락 없이 불법으로 복제된 음반, 소위 말하는 '빽판'과 도색
잡지, 동영상 테이프 등을 팔고 있다.

"나랑 같이 청계천 일대를 한 바퀴 돌면 좋겠지만 내가 워낙 디테일하게 택을 잘 짜고 아예 지도까지 그려놓은 관계로 사전답사는 생략할게."

이정훈이 소아마비 시위 주동자를 배려한 것이다.

"이번 가투는 일요일에 하자고."

"일요일?"

"전경들이랑 사복 체포조 백골단들은 일요일은 휴일이야. 그렇지만 남 베트남 민족해방전선 게릴라들이 공휴일 구정에 프랑스 정규군을 기습했 듯이 우리도 짧고 굵직하게 치고 빠지는 거야."

이정훈의 기상천외한 택 전술에 시위 주동자가 놀라움을 표한다.

"적들은 우리가 일요일 날 시위할 줄은 생각도 못 할 거야."

"그렇지. 우리 투쟁에 휴일이 어디 있어. 여기 세운상가 건물을 연결한 공중보도를 구름다리라고 하는데, 여기서 종로 일대가 훤히 보여."

이정훈이 설명하고 시위 주동자가 눈앞에 펼쳐진 종로 거리를 보고 있다.

"우리 주동께서는 여기 구름다리에 있다가 시간 맞춰 내려가서 종로 3 가 건널목에서 동을 뜨는 거야. 그리고 전소들[20] 배치 없이 치고 빠질 거 야. 그 대신 종로 3가 일대를 유인물로 뒤덮을 거야. 아마도 시민들이 한여 름에 눈 내리는 걸 볼 거야."

전경과 무력 충돌 없이 유인물만 뿌리고 끝내자는 이정훈의 시위 전술 에 시위 주동자가 한마디 한다.

"정훈아, 너무 심심하게 끝나는 거 아냐?"

---

20 전소들: 화염병을 던지는 전투 소조의 은어

"적들에게 이번엔 잽만 몇 방 날리자고. 그리고 이번 가투는 동이 잡힐 필요 없어. 동 뜨고 구호 외치고 짭새들 보인다 싶으면 택시 타고 학교로 돌아와."

이정훈이 만 원짜리 한 장을 시위 주동자 손에 쥐여준다.

"학생운동 이렇게만 하면 너무 편하고 쉬운데."

"그런 날도 있어야지."

세운상가 건물 양쪽 끝에서는 종로 지역 빈민가 주택들이 보인다. 비닐 루핑으로 지붕을 덮고, 태풍에 지붕이 날아갈까 봐 검은색 폐타이어가 여기저기 얹혀 있다. 전봇대 변압기에 거미줄처럼 엉켜 있는 전깃줄이 좁은 골목으로 길게 뻗어 있다. 가두시위 퇴로로는 아주 좋은 지역이다. 구름다리에 서 있는 이정훈과 시위 주동자에게 음란 동영상 비디오테이프를 파는 호객꾼이 다가온다.

"형님들, 뭐 찾는 거 있어요? 신품으로 죽이는 테이프 나왔는데."

"담에 살게요."

이정훈과 시위 주동자가 다른 데로 발걸음을 옮긴다.

"우리가 포르노 테이프 사러 온 사람으로 보이나 봐?"

"우리를 그렇게 봐주면 고맙지. 데모하러 온 사람으로 보면 곤란하잖아."

구름다리 시멘트 바닥을 엄청나게 많은 양의 불법 복제 음반이 덮고 있다. 시위 주동자가 호기심 어린 눈으로 불법 복제 음반 한 장을 꺼내 본다. 이정훈이 그걸 보고

"아는 노래야?"

"한국에서는 대부분 노래가 금지되어서 라이센스 음반으로는 못 나오는 그룹이야. 그런데 빽판은 원판을 그대로 프레싱해서 찍으니깐 모든 노래가 있는 거지. 한국 가요 음반에는 건전가요를 꼭 한 곡씩 넣어야 하는 게 공연윤리 심의 사항이고."

시위 주동자의 해박한 음악 지식에 이정훈이 깜짝 놀란다.

"오우, 동 뜨실 분이 요런 부르주아틱한 걸 다 아시네?"

"어릴 때부터 몸이 불편해서 집에서 음악을 많이 들었어. 그래서 그런지 레코드판을 보면 옛날 추억이 떠올라."

시위 주동자가 팝송에 대한 추억을 떠올리듯, 들려오는 팝송에 귀를 기울인다.

"지금 저 노래 제목이 뭐야?"

"영국 록 밴드 레드 제플린의 'Stairway To Heaven'이라는 노래야."

시위 주동자가 DJ처럼 설명해준다.

"천국으로 가는 계단이라. 여기 구름다리 계단이 동 뜨는 사람에게 천국의 계단이 되어야 할 텐데."

"아멘!"

시위 주동자가 기독교 신자처럼 기도 자세를 취한다. 이번에는 이정훈과 시위 주동자가 세운상가 건물 내부로 들어간다.

"동원될 애들은 여기 상가 안에 숨어 있다가 나갈 거야. 세운상가가 로켓 부품만 주면 다 조립해서 달나라에 로켓도 발사할 수 있대. 그뿐만 아니라 지게 지는 아저씨들이 쉴 틈 없이 다니기 때문에 우리들이 숨어 있기에 너무 좋아. 우리 애들이 빽판이나 야한 비디오테이프 사러 온 것처럼 서 있으면 되고."

신나게 설명하는 이정훈에게 시위 주동자가 궁금한 걸 묻는다.

"정훈아, 여기 세운상가 내부는 영화에서 본 미국 교도소 건물 같아. 가운데가 뻥 뚫려 있는 게. 거기다가 건물 지붕이 투명이라 조명이 없어도 내부가 훤한데?"

"아주 좋은 질문이야. 여기가 바로 세계적인 건축가 김수근이 지은 거야."

"김수근? 대단한 건축가네."

"그런데 말이야."

이정훈이 고개를 갸우뚱거린다.

"왠지 김수근은 인간의 심리를 잘 아는 건축가 같아. 이 건물 안을 지난 번 내가 처음 와서 답사하는데 이상하게 소름이 끼치더라고. 뭐라 할까? 으음……. 건물이 나를 감시하는 느낌이야."

"법학과 정훈이가 건축학도 빠삭하네. 암튼 정훈이 덕분에 건축 역사 잘 배우네."

"내가 아니라 전두환 덕분에 우리가 여기까지 온 거지."

20

시위 오더가 새다

이번 주 일요일에 있을 세운상가 가두시위 약도를 이정훈으로부터 넘겨 받은 김영철은 그걸 복사하기 위해 법학과 사무실로 간다. 아직까지 총학 생회 복사기를 수리하지 않았기 때문이다. 전공 서적을 복사하는 척하면서 가두시위 약도를 꺼내 복사를 하려는데 복사기가 에러가 났다. 용지가 걸려 나오지 않는 것이다. 이때 법학과 교수가 사무실 문을 열고 들어오는 바람에 당황한 김영철이 복사기 드럼에 걸려 있는 용지를 제거하지 못하고 그냥 원본 약도만 갖고 나온다. 김영철이 나간 후 조교가 복사기를 유심히 쳐다본다.

일요일 오후 2시의 세운상가 가두시위를 위해 학생들이 상가 건물로 들어가는데, 건물 안에 미리 있던 사복 체포조들에게 체포된다. 길 건너편 종로성당에 미리 숨어 있으려던 학생들도 버스에서 내리자마자 전투경찰들

에게 전원 연행된다. 경찰은 시위 정보를 미리 알고 있다는 듯 1시간 전부
터 검문 검색을 시작했다.

그것도 모르고 이날 시위를 주동할 소아마비 주동자는 세운상가 구름다
리에서 손목시계로 2시를 확인한다. 그리고 주동자를 보호하는 남학생 4명
과 함께 계단 밑으로 내려가는데 사복 체포조들이 서 있다. 사복 체포조가
다가온다.

"신분증 꺼내!"

사복 체포조의 반말에 시위 주동자가 주머니에서 신분증을 꺼내지도 못
하고 있는데 옆에 있던 남학생 가방에서 유인물이 발견된다. 체포당하지
않으려고 남학생들이 몸부림치고 있을 때, 소아마비 시위 주동자가 지팡이
를 짚고 절뚝거리며 차도로 뛰어든다.

"전두환 파쇼 정권 타도하자!"

힘차게 구호를 외치는데 건물 어디에서도 현수막이 걸리지 않고 유인물
한 장 뿌려지지 않는다. 주위에 학생들도 보이지 않는다. 사복 체포조가 시
위 주동자의 지팡이를 곤봉으로 날려버린다. 그러가 시위 주동자가 맥없이

쓰러진다. 넘어지면서 한쪽 신발이 벗겨진다. 그런 그를 사복 체포조가 질질 끌고 간다.

세운상가 택 전술이 실패로 끝났지만, 이정훈은 다시 도심지 시위 전술을 짜고 있다. 신설동 로터리에는 가변차선이 설치되어 있다. 임의로 차선을 바꿀 수 있는 신호 표시를 말하는데, 출근 시간에는 출근 차량이 많은 방향으로 한 개 차선이 늘어나고, 퇴근 시간에는 퇴근 차량이 붐비는 방향으로 차선 신호 표시가 늘어난다. 그러니까 차량 흐름에 따라 차선을 바꾸는 것이다. 이정훈이 가변차선을 바라보며 옆에 있는 이화여대 시위 주동자에게 상황 설명을 한다.

"여기 신설동 지역은 지나가는 차도 많고 노점상도 많고 소음이 워낙 커서, 시위 주동자가 고함을 질러도 잘 안 들려. 그래서 동이 뜨는 신호를 자동 빵으로 하자고. 저길 잘 봐!"

이정훈이 손가락으로 가변차선 표시등을 가리킨다.

"저기 가변차선 표시등 빨간색, 파란색 양방향 불 색깔이 6시 45분에 정확하게 바뀐다고. 자~ 1분 전."

이정훈이 손목시계를 보면서 마치 마술을 보여주듯 시간을 기다리고 있다. 손목시계 바늘이 정확하게 6시 45분이 되자 정말로 가변차선 양방향의 색깔이 바뀐다.

"우와!!"

이화여대 시위 주동자가 마치 마술을 보듯 신기해한다.

"저 신호가 바뀌면 그때 동이랑 애들이 같이 도로로 뛰어들자고. 동이 메가폰으로 사이렌 울리지 말고. 어차피 여기서 메가폰이 울리면 노점상 장사하는 메가폰 소리로 착각할 수 있어. 동대문에서 신설동 방향의 도로 표시등이 3차신에서 4차선으로 바뀔 때야.”

“정훈아 병력은 어디에 배치되어 있어?”

이화여대 시위 주동자가 전투경찰 버스가 어디 있는지 묻는다.

“고려대 쪽 안암동 로터리에 대기 중인 닭장차들이 이동해 올 거야. 고대 막는 놈들이라 시위에 단련돼서 동 뜨고 나면 5분 내에 도착할 거야. 그리고 동대문 로터리 쪽에서 페퍼포그 차량이 이동할 거야. 양쪽에서 적들이 시위대를 협공하는 셈이지.”

“그러면 우리 쪽 피해가 클 텐데.”

“맞아. 퇴근 시간이라 싸우기에는 시간도 안 좋고 장소도 안 좋아. 그러니깐 이대생들 카랑카랑한 목소리로 이슈 파이팅에 유인물만 잔뜩 뿌리자고. 도로를 유인물로 덮자.”

“택은 아주 좋은데 걱정되는 게…….”

이화여대 시위 주동자가 말끝을 흐린다.

“걱정이라니?”

“지난주 일요일 청계천 시위가 유인물도 못 뿌리고 깨져버렸잖아.”

“이번엔 오더 샐 염려가 없이 이대랑 두 개 대학 정도만 힘을 합쳐 스트러글[21] 하자고.”

둘이서 가변차선 표시등을 너무 열심히 바라보는 바람에, 앞쪽에서 다가오는 전투경찰 2인 1조를 발견 못 했다. 다가오는 전투경찰들이 대학생 차림의 학생들 가방을 열어 조사하고 있다. 이정훈이 양복 차림이지만 다가오는 전투경찰들의 눈초리가 매섭다. 그러자 이화여대 시위 주동자가 연

---

21 스트러글(Struggle) : 투쟁, 싸움을 의미함

인처럼 자연스레 이정훈의 팔짱을 낀다. 둘이 다정히 이야기 나누는 척하자 전경들이 그냥 지나간다. 이정훈이 시위 주동자를 칭찬헤준다.

"아주 잘했어."

"정훈아, 이 정도 뺑끼²²는 칠 줄 알아야지. 그나저나 애인도 없나 봐. 내가 팔짱 끼니까 당황하네."

"당황은 내가 무슨 당황……."

이정훈 얼굴이 붉그스름해진다.

"내일 잘 끝내고. 그리고……이거!"

이정훈이 머뭇거리다가 메모지 한 장을 이화여대 시위 주동자에게 내민다. 이화여대 시위 주동자의 얼굴이 볼펜으로 그려져 있다.

"우잉? 이거 나잖아?"

"동 뜨는 기념이야. 신설동 택 짜는데 시간이 남아서 그렸어. 아무 뜻 없어."

"고마워."

"그리고 그 그림은 나중에 애인 생기면 찢어버려."

이정훈이 나름 신신당부한다. 이정훈이 이화여대 시위 주동자와 헤어지고 버스에 올라탄다. 부끄러움에 붉그스레한 얼굴로 대학 입학 후 처음 해본 미팅을 떠올린다.

이정훈은 대학교 1학년 때 명문 여대 미대생들과 단체 미팅을 했다. 고급 레스토랑에서 서울대 법학과 학생들 5명이 미대생들 5명과 마주 보고 앉아 있다. 미대생들은 학생 신분에 어울리지 않게 화려한 옷을 입고 비싸

---

22 뺑끼 : 페인트 모션의 속인다는 뜻

보이는 핸드백을 갖고 있다. 이정훈이 묵묵히 앉아 있다가, 파트너에게 아무 질문도 하지 않으면 예의가 아닌 것 같아 상투적인 질문을 한다.

"전공이 회화면 누구 그림 좋아하세요?"

"뭐, 특별히 좋아하는 그림은 없어요. 이정훈 씨라고 했죠? 그쪽은 법학과면 나중에 판사를 할 거예요, 검사를 할 거예요?"

"글쎄요. 아직 생각을 안 해봐서요."

"취미는 뭐예요?"

"그림을 좀 그려요."

그림을 그린다는 말에 앞에 있는 미대생들의 시선이 이정훈에게 쏠린다.

"누구 그림 좋아하는데요?"

"밀레 좋아합니다."

밀레를 좋아한다는 이정훈 대답에 질문이 계속 나온다.

"왜요?"

"밀레는 가난한 농민들의 생활을 담아내는데, 그 자연스러운 기법을 좋아합니다. 빈센트 반 고흐도 밀레를 제일 좋아했잖아요."

"아, 그런가요?"

이정훈의 입에서 나온 '가난한 농민'이라는 단어에 미대생들의 관심이 급속도로 식는다. 이정훈은 버스 안에서 서울 시내 화려한 조명 불빛을 보며 잠시 미팅했던 때를 떠올렸다.

'그러고 보니 대학 입학 이후 미팅도 몇 번 안 해본 거 같다. 3월에 입학하고 4월에 4·19혁명, 5월에 광주항쟁 유인물, 대자보를 읽으면서 나는 사회 모순에 대한 적개심으로, 여자 친구를 사귀는 건 사치라고 생각했다.'

달리던 버스가 종각역 정류장에서 손님을 데우느라 잠시 멈추고, 버스

차창 밖으로 가전제품을 파는 대리점의 TV들이 보인다. 그 가게 TV에서 KBS〈유머 1번지〉프로그램을 하고 있는데 개그맨 김형곤이 '잘될 턱이 있나?' 유행어를 하고 있다. 그걸 차 안에서 보던 이정훈은 주위 사람들이 졸고 있는 틈에 김형곤의 '잘될 턱이 있나?' 동작을 한번 해본다.

"잘될 턱이 있나……."

동작을 끝내고 이정훈이 머쓱한 표정으로 누가 봤을까 버스 안, 주위를 두리번거린다.

그다음 날 저녁, 이화여대 시위 주동자가 신설동 로터리 가변차선이 바뀌기를 초조하게 기다리고 있다. 그런데 6시 45분이 되었는데도 가변차선 신호가 바뀌지 않는다. 시위 주동자가 당황한다. 바뀌는 순간에 시위를 시작하는 걸로 이정훈이 전술 택을 짰는데 이게 바뀌지는 않고 있다. 그 대신 6시 45분에 맞춰 신설동과 동대문 양쪽 방향에서 전투경찰 버스와 사복 체포조들이 모습을 드러낸다. 진두지휘하는 전투경찰 버스 안에는 전경 소대장 최성식이 타고 있다.

"병신들. 백날 쳐다봐라, 그 차선이 바뀌는지."

최성식의 비아냥거림과 달리 김용수는 밖을 쳐다보며 존경 어린 심정을 얘기한다.

"그나저나 이번 시위 전술은 어떤 새끼가 짰는지 예술이에요. 어떻게 가변차선 바뀌는 신호에 맞춰 시위할 생각을 했을까요?"

"그래 봤자 우리한테 사전 정보가 노출됐기 때문에 말짱 도루묵이지."

전투경찰 버스가 신설동 로터리에서 멈추고 차 안에서 전경, 사복 체포조가 뛰어나와 인도에 서 있던 학생들을 검거하기 시작한다. 양쪽에서 밀어붙이는 상황에서 이화여대 시위 주동자가 그냥 '시위 해산' 명령을 내릴

수 없다고 판단하고 혼자서 구호를 외치며 차도에 뛰어든다.

"장기 집권 획책하는 전두환 정권 타도하자!"

그러나 차량 소통이 워낙 많고 소음이 심한 관계로 시위 주동자의 구호
가 들리지 않는다. 시위를 주동하는 동이 뜬 것도 모르는 형편이다. 전경
들과 사복 체포조들의 갑작스러운 출현으로 학생들이 유인물도 못 뿌리고
우왕좌왕하고 있다. 사복 체포조들이 시위 주동자를 발견하고 하이에나처
럼 뛰어온다. 시위 주동자는 자기를 향해 달려오는 사복 체포조들을 발견
하고 뒷걸음치며 방향을 틀다가 달려오는 택시에 부딪힌다. 시위 주동자의
온몸이 공중으로 뜬다. 차도에 쓰러진 시위 주동자를 사복 체포조들도 놀
란 얼굴로 쳐다보고만 있다.

신설동 로터리 시위가 경찰에 원천봉쇄당한 그다음 날 점심시간, 누군
가가 치안본부 길 건너편 다방에서 정보과 형사를 만나고 있다.

"지난번 소아마비 주동자 잡을 때 연락도 고마웠고, 신설동 시위도 사
전에 잘 막을 수 있었어. 비록 이대 년이 크게 다쳐서 약간 문제는 생겼
만……. 이번 건은 어떻게 건진 거야?"

정보과 형사 물음에 누군가가 힘없이 대답한다.

"학과 사무실에 유인물을 복사하러 온 학생들한테 알아낸 겁니다."

"아주 잘했어. 이번 학기 석사 과정 마치면 박사 과정까지 우리가 밀어
줄게. 그리고 미국 유학도 가야 교수가 되지?"

"감사합니다."

"자, 온 김에 커피 한잔 찐하게 마시자고."

정보과 형사와 커피를 마시는 사람은 바로 서울대학교 법학과 조교다.
이정훈과 김영철의 사회문화연구회 신배이고, 군대를 강제 징집으로 갔다

온 사람이다. 조교가 커피잔을 내려놓는다. 손잡이까지 데워진 잔을 잡고 보니 예전 강제 징집당했을 때 군대 보안대 사무실에서 마셨던 커피가 떠오른다.

"식기 전에 쭉 마셔."

조교가 강제 징집당한 1981년, 전방 부대인 7사단 철책에 눈이 내린다. 무릎까지 잠기는 폭설에 근무조들이 나가지도 못하고 있다. 이 시간 보안대 중사가 조교에게 커피를 권한다. 조교가 뜨거운 커피잔을 드는데 손이 덜덜 떨린다.

"왜 그래? 추워? 그거 일부러 잔까지 따듯하게 데운 A급 커피야."

보안대 중사는 뜨거운 커피를 훌훌 불어가며 잘도 마신다.

"안경도 하나 우리가 맞춰왔어. 여기."

보안대 중사가 내민 안경을 조교가 받아 쓴다. 흐릿했던 보안대 중사 얼굴이 이젠 뚜렷하게 보인다.

"안경, 감사합니다."

"감사는 나한테 할 필요 없어. 자네가 끼고 있는 안경, 다 국민의 세금으로 사 온 거야. 남자는 말이야, 군대를 갔다 와야 사람이 된다는 얘기 알고 있지?"

조교가 마지못해 고개를 끄덕인다.

"군대는 예 아니면 아니요, 둘 중에 하나야!"

보안대 중사의 목소리 톤이 높아지자 그제야 조교가 큰 소리로 "예!" 하고 외친다.

"자네는 정말 군대 잘 온 거야. 계속 학교에 있어봐. 데모하다가 감옥 가고 그러면 인생 끝이야. 여기 군대에서 인생을 다시 시작하자고. 알겠나?"

"네!"

이번엔 조교가 힘차게 대답한다.

"그런데 말이야……. 자네만 인생을 다시 시작하면 다른 동료들 인생이 너무 안타깝잖아. 그러니 그 친구들도 갱생할 기회를 주자고. 서울대생이니깐 내 말 쉽게 이해되지?"

"그…… 그건 무슨 말씀인지 잘 모르겠습니다."

모르겠다는 이야기가 조교의 입에서 나오자마자 보안대 중사가 옆에 있는 M16 총을 집어 들고 조교 머리를 겨눈다. 그리고 장전 손잡이를 잡아당긴다. 철커덕 금속성 소리에 조교가 몸을 바르르 떤다.

"지금 이 총에는 총알이 만땅으로 장전되어 있어. 너 같은 새끼 하나 쏴 죽이고 저기 비무장 지대 지뢰밭에 던져놓으면 지뢰 밟다 죽은 거로 공상 처리돼서 2만 7천 원, 니 가족 앞으로 위로금 전달될 거야. 우리 이렇게까지 가지는 말자! 자, 조직원들 이름만 말해. 그 친구들이 더 나쁜 길로 빠지기 전에 우리가 구해줄 테니까. 알겠어?"

중사의 살벌한 협박에 얼이 빠진 조교가 알겠다고 손까지 싹싹 빈다.

보안대 중사가 그제야 겨눴던 M16 총을 내려놓는다. 그리고 커피포트에서 커피 한 잔을 더 따라서 건네주며 부드러운 목소리로 변한다.

"우리 집안에도 서울대 교수님이 한 분 계시는데, 4·19 때 자네처럼 데모를 심하게 하셨어. 애국심 출중하시고 똑똑한 집안 어른이시지. 나도 자네 맘 다 이해해. 군대 제대하고 복학해서 대학원도 가고 미국 유학도 가고 해서 교수 되는 거, 내가, 아니 우리나라가 밀어줄게."

이 말을 마치고 보안대 중사가 책상 위에 갱지 몇 장과 볼펜을 올려놓는다.

"갱생시킬 친구들 한 놈도 빠지지 말고 적어."

그러자 조교가 함께 학생운동했던 동료들 이름을 적는다.

21.
적들의 심장을 타격하다

일반인들의 접근이 어려운 종로구 평창동 부유한 주택 지역에는 경비업체 직원들이 경비를 서고 있다. 워낙 잘사는 곳이라 자체 경비원들이 있는 것이다. 여기에 최지혜 집이 있다. 그 집 앞에서 이정훈이 최지혜에게 두둑한 서류 봉투를 건네준다.

"이것도 네가 맡아줘. 잘 숨겨놔!……."

최지혜가 서류 봉투를 받아 내용물을 살피다가, 자기를 포함해 사회문화연구회 회원들 얼굴이 그려진 종이를 발견한다.

"정훈아, 이건 언제 그린 거야?"

"다들 실물보다 훨씬 낫지?"

"이런 거 나중에 초상권 문제 될 수도 있어. 내가 유명 연예인 되면 내 허락도 없이……."

최지혜가 농담을 한다.

"제발 그런 일이 생겼으면 좋겠다. 그리고 지혜야, 지금부터 니가 힘들어질 거야."

"나는 괜찮아. 아무 상관 없어."

이때 고급 외제 승용차가 올라오는 게 보인다. 최지혜 앞에서 멈춘 승용차의 창문이 열리고 최지혜 아버지 얼굴이 보인다.

"아빠!"

이정훈이 최지혜 아버지에게 인사한다. 최지혜의 아버지가 내리지도 않고 차 안에서 이정훈의 아래위를 살피는데, 세련된 양복에 잘생긴 청년이라 호감이 가는 표정이다.

"같은 서울대 학생인가?"

"예……."

"전공은?"

"법학과입니다."

법대생 멋쟁이 이정훈을 보고 최지혜 아버지가 신입사원 면접관 같은 질문을 한다.

"아버지는 뭐 하셔?"

이 말에 최지혜가 아버지를 째려본다. 아버지 직업을 묻는 속물적인 근성을 보이는 아버지가 창피했다. 그러자 아버지가 말을 얼버무린다.

"아니, 아버지가 뭐 하시는지 그냥 궁금해서……."

이정훈이 어색한 분위기를 마무리하려고 먼저 인사를 하고 발걸음을 옮긴다.

"다음에 뵙겠습니다."

이정훈이 최지혜와 헤어지고 여의도 순복음교회 근처 버스 정류장에 내린다. 일요일이라 교회 앞마당은 예배를 마친 교인들로 북적거리고 있다. 이정훈의 사회문화연구회 후배들이 먼저 와 있다. 김영철은 손에 성경과 찬송가까지 들고 있다. 누가 봐도 이 교회를 다니는 기독교 신자로 보인다.

"교회만큼 공개적으로 모이기 좋은 데도 없을 거야. 사람들이 많아서 누가 누군지도 모르고."

"교회 식당에 가면 공짜로 밥도 주고."

저쪽에서 이정훈이 걸어온다.

"늦어서 미안하다."

"지혜 선배가 아직 안 왔어요."

"지혜는 이제 우리 모임에 오지 않을 거야."

"정훈이 형, 그게 무슨 말이죠?"

후배들의 궁금함에 이정훈이 무겁게 입을 연다.

"지혜가 운동을 그만하겠대."

다들 말이 없다. 그러나 배신감을 느끼고 있는 게 분명하다. 그런 후배들의 모습을 보고 이정훈이 말한다.

"운동을 처음 시작할 때도 본인이 판단한 거고, 운동을 관두는 것도 본인 의사를 존중해야 한다고 봐."

"운동 관두고 지혜 선배는 뭐 한대요?"

"미국 유학 준비한다고 하던데……."

"그러고 보면 지혜 선배는 구속된 적도 없고 구류 경력도 없어서 미국 유학 비자 발급도 가능하네요. 아버지는 사장님이시고. 이래서 북한에서 출신 성분을 그렇게 강조했나 봐요."

후배가 빈정거리자 이정훈이 질책한다.

"그런 말은 안 했으면 좋겠다. 함께 운동했던 동료에 대해 고작 비아냥거림밖에 해줄 게 없는 거야? 동지라는 친구도 이렇게 대한다면 우리가 모르는 민중과 어떻게 함께할 수 있는 거지?"

후배들이 묵묵부답이다.

"다음 얘기로 넘어가자. 왜 자꾸 오더가 새는 거야? 세운상가, 신설동 가투는 단순 피세일이라 짭새들이 학생들 동선 파악하기도 쉽지 않았을 텐데, 왜 이러는 거야?"

이정훈이 연달아 실패한 가투에 대해 묻자 한 후배가 대답한다.

"적들이 지역을 장악하고 검문 검색을 세게 하는 바람에 그런 거 아닐까요?"

"한국에 경찰이 몇 명이라고 생각해? 8만 명도 안 돼. 지금 전국 대학가에 배치만 해도 8만 명으로도 모자랄 지경인데…… 여기저기 가두시위할 만한 장소에 경찰이 흩어져 있어. 근데 우리가 가투할 시간에 맞춰 경찰들이 몰려들어. 이건 어떻게 설명할 거야?"

이정훈의 문제 제기에 아무도 신통한 답변을 내놓지 못한다.

"어제 신설동 가투에서 차 사고 난 이화여대 동은 무릎 관절이 나가서 걸을 수 없다고 하더라."

이정훈이 심호흡을 한 번 하고 나서 제안한다.

"적들에게 분노의 타격 한번 가하자! 이번 주 토요일 오후 3시 신설동 로터리에서 '폭력진압 규탄대회' 공개 시위로 대학마다 자보[23]로 알려. 그

---

23 자보 : 대자보

리고 실제 타격 지점은 당일 날 알려줄게."

그다음 날, 서울 시내 주요 대학 도서관 앞에 설치되어 있는 대자보에 붙어 있는 공고문을 학생들이 삼삼오오 모여 읽고 있다.

「폭력진압 규탄대회, 이번 주 토요일 오후 3시 모이자! 신설동 로터리로!!」

학생운동 세력이 대규모 가두시위를 예고한 토요일이 되었다. 지원 나온 서울 시내 각 경찰서 기동타격대 전투경찰 버스들이 신설동 로터리를 에워싸고 있다. 전경들의 검문 검색은 동대문역부터 제기역까지 역과 버스정류장에서 물샐틈없다. 신설동 로터리에 배치된 최성식이 주위를 둘러본다.

'시위가 벌어지는 3시까지 아직 1시간이나 남았지만 거리가 너무 고요하다. 이상하다. 시위대 동선이 전혀 느껴지지 않는다.'

전경들이 사전 검문으로 지나가는 대학생들의 가방과 쇼핑백 등을 뒤져보지만 화염병, 각목이 하나도 나오지 않는다. 유인물 한 장 찾아내지 못한

다. 최성식이 의아해하며 지나가는 버스를 얼핏 보는데 운동권 학생들이 신설동에서 내리지 않고 그냥 통과한다. 왠지 다른 곳으로 이동하는 것 같다.

오늘 토요일 대규모 집회를 원천봉쇄하기 위해 서울 시내 전투경찰들이 신설동으로 총집결하는 바람에, 치안본부가 있는 서대문 로터리에도 전투경찰 버스가 한 대도 없다. 이정훈의 시위 전술을 뒤늦게 파악한 최성식이 무전으로 현 상황을 치안본부에 보고하기 직전, 대학생 차림의 학생들 30여 명이 치안본부 반대쪽 골목 안에 숨어있다. 그러더니 택시 한 대가 치안본부 도로 앞 신호등에서 멈추자 그 안에서 학생들 4명이 동시에 내린다. 그리고 화염병에 라이터로 불을 붙여 치안본부 정문을 향해 던진다. 이 학생들이 화염병 던지는 것을 신호로, 골목 안에 숨어 있던 학생들이 함성을 지르며 뛰어나와 돌멩이를 치안본부 정문을 향해 던진다. 정문을 지키던 전경들이 시위대의 기습 공격에 도망친다. 그러자 학생들이 화염병 수십 개를 치안본부 정문을 향해 모두 던진다. 치안본부 정문이 활활 불에 탈 정도로 화력이 대단하다. 그리고 구호를 크게 외치고 모두 동시에 현장을 빠져나간다. 순식간에 일어난 일이다.

22

고향을 찾아간
학생운동 리더

대학생 십여 명이 치안본부 정문을 화염병으로 타격한 그 시각, 신설동 로터리에는 3시가 넘었는데도 유인물 한 장 뿌려지지 않았다. 그러자 전투경찰 버스들이 빠지기 시작한다. 치안본부 정문이 시위대에게 급습을 당했다는 무전을 받은 최성식이 이를 악문다.

"어떤 새끼가 시위 전술을 짜는지, 우리를 갖고 노는구먼."

신설동 로터리에서 철수한 최성식 소대원들은 경찰서 내무반에서 대가리 박기, 일명 원산폭격을 하고 있다. 오늘 치안본부 정문이 불에 타버린 것에 대한 기합이다. 최성식이 기합에 힘들어 비틀거리는 전투경찰의 허벅지를 워커발로 걷어찬다. 그리고 사이코패스처럼 혼자 중얼거린다.

"'적들의 심장이라 할 수 있는 치본 타격으로 에너미들도[24] 깜짝 놀랐을 거야' 라며 운동권 새끼들이 지금쯤 낄낄대고 있겠지. 치본은 치안본부의 약자, 에너미는 영어로 E, N, E, M, Y '적'이라는 뜻이지. '적'은 바로 우리 짭새, 경찰을 말하는 거야."

그러다가 최성식이 전경들을 향해 부드러운 목소리로 말한다.

"모두 기상!"

전경들이 동시에 일어선다. 다시 최성식이 기합을 즐기듯 내뱉는다.

"다시 원위치!"

전경들이 후다닥 머리를 박는다. 최성식은 초점 없는 눈으로 그들을 바라보며 '기상! 원위치!'를 수십 번 반복한다.

이정훈이 김영철과 잠실 연립주택을 나와서 걸어가다가 어느 사진관 앞에서 발걸음을 멈춘다. 거기에는 아기 돌 사진 큰 게 걸려 있다. 그걸 보고 이정훈이 고향에 있는 누나의 딸을 생각한다.

'수연이가 다음 달에 한 살이 되는데……. 수배 떨어지기 전에 한번 가야겠다.'

이정훈이 김영철에게

"영철아, 오늘 고향에 좀 갔다가 내일 올라올게."

"집에 무슨 일 있어요?"

"무슨 일은 아니고, 누나 딸이 돌이 되는데 내가 돌 반지라도 하나 사주고 싶어서."

"간 김에 며칠 쉬다 오세요!"

---

24 에너미(enermy) : 적이란 뜻으로 경찰을 뜻함

"아니야, 빨리 올라올게."

이정훈이 여수행 고속버스에 몸을 실었다. 고향 여수는 변함이 없다. 그 만큼 발전이 없다는 얘기다. 박정희, 전두환 정권에 의해 우리나라는 지역 감정이 생겨나고 경상도의 경제 발전과 비교하면 전라도는 철저하게 배제 되었다. 여수 시내에서 벗어난 변두리 농촌 지역에 이정훈의 집이 있다. 아 직도 농사를 짓고 있는 아버지의 모습이 보인다. 전화도 없이 나타난 이정 훈을 가족들이 반갑게 맞이한다. 이정훈이 누나의 딸 수연이를 꼭 안아준 다. 외삼촌인 이정훈이 낯설지만, 조카도 이정훈의 따뜻한 마음을 느끼고 얌전히 안겨 있다.

누나, 여동생 그리고 어머니가 저녁 식사를 준비한다. 이정훈을 포근하 게 맞아주는 가족들의 눈빛에 이정훈의 가슴이 아려온다. 집안의 희망인 이정훈을 쳐다보는 가족들의 눈망울을 보고 있으니 눈시울도 뜨거워진다. 특히 올망졸망 순진한 조카의 눈빛에 이정훈은 목이 메어온다. 이정훈이 돌 반지를 꺼내 누나에게 전해준다.

"수연이 돌 반지."

"돈도 없을 텐데, 반지는……."

누나가 반지를 받아 자기 딸 손가락에 끼워준다.

"우와, 예쁘다. 우리 수연이는 외삼촌 닮아서 공부 잘할 거야."

"공부를 했으면 누나가 더 잘했지. 미안해, 나 때문에 대학도 못 가고."

"그런 말 하지 마."

똑똑했던 누나는 어려운 집안 형편을 잘 알기에, 남동생 이정훈을 대학 에 보내기 위해 장학생으로 여상에 진학했다. 결혼하기 전까지 여수 시내 은행에서 근무했는데 이성운의 대학 등록금과 생활비는 누나가 보내준 것이다. 이정훈이 조금이라도 더 조카와 놀고 싶어 조카를 부른다.

"수연아, 외삼촌한테 와봐."

이제 첫돌을 앞둔 조카가 뒤뚱뒤뚱 걸어와 이정훈의 품에 깡총 뛰듯 안긴다. 강아지 한 마리를 안는 기분이다. 이정훈이 조카를 안고 속으로 되묻는다.

'소중한 생명이다. 이 소중한 생명들이 잘 자라나기 위해 내가 할 일은 무엇일까?'

마당에서는 아버지가 낫을 열심히 숫돌에 갈고 있다. 아버지의 뭉툭한 손이 오늘따라 거칠게 보인다.

'죽어야만 끝날 수 있는 민중의 고단한 삶이다. 내가 해결한다. 아니, 내가 못하더라도 해야만 한다.'

아버지가 이정훈에게 평소 하고 싶었던 말을 참으며 숫돌에 낫을 갈다가 마침내 입을 연다.

"정훈아, 올해 졸업인데, 군대는?"

아버지의 물음에 이정훈이 아무 말 안 한다. 자기 아들이, 자기 동생이, 자기 오빠가 서울대학에 입학한 후로 학생운동을 한다는 것을 아는 가족들은 숨이 막힌다. 모두가 이정훈의 입만 쳐다본다. '졸업하고 군대 가고 취직할 거예요'라는 말이 이정훈의 입에서 나오기를 간절히 바라고 있다. 그러나 수연이를 안은 채 계속 아무 말 하지 않는 이정훈의 행동이 무엇을 의미하는지 다들 알고 있다. 어머니의 눈빛이 불안감에 흔들린다. 누나와 여동생의 눈빛도 흔들린다. 아버지는 다시 낫을 숫돌에 갈고 있다. 서걱서걱 숫돌에 낫 갈리는 소리를 듣던 이정훈이 자기 결심을 밝힌다.

"아버지, 졸업하지 않겠습니다."

졸업하지 않겠다는 이정훈의 선언에 아버지의 손이 멈춘다. 숫돌 위에 올려져 있는 낫도 움직이지 않는다. 이정훈의 '졸업하지 않겠다'는 말에 어머니가 훌쩍거리기 시작한다. 누나와 여동생의 눈에도 눈물이 고인다. 외할머니가 훌쩍이자 이정훈 품에 안겨 있던 수연이가 외할머니에게 다가간다.

"할머니, 울지 마."

수연이가 외할머니의 눈물을 닦아주며 눈을 호호 불어주고 있다. 이정훈은 가족들 앞에서 약한 모습을 보이지 않으려 눈에 힘을 꽈악 준다. 아버지가 다시 숫돌에 낫을 간다. 그러면서 침울하게 말을 꺼낸다.

"정훈아! 농군은 벼만 잘 베면 되는 거야."

숫돌에 갈리는 낫을 이정훈이 쳐다보고만 있다.

다음 날 아침, 여수 고속버스터미널. 서울로 올라가는 이정훈을 가족들이 배웅 나왔다. 아버지만 보이지 않고 조카는 누나 등에 업혀 잠들어 있다.

"이만 갈게요."

어머니가 정성껏 싸준 밑반찬 보자기를 들고 버스에 오른 이정훈이 창밖으로 가족들에게 손짓한다. 이제 그만 집으로 가시라고. 그렇지만 누구도 움직이지 않는다. 버스가 움직이는데도 가족들은 이정훈을 향해 손을 흔들고 있다. 이정훈이 입술을 깨문다. 비릿한 피 맛이 느껴진다. 이를 악물고 고개를 돌린다. 뺨으로 눈물이 흘러내린다.

고속버스 안에 설치되어 있는 TV에서 올해 9월에 열리는 서울 아시안게임 특집 프로그램을 하고 있다. 고속버스가 서울 요금소에 다다를 즈음 어둠이 밖을 상악하고 있다. 버스 차창 유리에 비친 자신의 모습을 보며 이정훈이 속으로 맹세를 한다.

'할아버지의 독립운동으로 집안은 풍비박산 나고 아버지는 제대로 교육도 받지 못했다. 평생을 소처럼 묵묵히 농사만 뼈 빠지게 지으셨다. 가난한 우리 집안에 나는 희망이다. 소위 말하는 '출세'를 해야 하지만 이 땅 민중의 가난함이 개인의 게으름 탓이 아니란 것을 잘 알기 때문에 나는 잘못된 사회를 바로잡으려 한다. 바로잡아야 한다. 어떤 희생을 치러서라도.'

23.

퇴로 없이 벌어진
가두시위

대학가는 여름방학에 들어갔다. 학생들은 방학을 맞아 산과 바다로 피서를 떠나지만, 학생운동 세력들은 농촌 봉사활동을 가거나 아니면 학교에 남아 전두환 파쇼 정권과의 싸움을 준비하고 있다. 명동 거리 롯데백화점 근처 민소매를 입은 여자들의 모습이 많이 보인다. 무더위에 노인네들은 연신 부채질을 하고, 쇼핑하려는 사람들로 백화점 앞은 혼잡하다. 여름방학을 맞아 대학가 교내 시위가 뜸하지만, 이정훈은 8월 15일 해방절에 맞춰 종각역 가두시위 택을 짰다.

지하철을 타고 종각역에 내리면 검문당할 위험이 크기 때문에 시위대는 종각역에서 조금 떨어져 있는 명동에서부터 걸어가고 있었다. 종각역은 광화문으로 이어지는 서울 시내 주요 지점이기 때문에 전투경찰 버스가 길가에 다섯 대 줄지어 서 있다. 시위 신입복을 입고 있는 전투경찰들은 뜨겁게 작열하는 태양열에 헉헉 숨을 내쉬고 있다. 전경과 사복 체포조 들의 신경이 곤두서 있다. 전경 수송 차량 안에는 선풍기 몇 대만 힘없이 털털거리며 돌아가고 있다.

김영철과 동료들이 명동에서 종각 방향으로 걷다가 앞쪽에 진을 치고 있는 전투경찰을 보니 왠지 건널목을 건너면 연행될 분위기다. 이 상황에서 옆에 있는 동료가 다급히 제안한다.

"검문이 심해서 종각역 접근이 어려운데, 여기서 치고 나가면 어때?"

"그러지 마! 여기 롯데백화점 앞은 빠져나갈 골목이 없어. 퇴로가 없다고."

김영철이 동료를 말린다.

"우리가 치안본부도 박살 냈잖아. 오늘 애들도 많이 모였는데 나가리[25] 내기에는 아까워. 그냥 밀어붙이자."

김영철의 만류에도 불구하고 동료가 '와서 모여 함께 하나가 되자' 노래를 부르며 차도로 뛰어나가 주위에 있는 학생들을 모은다. 김영철도 어쩔 수 없이 대열에 합류하고 많은 학생이 차도를 점거하며 스크럼을 짜는데, 비 한 방울 내릴 거 같지 않은 마른하늘에 천둥 같은 소리가 들린다. 기다렸다는 듯이 전경들이 최루탄 수십 발을 시위대 머리 위로 발사하여 최루가스가 쏟아져 내린다. 가만히 있어도 땀이 줄줄 흘러내리는 날씨에 최루가스를 뒤집어쓴 시위대는 눈도 못 뜨고 콧물을 흘리며 재채기를 해댄다. 사복 체포조들이 달려온다. 무더위 불쾌지수가 최고를 기록한 오늘, 왠지 사복 체포조들의 살벌한 기세에 서늘한 기운마저 느껴진다.

---

25 나가리 : 시위를 취소한다는 뜻

시위가 발생하자 롯데백화점은 아예 출입문을 잠가버린다. 시위대가 백화점 안으로 못 들어오게 하는 것이다. 시위대가 롯데백화점 쪽으로 도망칠 곳이 보이지 않자 반대 차선으로 넘어간다. 음식점들이 있는 골목 안으로 수십 명의 시위대가 도망치는데 막다른 골목이다. 사복 체포조들도 쫓아 들어왔다가 막다른 골목이란 걸 알고 당황한다. 도망갈 길이 없는 시위대는 사복 체포조와 정면으로 충돌한다. 부상을 당한 학생들이 속출한다. 사복 체포조의 부상도 눈에 띈다. 거리에는 도망가다 벗겨진 학생들의 짝 잃은 신발이 산더미처럼 쌓여 있다.

머리에서 피가 흐르는 학생, 팔다리가 부러진 학생들을 전경들이 연행하다가 슬그머니 도로에 내려놓고 간다. 부상당한 사복 체포조들은 경찰병원 구급차가 와서 싣고 간다. 최성식이 전쟁터 부상 병동을 방불케 하는 장면을 보고 어이없어 한다.

"어떤 미친 새끼가 퇴로도 없는 데서 이 지랄을 친 거야."

종각역 시위는 학생들의 큰 피해만 남긴 채 끝났다.

이로부터 약 2시간 후, 잠실 근처 비밀 아지트에 이정휴과 김영철 그리고 오늘 롯데백화점 앞 시위를 무모하게 이끌었던 후배가 있다. 그 후배를 이정훈이 나무라고 있다.

"니 기분대로 하는 게 운동이 아니잖아."

"죄송합니다."

"롯데백화점 앞과 같이 퇴로가 없는 자살 택은 죽을 일 아니면 피해야지."

이정훈이 후배들에게 화내는 일이 거의 없는데 오늘은 달랐다. 시위가 제대로 안 된 건 둘째 치고 많은 학생이 연행됐고 부상자가 발생했기 때문이다.

이정훈이 김영철만 데리고 집 밖으로 나간다.

"영철아, 지금 니 몸에서 땀 냄새에 최루 가스 냄새까지 난다. 너는 세수도 안 하냐?"

"세수요? 해야죠."

"그러면 나도 목욕한 지 꽤 됐는데 목욕 가자."

둘이 근처 대중목욕탕으로 들어간다. 이정훈은 온몸에 비누칠하고 샤워를 하는데, 김영철은 샤워기 물에 손만 살짝 갖다 대며 얼굴을 씻고 있다. 비눗기를 다 씻어낸 이정훈이 얘기를 꺼낸다.

"내년 87년은 굉장히 중요한 시기니까 우리가 전두환 정권의 반민중성과 이 정권을 지원하는 미 제국주의를 제대로 폭로해야 해."

"그래서 어떤 형태의 택을 생각하세요?"

"점거농성."

"점거할 장소는요?"

"아직 생각 중인데 전두환 정권과 미 제국주의의 연결고리에 치명상을 입힐 수 있는 곳이겠지. 이 택은 '코카콜라 이글(Coca Cola Eagle)' 작전이라고 하자."

"미국을 상징하네요."

은밀한 대화를 마친 둘은 샤워기의 물을 잠근다.

"영철아, 우리 오르그[26]에서 운전할 줄 아는 애 있을까?"

"글쎄요, 없을 거 같은데요. 저라도 배워볼까요?"

"니가 어느 세월에……. 탕에나 들어가자."

이정훈이 개구쟁이처럼 탕에 풍덩 들어가 잠수까지 한다. 그걸 김영철은 보고만 있고 탕 안으로 들어오지 않는다.

"왜 안 들어와?"

"사실 제가 어릴 때 저수지 물에 빠진 이후로 세숫물에 얼굴도 못 담가요."

김영철의 그런 과거 사실에 이정훈이 과하게 놀라는 동작을 취한다.

"우와~ 우리 투사 김영철이 물은 엄청 두려워하네."

이정훈이 김영철에게 물을 살짝 튀긴다. 그 물에도 김영철은 움찔거리며 뒤로 물러난다.

"형, 저는 먼저 나갈게요."

김영철이 나가고 그 뒤를 이정훈도 곧바로 따라 나간다.

수건으로 몸의 물기를 닦고 옷을 입고 있는데 김영철이 이정훈에게 봉투를 내민다.

"형, 이거 받으세요. 법학과 조교 형이 준 돈이에요. 과외한 돈이래요."

"니들 써."

---

26 오르그(Organization) : 조직을 의미하는 은어

"형이 돈 없어서 사람들 만날 때 웬만하면 걸어 다니는 거 다 알아요. 이 돈은 형한테 더 필요한 거예요."

"그래, 고맙다. 조교 형은 잘 지내고 있지?"

"얘기 들어보니 내년에 박사 과정 들어간대요."

"그래, 그 형처럼 우리 운동에 동조하는 세력들 중에 박사도 있고 교수도 있어야겠지. 참 고마운 형이야. 우리 서클 선배로 강집²⁷ 갔다 와서 운동 포기한 케이스잖아. 그리고 영철아, 이번 주말에 나랑 가리봉동에 좀 가자."

"네, 알겠습니다."

"뭐 하러 가는지 안 물어?"

"조직의 대장이 가자면 그냥 가야죠."

그런 김영철의 모습에 이정훈은 동지로서 굳건한 신뢰감을 느낀다.

---

27 강집 : 군대 강제 징집

24.
노동자 학생 연대 시위를
계획하다

작열하는 8월 태양 광선에 지하철 철로가 엿가락처럼 휘어질 정도다. 지하철 1호선 내부에 설치된 선풍기 몇 대는 시원함이 아니라 무더위를 증폭하고 있다. 이정훈과 김영철이 타고 가는 1호선 지하철이 가리봉역(현 가산디지털단지역)에 멈추자 둘이 내린다. 한국 수출산업의 메카라는 구로공단이 있는 가리봉동이다. 이정훈과 김영철이 일명 '가오리'(가리봉 오거리)라 불리는 쪽으로 걸어가며 얘기를 나눈다.

"정훈이 형, 여기가 이 땅의 노동자들이 청춘을 다 바친 곳이에요."

"그렇지. 여기 공단에 오니 김남주 시인의 '민중'이란 시가 떠오른다. '이것은 부당하다 형제들이여, 이 부당성은 뒤엎어져야 한다. 일어나라, 더이상 놀고먹는 자들의 쾌락을 위해, 고통의 뿌리가 되어서는 안 된다.'"

"그 시처럼 부당함이 뒤엎어져야겠죠."

화염이 올라오는 듯한 가리봉 지역 거리를 걸어가며 여기서 일하는 노동자들이 기거하는, 닭장집이라 불리는 쪽방촌을 보며 둘은 마음이 아팠다. 한여름 무더위에 목을 길게 빼고 더러운 닭장에 갇혀 트럭에 실려 가는 닭들의 모습이 연상되는 노동자들의 주택이다. 이 장면을 목격하고 이정훈이 비장하게 김영철에게 말한다.

"저임금 장시간 노동에 시달리는 노동자들의 생존권 싸움을 우리는 함께해야 해. 이제 학생들과 노동자들의 노학 연대 시위로 학생운동은 계급적 한계를 뛰어넘어 새로운 형태의 시위 모습을 선보일 거야. 그리고 이 모든 것들이 우리가 계획 중인 '코카콜라 이글'의 준비 과정이기도 하고."

김영철이 고개를 끄덕인다. 가오리 가두시위 전술을 짜기 위해 이정훈이 이 지역을 유심히 살핀다.

"아무래도 퇴로는 가리봉 시장이 좋을 거 같은데. 영철아, 가리봉 시장을 이곳 노동자들은 가리베가스라고 부른다."

"저도 들었어요. 미국 라스베이거스에 빗대어 자신들을 비하하는 말이잖아요."

"그렇지. 여기 노동자들은 월급날이 가장 기쁜 날이고 월급날 다음 날이 가장 슬픈 날이라고 한다네."

시위를 벌일 지역을 답사하고 이정훈과 김영철이 가리봉동에 있는 어느 여관방에서 이번 시위를 주도할 노동자를 만나고 있다. 이정훈이 노동자에게 김영철을 소개한다.

"이번 노학 연대 투쟁을 함께할 동료입니다. 보안 관계상 이름은 서로 생략하겠습니다."

서로 통성명을 하지 않는 대신 김영철과 노동자가 서로의 손을 꽈악 잡고 악수한다.

"학생들이 지금 여름방학이지만 가리봉 오거리를 흔들어보자고요. 동 뜨는 날을 8월 15일로 하는 건 어떨까요?"

이정훈의 제안에 다들 동의한다.

"노동자들 퇴근 시간에 맞춰 동이 떠야 하는데 공단 지역 퇴근 시간이 보통 몇 시죠?"

"잔업, 야근이 없다면 9시 퇴근으로 보면 됩니다."

"9시면 깜깜해서 유인물, 현수막이 보이지 않겠네요?"

"그렇죠."

잠시 이정훈이 고민하다가 입을 연다.

"횃불시위를 합시다."

"횃불시위라뇨?"

"저녁 9시 동이 뜰 때 시위대가 솜에 석유를 묻힌 횃불에 불을 붙여서 들자는 겁니다. 여기 가리봉 오거리를 미국 라스베이거스처럼 환하게 밝히고 지나가는 시민들에게 유인물도 나눠주는 겁니다."

"좋은 생각입니다."

이정훈의 재밌는 비유에 노동자가 자기 무릎을 탁하고 친다.

"시위 슬로건은 '8시간 노동시간 쟁취하여 노동해방 앞당기자' 어떻습니까?"

"지금 우리에게 가장 절박한 주장입니다."

"미국은 1886년에 8시간 노동제 쟁취를 주장했는데, 우리는 백 년이 지난 1986년에서야 8시간 노동제를 쟁취하자고 하네요."

이정훈의 설넝에 다들 희탈한 웃음을 짓는다. 이정훈이 주전자의 물을 컵에 따라 한 잔 들이켜고 질문을 한다.

"동원 가능한 노동자는 몇 명 정도인가요?"

"오십 명 정도입니다."

"거기에 학생 삼백 명 정도 붙으면 큰 함성은 한 번 나올 거 같습니다."

이번엔 노동자가 묻는다.

"우리 쪽에서 준비할 건 뭐가 있나요?"

"유인물, 현수막은 우리가 다 갖고 현장으로 가겠습니다. 이슈 파이팅[28]으로 활력 불어넣는 거니깐 화염병이나 돌은 던지지 않겠습니다. 그리고……."

이정훈이 김영철에게 따로 지시한다.

"이번 가투는 정보가 사전에 털리면 안 되니 다른 대학 동원하지 말고 관악 애들[29]만 모으자."

8월 15일의 가두시위 작전회의를 다 마치고 김영철은 여관을 빠져나와 집으로 돌아가고 이정훈과 노동자만 남아 있다.

"내일 출근이시니 주무시죠."

이정훈이 이부자리를 펴고 노동자는 자리에 눕는다. 눕자마자 피곤한지 잠에 곯아떨어진다. 이정훈은 오늘 봤던 가리봉 오거리 약도를 종이에 그리고 있다.

다음 날 아침, 자고 있던 이정훈이 인기척에 눈을 뜬다. 노동자가 벌써 일어나서 창밖을 물끄러미 쳐다보고 있다. 그 모습이 의아해서 이정훈이 묻는다.

---

28 이슈 파이팅 : 구호를 외치는 것
29 관악 애들 : 서울대 운동세력 학생들

"뭘 보세요?"

"아침에 눈을 떴는데 방 안이 환한 게 신기해서 그렇습니다."

"환한 게 신기하다니요?"

"제가 지금까지 지하나 반지하에서만 살았는데, 지상은 이렇게 아침에 해를 볼 수 있네요"

노동자가 눈부신 아침 햇살을 얼굴 가득 받고 있다. 노동자의 그런 진실한 모습에 이정훈은 가슴이 먹먹해 온다.

"자, 저랑 마지막으로 점검하시죠."

이정훈이 어젯밤에 그린 가리봉 오거리 지역 약도를 보여준다. 그걸 본 노동자의 입이 함지박만 해진다.

"이걸 직접 그리신 거예요? 화가 하셔도 되겠습니다."

"감사합니다. 그러면 제가 설명해보겠습니다. 지하철 가리봉역 쪽은 당연히 검문이 심하니까 아예 처음부터 그쪽으로는 학생들이 집결하지 않겠습니다. 버스로 가리봉 오거리에 접근시키겠습니다. 동이 뜨기 직전 900(9시)에 일호 알루미늄 공장 옆 건물 옥상에서 학생들이 횃불을 듭니다. 곧바로 가리봉 오거리 육교 위에서 현수막을 펼치고 유인물을 뿌릴 겁니다. 그러면 주동자께서는 부영전자 옆 호남식당 골목에 계시다가 나오면서 이번 시위를 이끄시면 됩니다. 역 쪽에 배치된 전투경찰 버스가 움직인다 싶으면 바로 해산 명령을 내리세요. 이번 시위는 노동운동에 학생들이 함께한다는 선전 형태이니, 구호만 외치고 유유히 사라지시면 됩니다."

"이렇게 설명만 들어도 어떻게 싸워야 하는지 상상이 되네요. 정말 작전 잘 짜십니다."

노봉사의 진심 어린 칭찬에 이정훈이 고개를 살짝 숙여준다.

"앞으로 노학 연대 함께해야 할 게 너무나 많습니다."

이정훈이 시위 주동자와 헤어지기 전에 악수를 한다. 평생을 노동으로 단련한 손바닥에 박혀 있는 굳은살에 이정훈은 노동자 계급의 강한 힘을 느낀다.

25

방학에도 쉬지 않는
학생들의 시위

8월 15일 '해방절'에 가리봉 오거리 시위 준비를 위해 서울대학교 총학생회 사무실에서 학생들이 등사기로 유인물을 밀고 있다. 그런데 유인물을 찍어낼 종이가 부족하다. 김영철이 후배들을 꾸짖는다.

"그래서 내가 미리미리 사놓으라고 했잖아. 동선 파악될 수도 있으니 학교 앞 말고 신림 사거리 가서 사 와."

후배 2명이 갱지 종이를 사러 나간다. 때맞춰 내리는 여름 장대비에 우산이 없다. 금방 그칠 비가 아니다. 선배 김영철이 신림 사거리에서 종이를 사 오라고 했지만 갈 길이 너무 멀다.

"우리 그냥 우호 세력인 법학과 사무실에서 용지 좀 빌려오자."

"영철이 형이 신림 사거리에서 사 오라고 했는데……."

"비 오고 우산도 없잖아. 그냥 오늘만 거기서 갖고 오자. ㄱ 조교 형 좋잖아."

후배 둘은 의견 일치를 보고 법학과 사무실로 비를 맞으며 뛰어간다. 조교가 책을 보고 있다.

"조교님, 안녕하세요? 총학에서 왔습니다. 종이 좀 빌릴 수 있나요?"

"빌려 가. 복사기 옆에 있어."

"감사합니다."

후배 두 명이 복사 용지를 들고 나가려는데 조교가 아무 뜻 없다는 듯 편히 묻는다.

"요즘 민민투[30] 이슈가 뭐야?"

"노학 연대[31]죠."

"노학 연대면 서울 시내보다는 노동자들이 많은 구로나 영등포, 인천 쪽에 유인물 뿌려야 하는 거 아냐?"

"네, 그렇죠."

후배들이 조교의 의도된 질문에 걸려들었다.

"어디다 뿌리는데? 인천?"

"아니요. 가리봉이오."

후배들이 보안 개념 없이 조교에게 시위 지역을 고스란히 말해주고 나온다. 조교가 사무실에 걸려 있는 달력을 본다. 빨갛게 인쇄된 8월 15일이 눈에 들어온다. 어딘가에 전화를 한다.

서대문 경찰서 내무반에서 최성식이 소대원들을 앞에 두고 일장훈시를 하고 있다.

---

30 민민투 : 민족민주투쟁위원회의 약자
31 노학 연대 : 노동자 학생 연대 투쟁의 약자

"니들은 8월 중에 어느 날이 제일 좋아?"

뜬금없는 소대장의 질문에 전투경찰 소대원들이 서로의 얼굴만을 쳐다본다.

"8월은 다 좋은 날이야. 왜냐하면, 여름방학이잖아. 니들 어릴 때 8월 어땠어? 좋았지?"

최성식의 강요에 전투경찰들이 "네!"라고 마지못해 대답한다.

"그런데 8월에 진짜 좋은 날은 8월 15일이야. 왜 그런지 아는 사람?"

최성식의 퀴즈에 전경 고참이 손을 번쩍 든다.

"광복절 노는 날이라서 좋습니다."

"그렇지. 우리가 해방된 날이라서 좋고, 노는 날이라서 더 좋지. 그런데 이렇게 좋은 날 우리도 하루 쉬어야 하는데, 나쁜 소식이 있다. 공돌이 공순이 새끼들이 일은 안 하고 데모하러 밖으로 기어나온다. 데모하는 학생 새끼들이 꼬드겨서 나오는 거다. 이날 더러운 기분을 바퀴벌레처럼 스멀스멀 기어나오는 새끼들 잡아 족치는 걸로 풀어보자."

최성식이 입가에 야릇한 미소까지 번지며 잘근잘근 씹듯 말을 한다.

거리 곳곳에는 광복절을 기념하는 태극기가 가로등마다 걸려 있다. 가만히 있어도 땀이 온몸에서 줄줄 흘러내린다. 날이 가물어서 비도 오지 않아 불쾌지수만 아주 높다. 땅거미가 내려앉은 저녁 시간이지만 태양열이 달궈놓은 아스팔트가 아직도 후끈후끈한 열기를 토해내고 있다. 저녁 7시가 조금 넘은 시간, 이정훈이 가리봉 오거리에서 조금 떨어진 건물 옥상에 서 있다. 이정훈이 망원경을 끼내 거리 여기저기를 살펴본다. 가리봉역에 배치되어 있던 전투경찰 버스들이 갑자기 움직이기 시작한다. 역 앞에서 검문하던 전투경찰들도 보이시 않는다. 이동한 전투경찰 버스가 가리봉 오거리 버스 정류장 앞에 멈춰 선다. 사복 체포조들이 오늘 시위에서 현수막이 걸릴 육교 위에 서 있다. 그 뿐만 아니라 시위대가 골목에 숨어 있듯이 골목에 들어가 있다. 이 모든 것을 보고 깜짝 놀란 이정훈은 오늘 가두시위 오더가 샌 것을 직감적으로 알아챈다.

'안 돼! 동이 뜨면 안 돼!'

이정훈이 건물 계단을 빠르게 내려온다. 공중전화를 찾다가 한 대를 발견했는데 '고장'이라는 푯말이 동전 투입구에 끼워져 있다. 이정훈이 허겁지겁 뛰어가서 다른 공중전화를 발견하고 전화를 건다.

"총학생회 부탁합니다. 여보세요, 총학생회죠? 김영철 학생 부탁합니다. 김영철!"

하는데 앞쪽에서 검문 전경들이 이정훈에게 다가오고 있다. 이정훈이 통화 연결을 하지 못한 채 수화기를 떨어뜨리고 몸을 피한다. 이정훈이 내려놓은 수화기로 김영철의 목소리가 들려온다.

"여보세요? 여보세요? 누구세요?"

이정훈이 다시 공중전화를 찾는데 길 건너편 슈퍼마켓에 빨간 전화기가 보인다. 다급한 이정훈이 무단 횡단하다가 다가오는 트럭을 미처 못 봤다. 브레이크를 급하게 밟는 소리가 들린다. 이정훈의 끼고 있던 안경이 아스팔트 바닥에 떨어진다.

가리봉 오거리, 8월 15일에도 출근한 노동자들이 퇴근 시간 9시쯤 공장을 나선다. 가리봉 오거리에 오늘따라 길게 줄을 맞춰 대기해 있는 전투경찰 버스를 보고 노동자들이 '뭔 일이 벌어지나?' 하는 눈빛이다. 지하철역을 피해서 버스 정류장에서 내린 학생들이 전경들에게 전원 체포되고 있다.

"버스 문 열지 말고 경찰서로 끌고 가!"

최성식은 학생들이 타고 있는 버스를 아예 가리봉 오거리 정류장에서 문도 못 열게 하고 사복 체포조들로 에워싸서 경찰서로 끌고 간다.

오늘 시위 정보가 샌 것을 모르는 노동자 시위 주동자가 호남식당 골목 안에서 초조하게 손목시계 바늘이 9시를 가리키기를 기다리고 있다. 주동자 옆에는 열 명 정도의 노동자들이 있는데 그중 한 명이 이정훈과 여수에서 같은 고등학교를 다닌 동창이다. 찢어진 내복을 입었다고 서울 전학생한테 거지새끼라는 놀림을 받았던, '전칠성'이라는 이름의 노동자다.

한편, 병원 응급실 침대에 누워 있던 이정훈이 눈을 뜬다. 그리고 자리에서 벌떡 일어난다.

'여기가 어디지?'

아직 정신이 얼떨떨한 이정훈이 주위를 둘러본다. 정신을 차린 이정훈을 보고 의사가 다가온다.

"깨어나셨군요, 다행히 차에 부딪히지는 않았습니다."

"지금 몇 시죠?"

시간을 묻는 이정훈을 의사가 '뭔 소린가?' 싶어 응급실 벽시계를 쳐다본다. 응급실 벽에 걸려 있는 시곗바늘이 9시를 알려준다. 이정훈이 침대에서 내려온다. 그런 이정훈을 의사가 말린다.

"이렇게 가면 안 됩니다. 교통사고는 후유증이 있을 수도 있으니 오늘 하루 입원해서 검사를 받고……."

의사의 말이 끝나기도 전에 이정훈이 밖으로 달려나간다.

한편, 가리봉 오거리 골목 안에 숨어 있던 시위 주동 노동자가 체포되는 학생들을 보고 있다. 현수막을 뺏기고, 유인물을 소지한 학생들이 사복 체포조에게 잡혀가고, 횃불시위를 위해 솜뭉치가 달린 각목을 갖고 나타난 학생들은 전경들에게 방패로 흠씬 두들겨 맞고 있다. 이정훈과 고등학교 동기인 찢어진 내복의 전칠성이 시위를 주동할 노동자에게 초조히 묻는다.

"형, 9시가 됐는데 어떻게 하죠?"

"학생들이 횃불 들고 현수막을 걸면 하기로 했는데 아무것도 못하고 있네."

"오늘 9시에 시위하는 거, 동료들이 다 알고 있는데요."

전칠성의 촉구에 시위 주동 노동자가 결심한다.

"그래, 약속은 지키자! 그게 지금 우리가 할 일이다."

시위 주동 노동자가 행동으로 옮긴다. 시위 주동자가 차도로 뛰어나간다. 메가폰도 없이 손나발로 구호를 외친다.

"우리 노동 형제들이여, 8시간 노동 쟁취하여 노동해방 앞당기자!"

시위 주동자의 선창에 맞춰 함께 달려 나온 전칠성과 노동자들 십여 명이 스크럼을 짜고 구호를 외친다. 갑작스러운 노동자 시위대 등장에 사복 체포조들이 당황한다. 시위 주동자는 두려움 없이 거리에 있는 시민들을 향해 하고 싶은 얘기를 토해낸다.

"공장 사장님들에게는 우리가 버러지 같아 보이겠지만, 우리는 이 땅에서 가장 오랜 시간 일하면서도 가장 가난하게 살아가고 있습니다. 우리 노동자들이 이제 외칩니다. 8시간 노동 쟁취하여 노동해방 앞당기자!!"

시위 주동자가 구호를 외치며 손을 머리 위로 내어 뻗는다. 사복 체포조들이 그제야 노동자들을 체포하러 뛰어간다. 시위 노동자들이 백골단이라 불리는 사복 체포조들을 두려워하지 않고 몸싸움을 벌인다. 사복 체포조 김용수가 노동자들을 곤봉으로 후려친다. 가격당한 노동자들이 도로에 쓰러진다. 김용수가 또 다른 노동자를 곤봉으로 때리려다가 어디서 많이 본 얼굴이라 멈춘다. 고등학교 동창인 찢어진 내복 전칠성을 발견한 것이다. 전칠성도 그런 김용수를 이 와중에 멀뚱히 쳐다보고 있다.

26.
사복 체포조와
노동자 친구의 만남

이정훈이 잠실 비밀 아지트 연립주택에서 혼자 일간지 신문기사를 보고
있다.

「8월 15일 광복절에 가리봉 오거리에서 시위가 발생했다. 8시간 노동제 쟁취
를 주장하는 불법 시위로 인해 인근 퇴근길 교통이 극심한 정체를 보이고 시민
들이 불편해했다. 경찰은 이날 시위 현장에서 붙잡힌 태흥전자 노조 위원장 김
진철(25세)을 구속하고, 연행된 시위 근로자 중에서 전칠성(23세)은 구류 3
일에…….」

이정훈이 신문을 접으며 골똘히 생각한다.

'지난번 청계천, 신설동 가투에 이어 가리봉 오거리까지 오더가 계속 샌
다. 이건 조직 내에 프락치가 있다는 건데…….'

그러다가 신문에 인쇄된 전칠성(23세)이란 이름이 눈에 들어온다. '전

칠성이라…….'

구로 경찰서 유치장에는 가리봉 오거리 시위로 연행된 전칠성과 노동자들이 갇혀 있다. 유치장이라는 극심하게 좁은 공간에 잡혀 온 노동자들이 앉지도 못하고 선 채로 들어차 있다. 유치장에는 선풍기도 없다. 연행된 노동자들은 온몸이 땀과 흘러내린 피로 범벅이 됐다. 노동자들이라 학생들과 달리 경찰들이 제때 치료도 해주지 않는다. 이때 유치장 밖에서 전칠성의 이름을 부르는 사람이 있다.

"전칠성!"

전칠성이 고개를 돌려 보니 사복 체포조 김용수다. 김용수가 주위 사람들을 의식해 일부러 거칠게 손동작을 한다.

"나와, 이 개새끼야!"

김용수가 전칠성의 손목에 수갑을 채우고 어디론가 데려간다.

경찰서 옥상에 올라간 김용수가 전칠성의 수갑을 풀어주더니 담배 한 개비를 내민다. 그러자 전칠성이 담담히 말한다.

"용수야, 이렇게까지 할 필요는 없는데."

"폼 잡지 마! 그냥 피워! 오랜만이다, 칠성아."

김용수가 라이터로 담배에 불까지 붙여준다. 둘이 맞담배를 피우며 연기를 길게 내뿜는다.

"우리 고등학교 졸업하고 처음이지? 너 경찰 한다는 얘기는 들었는데 이렇게 만날 줄은 꿈에도 몰랐다."

"니가 오늘 나한테 체포되어서 다행인 줄 알아. 데모하다 우리한테 잡히면 뒤진다고! 잡혀 온 니 친구들 맞는 거 봤지? 그러니깐 다시는 데모하지 마!"

김용수의 진심 어린 무박에 전칠성이 답을 안 한다, 그러자 김용수가 뭐

가 생각난 듯 입을 연다

"최성식이 알지?"

"경찰대 간 애?"

"그래, 그 새끼가 내 위에서 소대장 하고 있어."

"성식이는 고등학교 때 얍삽했는데 아직도 그래?"

"개 버릇이 어디 가겠니."

김용수가 담배 한 개비를 더 피워 물며 이정훈의 소식을 전해준다.

"정훈이 얼마 전에 만났다."

김용수 입에서 이정훈이라는 이름이 나오자 전칠성의 얼굴이 환해진다.

"정훈이, 우리 정훈이 판사 됐어?"

"판사는 아직 안 됐고 곧 될 거야. 정훈이가 양복 쫙 빼입고 있는데 아주 귀공자 타입이더라."

"원래 잘생기고 공부 잘하고 거기다가 의리도 있잖아."

"정훈이 의리 하나 죽여주지, 우리 고1 때 경찰서에서 끝까지 자기 혼자 애들 팼다고 하면서 반성문도 쓰지 않았잖아. 그걸 내가 바로 옆에서 목격한 사람이야."

김용수가 별것도 아닌 일을 자랑스러워한다. 전칠성이 그리움이 가득한 얼굴로 하늘을 쳐다본다.

"독립투사의 후손 정훈이, 보고 싶다."

"야, 꿈 깨! 정훈이가 너나 나 같은 놈 만나려고 하겠냐? 앞으로 판사를 하실 분인데."

"그렇겠지. 그래도 정훈이 소식 들으니깐 기분은 좋다."

"야, 이 미친 새끼야, 뭐가 기분이 좋아?! 너는 까딱했으면 구속될 뻔했는데, 이 미련곰탱이 같은 녀석"

김용수가 전칠성의 머리를 한 대 가볍게 툭 친다. 꽁초가 된 담배를 발로 비벼 끄며 김용수가 전칠성에게 다시 한번 부탁한다.

"내가 백골단 하면서 구속된 학생들 엄마 정말 많이 봤다. 너 구속되면 니 엄마 고향에서 올라와야 해. 그러니깐 데모 그만해라! 구속된 애들 엄마 보니깐 우리 엄마 생각도 나고 마음이 아프다. 알겠지?"

김용수의 부탁에도 전칠성이 묵묵부답이다. 그러자 김용수가 차분히 묻는다.

"칠성아, 그러면 무식한 내가 너한테 하나만 물어보자. 학생들이야 배운게 많아서 그런다 쳐도 너나 나나 먹고살기도 힘든데 왜 데모하냐?"

전칠성이 평상시 느릿한 말투와 달리 덜렁대지 않고 또박또박 자기 생각을 전한다.

"나는 먹고살기 힘들지 않으려고 데모하는 거야. 우리가 가난하게 태어나서 대학도 못 갔지만 나는 어릴 때부터 봤어. 우리 아버지는 일요일도 쉬지 않고 일했어. 일 년 365일 일하는 아버지를 보면서 느꼈어. 이 세상은 잘못됐다. 그리고 이제 내가 아버지처럼 살아가는 노동자가 됐어. 용수야, 내가 바라는 건 일한 만큼의 대가를 받는 거야."

"아~ 복잡해. 몰라, 몰라."

김용수가 다시 전칠성 손목에 수갑을 채우고 밑으로 데리고 내려간다.

* * *

여름방학이 끝나고 내곽은 2학기 개강을 했다. 학생들 등교 시간에 이정훈과 김영철은 당산동에 위치한 자동차 운전면허 학원에 있다. 거기서 김영철이 차량 운전 연습을 하고 있다. 2종 보통 면허가 아니라 대형 특수 면허인 사다리차를 운전하고 있다. 운전 연습이 끝나고 얼굴이 땀으로 흥건히 젖은 김영철에게 이정훈이 다가온다.

"영철아, 할 만하냐?"

"형, 공부가 제일 쉬워요. 제가 자가용을 운전해본 것도 아니고. 이게 단순히 핸들만 움직이는 게 아니에요. 덩치가 워낙 커서 후진하는 것도 뒤가 안 보이고, 거기다가 정차해서 사다리를 폈다 접었다 하는 게 각도 맞춰서 정확한 높이에 갖다 대야 하고. 어휴, 힘 빠져."

이정훈이 김영철에게 수고했다며 시원한 콜라 캔을 내민다. 김영철이 캔을 따서 한입 들이켜고 이정훈에게 먹으라고 건네주더니 하소연을 계속한다.

"사다리차가 무게중심을 잡으려면 앞뒤 바퀴 네 쪽에서 지지대 뽑아내 줘야 하고요. 달나라 도착하는 우주선 모는 게 왠지 이럴 거 같은데요."

"영철아! 힘내라. 니가 이거만 능숙하게 다뤄도 이번 코카콜라 이글 작전 절반은 성공이다."

27.
서울대학을 방문한
사복 체포조

이정훈이 김영철과 운전면허 학원에 있을 때, 서대문 경찰서 기동타격대 사무실에서 최성식이 어딘가에 전화를 걸고 있다. 사무실 문을 노크하고 들어간 김용수가 최성식 옆에서 통화 내용을 듣고 있다.

"나야, 성식이!"하는데 수화기 너머 상대편이 최성식이 잘 기억나지 않는 모양이다.

"고등학교 동창이고 경찰대 가서 전경 소대장 하고 있는 최성식이야."

자기소개를 장황하게 하자 그제야 저쪽에서 최성식이 누군지 알아챈다.

"미국 유학 간다는 얘기 들었다. 미국 가기 전에 고등학교 동문회 할까 하는데."

최성식의 제안에 상대방이 바로 '시간 없다'라고 말하는 게 수화기를 통해 김용수 귀에도 들린다.

"시간이 없다고……. 그런데 정훈이 알지? 전교 1등에 반장 정훈이도 나온다는데……."

최성식이 이정훈의 이름을 팔자 상대방의 마음이 바뀌었다.

"그래, 내가 약속 장소랑 날짜 잡아서 다시 전화할게. 잘 지내라~ 보고 싶다."

최성식이 통화를 마치고 전화기를 향해 쌍소리를 한다.

"시간 없다는 새끼가 정훈이가 나온다니깐……."

"소대장님, 통화한 사람이 우리 고등학교 동기, 서울 전학생 뺀질이?"

김용수의 물음에 최성식이 귀찮다는 듯 고개만 끄덕인다.

"그나저나 미국 유학은 어떻게 가는 거야? 미국에 비행기 타고 가는 건 알겠는데……."

"야! 김용수! 날도 더운데 쓸데없는 말 하지 말고 빨리 장비 챙겨서 근무 나가!"

"나, 오늘 근무 없어. 비번이야. 외출 신고하러 왔어."

김용수가 최성식에게 외출 신고를 하고 경찰서 밖으로 나온다. 사복 체포조 복장을 벗으니 영락없이 김용수도 대학생 모습이다. 김용수가 지하철을 타고 2호선 서울대입구역에서 하차해서 출구로 걸어 나온다.

"여기가 서울대역이니깐 바로 근처에 서울대가 있겠지."

김용수가 사람들한테 서울대 방향을 물어보고 그쪽으로 열심히 걸어가는데 서울대학교가 보이지 않는다.

"아니, 무슨 지하철역이 서울대역인데 20분을 걸어도 서울대학이 안 나와?!"

등과 가슴이 흥건히 땀에 젖어 고갯길을 넘어가는 김용수 눈앞에 마침내 서울대학교 교문이 보인다. 김용수가 에베레스트 산을 정복한 사람처럼 뿌듯함으로 서울대를 바라본다.

"아~ 저기가 바로 서울대구나."

방학을 마치고 수업 시작한 첫 주라서 캠퍼스에 학생들이 많다. 학교 안에서 버스들이 지나가고 있다.

"우와~ 학교로 버스가 다 들어가네. 쫄린다, 쫄려."

김용수가 지나가는 학생에게 뭔가를 물어보는데 그 학생이 최지혜다.

"저어, 말 좀 묻겠습니다. 법학과 가려면 어디로 가야 하나요?"

"저기 보이는 건물 뒤로 돌아가시면 법학과 건물이 보여요."

"고맙습니다."

치마를 입고 구두를 신고 걸어가는 최지혜의 뒷모습을 보며 김용수가 괜히 흐뭇해한다.

"서울대 여학생 정말 예쁘고 착하고 친절하네. 저런 친구들만 있으면 데모도 안 하고 우리가 참 편할 텐데."

법과대학 건물 쪽으로 걸어가던 김용수가 대자보를 발견하고 그냥 지나가려다가 오늘은 자기도 대학생인 기분이라 걸음을 멈춘다. 그리고 학생들 틈에 끼어서 대자보 내용을 읽고 있다. 올해 개최되는 아시안게임 때문에 서울 변두리의 빈민가들이 계속 철거된다는 소식이다. 철거 지역에 투입된 철거반원들이 술을 마시고 저지른 폭력에 부상당한 철거민들의 사진도 같이 게재되어 있다. 그걸 보고 있던 김용수의 눈시울이 뜨거워진다. 여수 변두리 빈민가에 살았던 김용수도 중학교 때 집이 철거당한 경험이 있기 때문이다.

"개새끼들, 가난한 사람들은 인간도 아니냐……."

김용수가 혼자 중얼거리다가 깜짝 놀란다.

"어라? 내가 왜 이러는 거야? 정신 차려라, 김용수."

김용수가 자기 얼굴을 툭툭 친다.

김용수가 법학과 사무실 문을 열고 들어간다. 조교가 그 안에 있다.

"실례합니다. 저어, 법학과 이정훈 학생 좀 만나러 왔습니다."

"정훈이요? 어디서 오셨어요?"

"정훈이랑 저랑 고향 여수 친구입니다. 고등학교 동기예요. 좀 불러주시겠어요?"

"저도 정훈이가 지금 어디 있는지 몰라요. 여기 연락처 남겨놓으면 정훈이한테 전달할게요."

조교가 메모지와 볼펜을 김용수에게 건네준다.

"정훈이가 제 연락처는 알고 있고요, 제 이름을 적어놓을게요. 그리고 전칠성이라는 친구도 정훈이를 보고 싶어 한다고 전해주세요."

촌스러운 김용수의 행동에 조교가 빙긋이 웃는다.

"그나저나 정훈이가 언제 판사가 될까요?"

"그야 곧 되겠죠."

"우리 정훈이가 고등학교에서 공부 제일 잘한 애예요. 여기 메모 꼭 좀 전달해주세요."

김용수가 습관적으로 조교에게 거수경례를 하고 나간다. 그런 김용수의 행동에 조교가 '저 친구 도대체 누구지?' 하는 의아한 표정을 짓는다.

최지혜가 도서관에서 공부하고 있다. 이때 몇몇 학생이 나타나 공부하고 있는 학생들 책상 위에 유인물을 한 장씩 올려놓는다. 그러다가 최지혜와 눈이 마주친다. 순간적으로 그 학생이 반가워 하다가 표정이 바뀐다. 그리고 내려놓으려던 유인물을 최지혜에게 주지 않고 도로 가져간다. 최지혜도 잠시 무안해했지만 이내 덤덤하게 다시 책을 본다.

곧이어 교내 시위가 벌어졌다. 탈춤반 학생들이 북과 꽹과리를 쳐대며 캠퍼스에 시위 분위기를 띄운다. 도서관에서 공부하던 학생들이 도서관 창문을 통해 시위하는 걸 구경하는데, 최지혜는 책에서 눈을 떼지 않는다.

법학과 사무실을 나와서 정문으로 가는 길을 못 찾아 헤매던 김용수가 물어물어 가까스로 정문 근처에 왔는데 바로 시위대와 만났다. 교문을 막고 있던 전투경찰들이 최루탄을 발사한다. 그러자 시위대가 흩어진다. 그러나 김용수는 얼떨결에 머리 위에서 터진 최루탄의 분말을 그대로 뒤집어쓰고 주저앉는다. 학생들을 체포하기 위해 달려온 사복 체포조가 도망가지 않고 콜록대고 있는 김용수를 낚아챈다. 때리기 시작한다. 김용수가 그제야 상황을 알아차리고 이들에게 소리친다.

"야, 이거 놔! 그만해, 새끼들아!"

"뭐야, 이 새끼."

"같은 식구야!"

같은 식구라는 김용수의 외침에 사복 체포조들의 구타가 멈춘다.

"살살 좀 때려라! 서울대 애들 이렇게 맞으면 뒈지겠다."

김용수가 불평 아닌 불평을 이들에게 한다.

"우리 망원[32]인가 봐."

사복 체포조들이 수군거리며 김용수를 풀어준다. 혼자 남아 재채기에 콧물까지 흘리면서도 김용수 얼굴이 밝다.

---

32 망원: 경찰이나 정보기관이 운동권에 심은 프락치

"나를 망원, 프락치로 아네. 내가 학생처럼 생겼나? 그것도 서울대 학생."

도시 빈민들과 함께하는
전술 <택>을 짜다

밤늦은 시간, 비밀 아지트 연립주택 현관문을 김영철이 열고 들어온다. 들어오자마자 이정훈에게 메모지를 건넨다.

"법학과 조교 형이 준 거예요. 법학과 사무실로 형을 찾아온 사람이 남긴 메모래요."

메모지에 김용수, 전칠성이라는 이름이 적혀 있다.

"그 사람들이 정훈이 형을 보고 싶어 한대요. 고등학교 친구라고 하던데요."

이정훈이 메모지에서 전칠성이라는 이름을 발견하고 방 한구석에 쌓아놓은 신문을 뒤진다.

"구류 처분 받은 노동자 이름이 전칠성이지……."

이정훈이 지닌 신문에서 전칠성이라는 이름을 발견한다.

"야아~ 이런 일도 있네."

"왜 그러세요?"

"지난번 가오리 시위에서 구류를 받은 노동자 전칠성이 나랑 고등학교 동기네."

"우와……. 이런 우연이."

이정훈이 전달받은 메모지를 소중히 호주머니에 넣는다.

"영철아, 이번 주 토요일 오전에 애들 좀 모아라. 등산복 차림으로."

"등산복 차림, 알겠습니다."

토요일 오전 이정훈과 후배들이 등산복 차림으로 상계동 근처 산 위에 있다. 토요일이라 등산객들이 많다. 등산복 차림의 이정훈이 철거가 진행 중인 상계동 빈민가 주택 쪽을 살펴보고 있다. 철거민들은 동네 한복판에 망루를 쌓아 경찰들과 대치 중이다. 전투경찰뿐만 아니라 용역 철거반원 깡패들이 망루 앞에 진을 치고 있다. 상황을 파악한 이정훈이 후배들을 쳐다본다.

"아시안게임을 앞두고 전두환 정권이 도시 미화 사업이라면서 상계동 빈민 지역을 다 밀어버리려고 해. 이번 가투는 도시 빈민들과 함께하는 학생운동의 모습을 보여주자고, 그런데 현장에는 경찰들뿐만 아니라 깡패들도 있어. 어떻게 하면 좋을지 우리가 산 위에서 저들의 동선을 파악하자고."

"정훈이 형, 그나저나 오늘은 산신령이 된 기분이에요."

"산신령 좋다. 여기 상계동은 지하철도 없고 버스도 30분에 한 대 들어

올 정도로 접근성이 떨어져. 그래서 우리가 적들과 프런트[33]를 형성하기가 쉽지 않아."

이정훈이 이번 시위의 어려움을 토로한다.

"그러면 어떻게 하죠?"

"게릴라전으로 가자."

"게릴라전이라면?"

"등산객으로 위장해서 산을 타고 내려가 최대한 접근하는 거야. 그러면 망루 쪽에 있는 상계동 주민들은 우리를 볼 수 있어. 영철이가 이번 주에 상계동 철거민 대표 만나서 철거반원들 점심시간이 언제인지, 그리고 언제 병력이 가장 적은지를 물어봐. 거기에 맞춰서 우리가 산에서 내려오면서 싸움을 시작하자고. 백골단들이 당연히 쫓아올 테니 전소들은 숲 속에 숨어 있다가 타격을 가하자."

"우와~ 거의 임꺽정 산적 수준인데요."

산적이라는 후배 농담에 모두가 크게 웃는다.

"퇴로도 좋아. 산이니까 맘껏 도망치자고. 근데 산은 뛰기 어려우니 여학생들은 빼고 남학생들만 동원해. 뜀뛰기 잘하는 애들로."

"예, 알겠습니다. 우리, 산에 올라온 김에 야호나 한 번 할까요?"

"무슨 야호니? 촌스럽게······."

그러다가 이정훈이 제일 먼저 손나발을 하고 힘차게 '야호'를 외친다. 뒤이어 후배들 모두가 '야호'를 크게 소리친다. 야호 소리가 메아리가 되어 다시 돌아온다.

---

33 프런트(Front) : 긴밀하게 메우는 전선

그리고 며칠 후, 김영철이 상계동 철거민 주민 대표를 만나 시위할 날짜와 시간을 정했다. 그 날이 오늘이다. 상계동 망루에는 철거민들이 올라가 있다. 화염병, 돌 등을 준비하고 철거반원 깡패들이 진입할 경우 즉각 대응할 만반의 태세를 갖추고 있다. 망루 앞쪽에는 마을 주민들이 고물, 목재, 벽돌을 함께 쌓아서 철거반원들 진입을 막기 위한 바리케이드가 세워져 있다.

매미 소리조차 후덥지근하게 들리는 여름 더위에 사복 체포조들은 찜통 같은 버스에서 나와 나무 그늘 밑에 앉아 있지만 더위를 피하지 못한다.

"아악! 물도 뜨거워."

태양열에 데워진 주전자의 물을 김용수가 마시다가 뱉어버린다. 학교 수업을 마친 동네 초등학생들이 집으로 돌아오고 있다. 마중 나온 어머니와 할머니, 할아버지 들을 철거반원들이 못 지나가게 방해하고 있다. 몇몇 철거반원들은 초등학생 어머니들에게 치근덕대기도 한다. 김용수가 이걸 보고 목소리를 높인다.

"이봐! 철거반원이면 철거반답게 철거나 하슈."

김용수의 감정 실린 말투에 철거반원들이 김용수를 노려본다. 김용수가 그런 철거반원들에게 불량스럽게 다가간다. 그리고 침을 뱉듯 말을 내뱉는다.

"왜, 내 말이 좆같이 들려?"

철거반원들이 사복 체포조 경찰이라 참는 표정이 역력하다. 아이들이 학교에서 돌아오는 바람에 동네 주민들이 바리케이드 밖으로 나온 틈을 이용해 철거반 반장이 철거반원들에게 명령을 내린다.

"지금 깨부셔!"

철거반원들이 쇠파이프로 바리케이드를 부수기 시작한다. 옆에 어린아이와 노인네 들이 있는데도 쇠파이프를 휘두른다. 노인네들이 바리케이드를 못 부수게 철거반원들 앞을 막아서지만 철거반원들의 완력에 밀려 넘어진다. 김용수가 이 모습에 화가 머리끝까지 치솟는다.

"이 개새끼들아, 니들은 집에 엄마도 안 계시냐?!"

동네 개들도 몰려나와 철거반원들을 향해 격렬하게 짖는다. 어린아이들은 무서워 비명을 지르며 울기 시작한다. 철거반원들의 폭력 앞에 전투경찰들은 대열만 갖춘 채 쳐다보고 있다. 김용수가 최성식에게 따지듯 묻는다.

"저거 말려야 하는 거 아닙니까?"

"가만히 있어. 함부로 움직이지 말라는 상부의 명령이야!"

"아니, 죄도 없는 동네 주민들을 깡패 새끼들이 괴롭히는데 우리 경찰이 이러고 있어도 민중의 지팡인가요?"

김용수의 핏대 세운 항의에 최성식이 김용수를 노려본다.

"너, 왜 그래? 위에서 시키면 시키는 대로 하는 게 우리 임무야!"

김용수가 이를 악다문다. 이때 철거민들의 망루에서 사이렌이 울린다. 이제 이정훈이 구상한, 도시 빈민들과 학생들이 함께하는 시위 전술 택이 펼쳐지기 시작한다. 이걸 신호로 마을 주민들이 바리케이드에서 물러난다. 곧이어 바리케이드를 부수고 있는 철거반원들을 향해 망루 위에서 화염병과 돌맹이가 날아온다. 그러자 철거반원들이 뒤로 물러선다. 이 상황을 보고 최성식이 부하들에게 명령을 내린다.

"1조 앞으로!"

최성식의 명령에 따라 앞 대형에 서 있던 전투경찰들이 방패를 높이 들어 올려 철거반원들을 보호해준다. 전투경찰 방패 뒤로 철거반원들이 몸을 숨긴다. 전경들 방패에 부딪히는 돌멩이 소리가 무수히 들린다. 이때 뒤쪽 산에서 학생들이 구호를 외치며 나타난다. 백여 명의 남학생 시위대다.

"살인 철거 자행하는 파쇼 정권 타도하자!"

대학생 시위대의 등장에 힘을 얻은 철거민들이 망루에서 화염병과 돌을 힘차게 던져댄다. 화염병이 바닥에 떨어져 깨지며 휘발유 시너가 방패에까지 튀어 올라 방패에 불이 붙는다. 그러자 전경들이 간이용 소화기로 불을 끄기 시작한다. 산 위에서 내려온 학생들이 돌멩이를 던진다. 전경들은 뒤쪽에서도 공격을 당하는 꼴이다. 뒤쪽 학생들 돌멩이를 막아내려 방패를 성급히 돌리려다가 몇몇 전경이 넘어지기도 한다. 대열이 무너지기 일보 직전이다. 최성식이 다급하게 최루탄 발사를 명한다.

"최루탄 발사!"

전경들이 대학생 시위대를 향해 최루탄을 발사한다. 자욱한 최루 가스가 걷히자 마을 주민들이 대학생들의 얼굴을 물로 씻어주는 모습이 보인다. 이 장면을 지켜보는 양심 있는 전투경찰들의 방패가 밑으로 힘없이 떨어진다. 전경들의 동요가 나타난다. 그러자 최성식이 방패를 밑으로 떨어뜨린 전경들의 헬멧을 지휘봉으로 강타한다.

"이 새끼들! 뭐 하는 거야?! 방패 들어!"

학생 시위대를 해산시키기 위해 전경들이 대열을 맞춰 방패를 들고 걸어나가고 그 뒤에 사복 체포조들이 바짝 붙어 따라간다. 그러자 동네 노인 여러 명이 몰려나와 전경들 앞을 가로막는다. 전경들도 노인네들이라 어쩌지 못하고 멈춘다.

"지금 여러분들은 공권력 집행을 방해하고 있습니다. 불법 시위에 동조하는 주민들은 가차 없이 체포합니다."

최성식이 메가폰으로 마을 노인네들을 협박한다. 그래도 노인네들이 물러서지 않는다. 학생들이 외치는 구호가 산울림처럼 들려온다.

"민중 생존 압살하는 아시안 게임 결사반대!"

학생들이 외친 구호를 망루 위 철거민들도 따라 외친다. 그 소리가 점점 더 커진다. 최성식이 사태의 심각성을 파악하고 사복 체포조들에게 명령을 내린다.

"2인 1조로 노인네들 들어서 옮겨!"

김용수를 비롯한 사복 체포조들이 할머니, 할아버지 들의 팔다리를 양쪽에서 잡아 끌어낸다.

"지금이다! 방패 열고 저 새끼들 잡아!"

최성식의 단말마 지시에 전경들의 방패가 동시에 열리며 그 사이로 사복 체포조들이 뛰어나간다. 그러자 시위대가 싸우지 않고 산 쪽으로 바로 도망치기 시작한다. 사복 체포조들이 산 위로 올라가자 숲 속에 매복해 있던 남학생들 십여 명이 나타나 화염병을 던진다. 화염병이 멀리서 떨어졌지만, 사복 체포조들은 올라가는 지형에 겁이 나서 더 이상 시위대를 추격하지 않는다. 차라리 시위대가 빨리 시야에서 사라지기를 사복 체포조들이 원하고 있다. 산에서 내려오면서 김용수가 동료들에게 푸념한다.

"무슨 임진왜란 행주대첩도 아니고 왜 우리끼리 이 짓을 하는 거야?!"

김용수의 불만에 동료들도 동조한다. 김용수가 청재킷을 벗어 던진다. 안에 입은 러닝셔츠가 땀과 최루액에 절어서 목 뒤쪽 피부가 따가워 미칠 지경이다. 몇몇 사복 체포조들은 최루가스액 때문에 피부에 수포가 생겨 화상을 입을 정도다.

29.
파쇼 권력의 건물을
점거하라!

최성식이 노려보고 있다. 전경 버스 안의 선풍기도 멈춰 있다. 최성식이 꺼버렸다. 사우나 목욕탕을 방불케 하는 더위를 전경들과 사복 체포조들이 느낄 틈도 없다. 다들 의자에 등을 기대지 못하고 잔뜩 군기가 들어 허리를 곧추세우고 있다. 그들 손에는 소주가 한 병씩 쥐어져 있다. 아무 말 없이 부하들을 무섭게 쳐다보던 최성식의 입술이 움직인다.

"지금 저기 있는 상계동 주민들은 주민이 아니야. 아시안게임 개최라는 국가 정책에 반대하는 빨갱이야. 그런데 니들은 저 사람들이 불쌍하다고 방패를 내려?! 그리고 대학생 새끼들은 우리를 적이라 여기고 죽자사자 덤비는데 사복들은 쫓아가다 말고 포기해?!"

말을 할수록 최성식의 말투가 흥분하지 않고 차분해진다.

"야간에 철거반원들과 합동으로 작전 들어간다. 이번에도 제대로 진압 못하면 니들 다 죽인다. 지금부터 소주를 한 번에 다 마신다. 실시!"

최성식의 명령에도 몇몇은 소주 한 병을 한 번에 들이키지 못한다. 그러자 최성식이 그런 전경과 사복 체포조 들의 어깨죽지를 지휘봉으로 내리친다.

"이번에 다 마시지 못하는 새끼는 내가 직접 아가리에 처넣는다. 실시!"

전경들과 사복 체포조들이 아예 소주를 입에 들이붓는다. 그걸 확인한 최성식이 만족스럽게 미소까지 지으며 말한다.

"나가자!"

방패를 내렸던 양심 있는 전경들의 눈빛도 예사롭지 않다. 김용수가 그런 전투경찰들을 보니 피부에 소름이 끼친다. 밖에서 기다리던 철거반원들이 전투경찰 방패 뒤로 선다. 곧이어 최성식이 전경들에게 밀어붙이라는 명령과 동시에 전투경찰들이 한 손에는 곤봉을 빼들고 철거민들을 향해 나아간다. 그리고 철거민들에게 곤봉을 휘두르며 무자비하게 진압한다. 사복 체포조들이 혀를 내두를 정도로, 1980년 5월 광주를 방불케 하는 진압이다.

상계동에서 늦은 밤 시간에 폭력적인 진압이 자행되고 있을 때, 이정훈과 김영철 단둘이 비밀 아지트에 있다.

"영철아, 이번 민정당 중앙정치연수원 점거 택은 지난번에 말한 코카콜라 이글 작전의 예행연습이라 할 수 있어. 그동안 가두시위에서 싸워온 노하우로 큰 그림을 그리자."

"예, 알겠습니다!"

이정훈은 후배 김영철을 누구보다 신뢰한다. 잠시 후 조직 후배들이 도착한다. 후배 중에 유난히 몸이 허약한 '이호은'이 있다. 키는 멀대같이 큰

데 얼굴에는 병색이 완연하다. 거실 벽에 부착된 커다란 전지에 이정훈이 글씨를 쓴다. '민정당 중앙정치연수원' 글씨를 보고 방 안에 긴장감이 흐른다. 다른 곳도 아니고 현 대통령 전두환이 소속된 집권당 건물을 점거하는 것이기 때문이다. 이정훈이 민정당 중앙정치연수원 약도를 매직으로 그린다. 너무나 엄청난 점거농성이기에 아무도 이정훈의 미술적 재능에 칭찬의 말을 못 하고 쳐다만 보고 있다.

"이번 택은 지금까지 우리가 벌여온 가두시위와는 다른 차원인 점거농성이야."

"정훈이 형, 그나저나 민정당 중앙정치연수원이 어디 있는 거예요?"

"가락동에 있는데 거기 본관 건물을 점거할 거야."

"점거 택이면 퇴로가 없는 자살 택[34]인데요?"

후배의 질문에 이정훈이 맞다고 고개를 끄덕인다.

"아마 경찰 헬기도 출동할 거야. 그러면 10분 이상 버티기도 힘들고 무엇보다 구속자가 많을 수도 있어. 희생을 각오하자고. 그 대신 대국민 선전·선동 효과가 클 거야."

"그런데 정문에서 어떻게 건물까지 들어가죠?"

"연수원 정문 입구에서 본관 건물까지 들어가려면 잘 뛰는 남학생이 달려도 1분은 걸려."

점거 택의 어려운 상황에 후배들이 마른침을 꿀꺽 삼킨다.

"시위 물량도 갖고 들어가야 하는데 어떻게 하죠?"

"건물에 미리 주동이 들어가 숨어 있으면 좋을 텐데 경비가 삼엄해서

---

34 자살 택 : 퇴로가 없어 도망칠 곳이 없는 택. 이것은 시위 참가자가 곧장 구속됨을 말함

그렇게 할 수도 없고……. 시위 물량을 갖고 뛰기에는 너무 먼 거리야. 그런데 내가 가서 보니 좋은 무기가 있더라고."

이정훈의 '좋은 무기'라는 단어에 후배들 눈이 반짝인다.

"좋은 무기라뇨?"

"연수원 건물 각 층마다 생수통이라는 게 있어."

"생수통이 뭐예요?"

"생수는 약수라고 생각하면 돼. 거기 있는 사람들은 수돗물을 안 먹고 생수라고, 따로 커다란 통에 담겨 있는 물을 먹나봐. 플라스틱 통 크기가 이만해."

이정훈이 양팔을 벌려 생수통 크기를 알려준다.

"아~ 생수라는 게 미국 사람들이 돈 내고 사 먹는다는 그 물이군요?"

"그런 거지. 이 생수통을 밑으로 던지면 위력이 거의 바위 수준일거야."

"우와, 그거 진짜로 좋은 무기네요."

"그런데 문제는 연수원 정문 통과해서 건물까지 들어가는 거야. 달랑 몸만 뛰어도 벅찬데 화염병, 현수막, 유인물까지 챙겨서 뛰는 건 너무 힘들어. 생각 같아서는 차를 몰고 정문을 통과하면 최고로 쉬운데, 혹시 우리 중에 차 운전할 줄 아는 사람 있을까?"

이정훈이 후배들 얼굴을 하나하나 쳐다본다.

"면허증도 없는데요."

구석에서 조용히 듣고 있던 이호은이 수줍게 손을 살짝 든다.

"제가 운전할 줄 알아요."

"호은이, 니가?!"

"저희 아버지가 택시 운전을 하셔서 눈동냥으로 조금 몰 줄 알아요."

"하늘이 우리를 돕는다. 그러면 호은이가 운전하는 차에 화염병, 유인물, 각목, 플래카드 다 싣고 주동 태우고 멋지게 들어가자!"

이정훈이 결론을 내리자 사람들이 이호은을 대견하게 쳐다보는데, 정작 본인은 무덤덤하다. 민정당 중앙연수원 점거 택 회의를 마치고 다들 집으로 돌아가고 이정훈이 남아 있는 김영철에게 물어본다.

"호은이가 운전할 줄 알아서 천군만마인데, 걔 몸 상태 어때?"

"최근에 몸이 안 좋아서 병원에 갔더니 폐결핵이래요. 본인은 약 먹어서 괜찮다고 하는데 제가 봐도 걱정이에요. 라면으로 끼니를 때우고 있으니……."

"집이 우리들보다 더 어려운 거 같아?"

"얘기 들어보니까 아예 집에서 돈이 안 오는 거 같아요. 지난 학기에도 후배들 장학금 받은 걸로 자취방 월세 냈어요."

"모두가 힘들게 운동하는구나. 그렇지만 영철아, 힘내자!"

"네에!"

추석을 앞두고 비밀 아지트 잠실 연립주택 위로 휘영청 둥근 보름달이 떠오른다. 이정훈과 김영철은 지금 비록 몸과 마음이 힘들지만, 저 달을 바라보며 새로운 세상에 대한 꿈을 다시 한 번 다진다.

30.

화염병,
돌을 능가한 무기

직장인들 출근 시간에 차량 한 대가 민정당 중앙정치연수원 건물 방향으로 좌회전 신호를 받으려 대기 중이다. 그 차는 이호은이 운전하고 조수석에는 시위 주동자, 뒷좌석에는 시위 물량을 운반할 남학생 3명이 타고 있다. 검문을 피하기 위해 모두 양복 차림이지만 얼굴이 굳어 있다.

"차가 정문 통과하고 본관 건물에 호은이가 차를 세우면 트렁크에서 물량 꺼내서 바로 올라가자고."

시위 주동자가 다시 한 번 설명한다. 신호등에 좌회전 화살표 신호가 나타난다. 그러자 차가 움직이는데 긴장한 이호은이 기어 변속을 서투르게 하는 바람에 덜컹덜컹거린다. 불안한 상태에서 그럭저럭 차는 앞으로 나아가고 있다. 연수원 건물 주변에 숨어 있는 동료들의 모습이 보인다. 차가 정문을 통과함과 동시에 다늘 지고 들이오기로 되어 있다. 정문 출입구에는 차단기가 내려져 있다. 그 바로 앞에 차가 멈춘다. 정문을 지키는 경비원이 다가온다. 운전석의 이호은에게 창문을 내리라고 손짓한다.

"어떻게 오셨어요?"

경비원의 물음에 이정훈이 알려준 대로 이호은이 대답한다.

"세미나 관계로 대전시 지구당에서 왔습니다."

양복 차림이지만 잔뜩 긴장하고 있는 탑승자들을 보고 경비원이 차단기를 올려주지 않고 차 안을 유심히 살핀다. 경비원이 의심스러운 눈빛으로 운전석으로 다가와 다시 말한다.

"차 트렁크 좀 열어주세요."

경비원의 요구에 이호은이 시위 주동자를 쳐다본다. 시위 주동자가 낮은 목소리로 이호은만 들리게 말한다.

"호은아, 그냥 밟아!"

액셀러레이터를 밟으라는 시위 주동자의 말에 이호은이 너무 급하게 액셀러레이터를 밟아버린다. 그 바람에 차가 굉음을 내며 용수철 튀듯이 정문 차단기를 박살 내고 직진한다. 앞쪽에 경비원이 없었기 다행이다. 과속으로 치고 들어간 차는 연수원 건물 앞에 급브레이크 소리를 내며 멈춘다. 작전대로 학생들이 차에서 내려 트렁크를 열고 그 안에서 화염병, 유인물, 현수막을 꺼내 들고 건물 안으로 뛰어 들어간다. 곧바로 건물 주위에 숨어 있던 동료들이 일제히 함성을 지르며 정문으로 달려온다. 경비원이 무전기로 어딘가에 연락하려는 순간, 경비원의 무전기를 학생들이 뺏어 바닥에 내동댕이친다. 정문에서 연수원 건물까지 꽤 긴 거리를 학생들이 뛰어오는데 100m 달리기를 방불케 한다. 다들 심장이 터질 듯이 달려온다. 연수원 건물 정문에 걸려 있는 '이곳은 전두환 총재 각하의 구국 의지와 평생 동지

들의 애당심이 만나는 곳이다'라는 현수막이 마침내 선명히 보인다. 다 왔다. 건물 계단을 통해 학생들이 뛰어 올라간다. 별안간 나타난 학생 시위대에 놀란 연수원 근무자들이 겁에 질려 건물 밖으로 빠져나간다. 학생들이 생수통을 최대한 많이 모아서 건물 옥상으로 이동한다. 정문부터 뛰어온 학생들 대다수가 옥상에 무사히 도착했다. 가쁜 숨을 거칠게 몰아쉬지만 그래도 성공했다는 기쁨이 얼굴에 나타난다.

학생들이 옥상에서 '장기 집권 획책하는 전두환 일당 처단하자'라는 글씨가 쓰인 현수막을 밑으로 내려뜨린다. 학생들이 마스크로 코와 입을 가리고 이제 적들과 싸울 준비를 한다. 곧이어 전투경찰 버스 수십 대가 연수원 건물 전체를 포위한다. 그리고 연수원 본관 건물을 에워싼 전투경찰들이 최루탄을 건물 옥상 위로 발사한다. 발사된 최루 가스에 잠시 건물이 보이지 않는다. 뿌연 최루 가스가 걷히자 학생들이 대응하기 시작한다. 생수통을 옥상에서 밑으로 던진 것이다.

"어? 저게 뭐지?!"

건물 밑에 있던 전경들이 위에서 날아오는 게 화염병이나 돌이 아니라 의아해한다. 그들도 태어나서 처음 보는 생수통이다. 위에서 수직 낙하한 생수통이 바닥에 부딪히는 순간 '픽' 하는 엄청난 굉음과 함께 물과 플라스틱 파편이 튀어 오른다. 깜짝 놀란 전경들이 방패를 떨어뜨리고 어쩔줄 몰라 한다. 생수통 때문에 전투경찰들이 최루탄도 발사 못하고 멀리서 지켜보고만 있다. 사복 체포조들도 건물로 들어오지 못한다.

1시간 정도 지나자 방송기자, 신문기자 들이 연수원 마당에 가득하다. 생수통 무기 덕분에 점거농성이 1시간을 넘어가고 있다. 초조해진 경찰이 소방차를 동원해 소방호스로 물을 옥상 위에 있는 학생들을 향해 뿌린다.

쌀쌀한 날씨에 학생들은 물세례를 맞고 있지만 소방차를 향해 학생들이 화염병을 투척한다. 소방차 위에서 화염병이 깨지며 불이 붙자 소방차가 뒤로 물러난다. 소방대원들은 시위에 익숙하지 못해 화염병 하나에도 물러선다. 사복 체포조들이 건물 근처로 다가오면 학생들은 기다렸다는 듯이 생수통을 밑으로 던진다. 생수통이라는 엄청난 무기의 위력에 짓눌려 건물 진입은 엄두도 못 내고 있다.

직장인 출근 시간에 맞춰 시작한 점거농성이 5시간을 넘어가고 있다. 시위 주동자가 옥상에서 메가폰을 통해 방송, 신문 기자들에게 소리치고 있다.

"오늘 이 자리에 모인 양심적인 언론인들에게 외칩니다. 전두환 정권은 내년 87년 개헌을 앞두고 장기 집권을 획책하고 있습니다. 이에 우리 학생들은 전두환 정권의 반민중성을 폭로하기 위해 여기 연수원 건물을 점거했습니다."

방송사 카메라와 신문사 카메라 기자들이 계속 사진을 찍어대고 있다. 이정훈의 예상대로 대국민 홍보가 아주 잘되는 거 같다. 점거농성이 5시간이 넘어가자 경찰 수뇌부가 당황하며 경찰 헬기를 띄운다. 연수원 건물 위로 날아온 경찰 헬기를 학생들이 대응하지 못하고 있다. 경찰 헬기는 최루액을 옥상으로 쏟아붓는다. 학생들이 최루액을 피해 우왕좌왕하는 순간, 건물 근처로 다가온 소방차에서 물을 옥상으로 뿜어낸다. 학생들이 공격을 멈추자 사복 체포조들이 건물 진입에 성공한다.

옥상 출입문을 깨부수고 사복 체포조들이 나타난다. 최루액과 물대포에 기진맥진한 학생들에게 사복 체포조들이 무자비한 폭력을 가한다. 오랜 시간 생수통을 던지며 버텨온 학생들이 모두 체포 연행되어 건물 밖으로 끌려나온다. 학생들은 양팔이 뒤로 꺾인 채 사복 체포조 2명에게 잡혀 나가면서도 구호를 외쳐댄다.

"파쇼 헌법 철폐하고 군부독재 타도하자!"

"장기 집권 음모하는 전두환 일당 처단하자!"

"장기 집권 지원하는 미국은 물러가라!"

학생들의 처절한 외침을 놓칠세라 기자들의 카메라 플래시가 터지고 있다. 이에 사복 체포조들이 기자들의 취재를 막아선다. 오랜 싸움에 지치고 독이 오른 사복 체포조들이 기자들의 카메라를 뺏어 바닥에 내동댕이치기도 한다.

이날 밤, 잠실 비밀 아지트 집에서 이정훈이 TV로 KBS 9시 뉴스를 보고 있다. 뉴스를 진행하는 앵커가 민정당 중앙정치연수원 건물 농성 사건에 대해 보도하고 있다.

"오늘 오전 8시 민정당 중앙정치연수원 건물을 점거한 학생들이 사무실 내 생수통을 집어 던지며 극렬하게 저항했습니다. 이에 전투경찰 수십 명이 부상을 당해 병원으로 실려 가고……."

건물을 점거해 방화까지 일삼은 사건의 포악성과 중대성 때문에 점거농성에 참여한 학생 모두를 구속 수사한다는 앵커의 멘트를 끝으로 뉴스 보도를 마쳤다. 이날 학생들이 외친 '전두환 정권의 장기 집권 음모 저지' 등에 대해서는 한마디도 없다. 연수원 마당에 그렇게 많은 기자들이 왔지만 체포된 학생들이 경찰에게 맞아 피 흘리며 끌려 나오는 장면은 하나도 없다. 오직 전경들의 부상 장면만 보여주고 있다. 그리고 이런 과격한 학생 시위를 걱정하는 인근 주민의 인터뷰가 연달아 나온다. 전두환 정권이 철서하게 언론을 통제하고 있기 때문이다.

민정당 연수원 건물 점거농성으로 구속된 학생들이 수감되어 있는 경찰서 마당에 고급 승용차 한 대가 멈춘다. 운전기사가 차 문을 열어주자 부유한 모습의 50대 남녀가 내린다. 경찰서 유치장에는 차량 운전을 했던 이호은이 갇혀 있다. 부유한 모습의 중년 남녀가 경찰서장의 안내를 받으며 유치장에 나타난다. 마른기침을 계속하던 이호은이 고개를 들어 중년 남녀를 쳐다본다. 그러고는 조용히 고개를 숙인다. 중년의 남녀는 이호은의 아버지와 어머니다.

며칠 후, 치안본부에서는 '민정당 중앙연수원 점거농성'에 대한 특별 대책회의가 강당에서 열리고 있다. 고위층 경찰 간부들과 일선 시위 진압 소대장들이 앉아 있다. 예전에 80년 5월 광주 얘기까지 꺼내며 특별 강의를 했던 그 강사가 연단 위에 서 있다.

"엊그제 발생한 민정당 연수원 점거는 학생들이 차량을 이용해 저지선을 뚫었습니다. 그리고 어떻게 알았는지, 생수통을 무기로 사용했습니다."

강의를 듣는 최성식이 열심히 노트 필기까지 하고 있다.

"학생들 시위 전술이 군사작전을 능가하고 있습니다. 이 상태면 북한의 김신조 일당이 청와대를 기습했듯이 청와대 습격도 가능합니다. 이에 반해 우리 경찰 대응은 새로운 게 없습니다. 이에 현장에서 시위 진압 업무를 하는 전투경찰 소대장들에게 제가 오늘 이 자리에서 묻고 싶습니다. 현장에서 체득한 시위 진압의 획기적인 방안이 있으면 말씀해주세요."

강사의 요청에 전경 소대장들이 다들 꿀 먹은 벙어리처럼 앉아 있다. 그런 모습에 경찰 고위 간부가 화가 치밀어 자리에서 벌떡 일어난다.

"야! 니들이 이러니까 우리가 짭새라는 소리 듣는 거야. 대학생들 놈들은 맥아더 장군 인천 상륙작전처럼 데모 전술 짜고 덤벼드는데, 니들은 시키는 대로만 하면 되는 줄 알고, 아니 시키는 것도 제대로 못 하잖아! 병신 같은 새끼들아! 진압 확실하게 하는 방법 아이디어 내봐!"

고위 간부의 호통이 끝나자 최성식이 한 손을 조심스레 든다. 강사가 최성식을 알기어가고 있다.

"혹시 똑똑한 서대문서 최성식 소대장?"

"예, 맞습니다."

최성식이 벌떡 일어난다. 그리고 시위 진압 방법에 대해 자기 의견을 내놓는다.

"시위 진압에서 제일 중요한 건 초기 대응입니다. 지금까지는 대학생들이 스크럼을 짜고 나서야 우리가 학생들 머리 위로 최루탄을 발사합니다. 그리고 나서 학생들이 다시 모여들 때 사복 체포조들이 뛰어나가 시위 주동자를 연행합니다. 이 과정을 학생들이 다 파악하고 있기 때문에 시위 지역 곳곳에 그들이 말하는 전투소조, 화염병 투척이나 각목을 휘두르는 자들을 미리 배치해놓습니다."

"그래서 어떻게 하자는 거야?"

다혈질인 고위 간부가 최성식의 아이디어를 끝까지 듣지도 않고 결론을 빨리 말하라고 재촉한다.

"방법은 이겁니다. 시위대가 스크럼을 짜기 전에 최루탄을 발사하는 겁니다. 직격탄으로 말입니다. 그러면 시위 학생들은 직격탄이 날아오는 공포심에 스크럼을 짜지 못합니다. 이때를 이용해 사복 체포조들이 바로 뛰어 들어가면 초농 진압을 할 수 있습니다."

"최루탄 직격 발사는 규정 위반이야."

"맞습니다. 그러나 시위대의 화염병 투척에 우리 경찰이 생명의 위협을 느껴 어쩔 수 없이 발사했다고 언론을 구워삶으면 될 거 같습니다."

직격탄 발사가 괜찮은 아이디어라고 판단한 고위 간부가 최성식에게 호감 가는 목소리로 질문을 한다.

"사복 체포조 투입이 너무 빠르면 서로 피해가 클 수 있을 텐데?"

"직업으로 사복 체포조 경찰을 하고 싶어 하는 자들은 넘쳐납니다. 우리도 약간의 희생은 각오해야 합니다."

"어디 소속 누구라고?"

고위 간부가 흡족한 표정으로 최성식을 쳐다본다.

"서대문서 최성식입니다!"

차렷 자세를 취하고 대답하는 최성식의 목소리가 쩌렁쩌렁하다.

●주: 민정당 중앙정치연수원 점거농성은 1985년 11월 18일에 있었다. 점거농성자 191명이 전원 구속되었음

31.
SY-44 최루탄이
직격 발사되다

민정당 중앙정치연수원 점거농성으로 구속된 학생들이 남부지법에서 재판을 받고 있다. 이들 중에 이호은의 모습도 보인다. 검찰 조사 과정에서 반성문을 제출하지 않은 이호은은 구속기소 되어 재판에 회부됐다. 법정 방청석에는 이호은의 어머니 모습이 보인다. 검사의 공소 사실을 다 들은 판사가 이호은에게 명한다.

"피고 이호은! 최후 진술하세요."

허약한 외모와 달리 자리에서 일어난 이호은이 당당하게 최후 진술을 시작한다.

"오늘 저는 모두가 평등하게 사는 사회를 만들기 위해 반민중적인 전두환 정권과 싸우다 이 자리에 서게 됐습니다. 제가 판사님께 부탁드리고 싶습니다. 이 땅의 모든 양심 세력들은 전두환 파쇼 정권 타도 투쟁에 힘을 합쳐야 합니다. 판사님도 당당하게 자신의 목소리를 내십시오. 전두환 파쇼 정권 타도 투쟁에 즉각적인 동참을 요청하면서 최후 진술을 마치겠습니다."

최후 진술을 마치고 이호은이 뒤돌아서 방청석을 향해 주먹을 불끈 쥐고 구호를 외친다.

"장기 집권 획책하는 전두환 정권 타도하자!"

방청석에 있던 학생들 수십 명이 동조하며 구호를 따라 외친다. '판사도 전두환 타도 투쟁에 동참하라'는 이호은의 요구에 판사 얼굴에 불쾌감이 감돈다. 소란이 일어나자 법정 경위가 이호은 등을 강제로 끌고 나간다. 이호은의 어머니가 방청석에 앉아 애타게 이 모습을 지켜보고 있다.

이날 이호은의 재판을 방청석에서 지켜본 김영철이 시내 다방에서 이정훈을 만났다.

"오늘 재판 어땠어?"

"호은이가 최후 진술에서 판사한테 전두환 타도 투쟁에 동참하라고 하는 바람에 실형 나왔어요. 안 그랬으면 집행유예 받았을 텐데요."

"걱정이다. 몸도 안 좋은데……."

"그런데요, 우리가 몰랐던 사실이 있어요."

김영철의 '몰랐던 사실'이라는 말에 이정훈이 궁금해한다.

"뭔데?"

"호은이랑 같은 유치장에 있었던 친구들 말을 들어보니, 호은이 아버지가 큰 기업 사장이래요. 호은이가 운동한다고 집을 나가서 집에서 돈을 한 푼도 안 줬대요."

"아, 그래서 호은이가 늘 어려웠구나."

"그리고 호은이 아버지가 택시 운전해서 자기도 할 줄 안다고 한건 우리한테 둘러대려고 한 말이에요. 입학 선물로 호은이 할아버지가 자가용을 사줬는데, 친구들 보기 미안하다고 학교에는 차를 안 몰고 왔대요."

이호은의 집안 내력까지 듣고 이정훈이 후배 이호은을 걱정한다.

"아~ 나는 그런 줄도 모르고 호은이가 우리보다 훨씬 어렵게 산다고 걱정을 많이 했는데, 호은이가 그전까지 살아왔던 부유했던 삶을 부정하느라 얼마나 힘들었겠니?"

"정훈이 형 집도 혹시 재벌 아니에요?"

"재벌? 어떻게 알았어?"

김영철의 농담에 이정훈이 살짝 맞장구를 쳐준다.

"그나저나 오늘 신촌 로터리 가투³⁵가 걱정되는데."

"왜요?"

"민정당 중앙연수원이 우리한테 털린 이후에 처음 붙는 싸움이라 적들이 독이 올라 있을 거야."

이정훈이 손목시계를 본다. 시곗바늘이 4시를 지나가고 있다.

오후 4시 정각에 맞춰 시위 주동자가 신촌 로터리에서 시위대를 모았다. 그러자 전투경찰들이 SY-44 최루탄 발사기를 장전하고 시위대 방향으로 각도를 45도 기울인다. 뒤에 있던 최성식이 "발사기 각도 수평으로! 직격탄 발사 준비!"를 명령한다. 이에 전경들이 최루탄 발사기를 뒤로 한 번 제꼈다가 다시 앞으로 가져간다. 원래 최루탄 발사기는 직격 발사를 막기 위해, 발사기가 수평으로 놓이면 최루탄이 안 나가게 설계되어 있다. 그런

---

35 가투 : '가두 투쟁'의 약자, 거리 시위를 말함

데 이것을 풀기 위해 발사기를 한 번 뒤로 돌리는 편법을 쓴 것이다. 전경들 최루탄 발사기가 수평으로 시위대 정면을 겨냥한다.

"발사!"

최성식이 망설임 없이 '발사' 단어를 토해낸다. 여러 발의 최루탄이 총알처럼 앞으로 날아간다. 급작스레 정면으로 날아오는 최루탄에 시위대가 깜짝 놀란다. 학생들 가슴에 정통으로 날아와 터진 것이다. 최루탄을 맞고 쓰러지는 학생들을 보고 최성식이 거침없이 다음 명령을 내린다.

"사복 체포조 뛰어가!"

최루탄 직격탄 발사에 흥분한 학생들이 달려오는 사복 체포조와 백병전 비슷하게 붙는다. 사복 체포조가 학생들을 향해 사과탄을 던진다. 사과탄이 얼굴 앞에서 터지며 파편이 얼굴에 박히는 학생도 있다. 피 흘리는 학생들이 속출한다. 각목을 들고 있던 남학생들이 그런 사복 체포조를 향해 각목을 휘두른다. 사복 체포조들도 각목에 맞아 쓰러진다. 차도 위에서 수십 명이 엉겨붙는 싸움이 벌어진다. 잠시 후, 피 흘리고 정신을 잃은 학생들이 사복 체포조에게 질질 끌려간다.

이 시간, 세종로에 위치한 미국대사관 공보실에서 직원 채용 면접을 미국인 영사가 직접 하고 있다. 최종 면접에 3명의 학생이 앉아 있는데 그중 한 명이 최지혜다. 미국인 영사가 첫 번째 면접 학생에게 영어로 묻고 학생도 영어로 답변한다.

── 당신은 학생 시위 같은 테러 활동을 한 적이 있는가?

── 미국대사관 공보직을 지원한 동기는?

첫 번째 학생의 면접이 끝나고 두 번째 학생의 면접이 진행된다. 미국 영사가 지원 서류를 보면서 학생에게 묻는다.

── 당신은 시위 관련으로 구류 처분을 받은 적이 있는데?

이에 면접 학생이 약간 당황하며 말한다.

"1학년 때라 멋모르고 그랬습니다. 그때 일을 반성하고 있습니다."

미국 영사 얼굴이 어두워진다. 마지막 면접자는 최지혜다.

── 최지혜 학생은 시위에 참여한 적이 있는가?

최지혜가 '없다'고 짧게 대답한다. 미국 영사의 질문이 계속된다.

── 최근 들어 한국인들의 반미 감정이 점점 고조되는데 당신이 생각하는 해결 방법은?

"반미 감정을 잠재우는 가장 좋은 방법은, 한국과 미국은 영원한 우방이라는 점을 군사동맹뿐만 아니라 문화 교류로도 보여주는 것이라 생각합니다."

최지혜의 명쾌한 답변에 미국 영사가 흡족한 표정으로 고개를 끄덕인다.

32.
조직 내의 프락치가
누구인가?

추석을 앞두고 사람들 마음이 보름달 크기만큼 푸근해지면서 거리를 오가는 사람들이 굉장히 많다. 추석 시즌 흥행을 노리고 상영되는 영화들을 보러 젊은이들이 종로 3가 단성사, 피카디리, 서울극장 앞에 장사진을 치고 있다. 인사동 방향 쪽으로 최성식이 지휘하는 전투경찰 버스가 배치되어 있다. 버스 안에서 대기 중인 전투경찰과 사복 체포조 들에게 최성식이 자신 있는 표정으로 서 있다.

"4시에 시위 발생 정보가 들어왔다. 단성사, 피카디리 쪽을 우리가 맡는데 극장 안에까지 들어가서 쇼핑백 들고 있는 계집애들 검문해! 유인물, 화염병 나올 거야. 다들 움직여!"

김용수가 사복채포조 동료들과 차에서 내리며 표정이 밝다.

"매번 이렇게 정보가 들어오면 정말 일하기 편한데……."

사복 체포조들이 극장 내부까지 들어가 쇼핑백을 들고 있는 여학생들을 연행한다. 최성식 말대로 그 안에는 화염병, 유인물들이 잔뜩 들어 있다. 길 건너편 서울극장에서도 다른 소대 사복 체포조들이 시위 학생들을 연행해 나온다. 연행된 시위자들을 태우고 전투경찰 버스가 경찰서를 향해 출발한다. 최성식이 전경들과 사복 체포조들에게 코카콜라를 한 병씩 돌린다.

"오늘 진압, 완벽해. 퍼펙트! 시원하게 마셔. 콜라는 원샷 안 해도 된다."

예전에 소주를 한 번에 마시라고 강요했던 최성식이 오늘은 마음씨 좋은 얼굴이다.

＊＊＊

종로 3가 시위가 무산된 다음 날 점심 무렵, 강남 도산대로 근처를 이정훈이 걸어가고 있다. 얼굴이 밝지 않다.

'가두시위 오더가 너무 빈번하게 샌다. 조직 내에 프락치가 있는 게 확실하다. 시위를 못하는 것이 문제가 아니라 조직 내부의 신뢰가 깨지고 있다는 것이 문제다. 특별 조치가 필요하다.'

이정훈이 시네하우스라는 극장 안으로 들어간다. 극장 로비에는 후배 한 명이 앉아 있다. 그 후배 옆으로 이정훈이 앉는다.

"이번 택은 강남구청 사거리, 12시."

"정훈이 형, 강남은 시민들 호응도 없는데 왜 거기예요?"

"다 이유가 있으니까 거기로 애들 모아."

그 후배가 나가고 나서 1시간 후, 다른 후배가 들어온다.

"동이 영동 사거리에서 3시에 뜰 거야. 3시 집결시켜."

이정훈의 오더에 후배가 고개를 갸우뚱한다.

"영동 사거리가 어디예요? 그쪽은 처음 동이 뜨는 거 아니에요?"

"그러니까 시간 잘 지켜서 와!"

1시간이 흐른 후, 이정훈이 김영철과 만난다.

"영철아, 신사역 사거리에서 6시 정각이다. 알겠지?"

"네~ 알겠습니다."

"그런데 너는 강남에서는 가투를 거의 안 하는데 왜 신사역 사거리에서 동이 뜨는지 궁금하지 않니?"

"그냥 조직에서 시키면 따르는 게 운동의 원칙 아닐까요? 너무 많은 걸 알면 좋지 않잖아요."

어찌 보면 단순한 성격의 김영철에게 이정훈이 미소를 살짝 지어준다.

이정훈이 후배 3명에게 각각 다른 시위 장소와 시간을 알려준 그날, 최성식과 김용수가 타고 있는 전투경찰 수송 버스가 성남 방면으로 달려가고 있다.

"소대장님, 매일매일 거리에서 데모 진압하는데 무슨 시위 진압 충정 훈련을 따로 받습니까?"

"정기 훈련이야."

"아니, 데모하는 새끼들 상대로 거리에서 매일 실전을 치르고 있는데 훈련이 뭐가 필요해요. 아주 쉴 틈을 안 줘요. 아~ 피곤해."

의자에 앉아 있는 김용수가 투덜거린다.

버스가 동호대교를 거쳐 압구정동 현대백화점 앞을 지나가는데 그 거리를 이정훈이 걸어가고 있다.

"어어? 정훈이?"

최성식이 인도에서 이정훈을 본 것 같기도 한데 버스가 그냥 지나가는 바람에 확인할 길이 없다.

"정훈이라니?" 졸고 있던 김용수가 눈을 번쩍 뜬다.

"저기 현대백화점 앞에서 정훈이를 본 거 같아서."

"소대장님, 고시 공부하는 정훈이가 이 시간에 왜 거리를 방황합니까?"

"그렇겠지."

최성식과 김용수가 타고 있는 전투경찰 수송 버스가 바로 옆으로 지나가는 것을 이정훈이 본다. 그 버스를 보며 이정훈이 생각에 잠긴다.

'우리 조직의 핵심 후배 3명에게 각자 다른 장소의 가두시위 오더를 내렸다. 3곳 모두 평소 전투경찰 버스가 배치되지 않는 곳이다. 당연히 시위 주동자도 나타나지 않는다. 그런데 3곳 중에서 어딘가에 전투경찰이 배치되면 누가 프락치인지 밝혀질 것이다.'

이정훈이 압구정동 외제 물건 파는 상점들이 있는 거리를 걷다가 현대백화점 정문 위에 걸려 있는 추석맞이 바겐세일 광고판을 올려다본다.

'지금 이 땅은 같은 하늘 아래 두 개의 세상이 존재한다. 너무 많이 가진 자본가 계급의 부유한 세상과, 너무나 많이 못 가진 노동자 계급의 빈곤한 세상이다. 자본가 계급의 부유함과 노동자 계급의 가난함이 극명하게 비교되는 우리의 현실,「두 개의 국가」다. 대학생인 우리는 기득권을 유지하면서 자본가 계급에 편입될 수 있다. 그렇지만 나는 세상을 바꾸는 일을 한다. 두 개의 국가는 결코 공존힐 수 없기 때문이다.'

성남에 위치한 예비군 훈련장에서 시위 진압 충정 훈련을 받는 사복 체포조들과 전투경찰들이 강사로부터 진압 요령을 듣고 있다. 치안본부에서 시위 진압 이론 강의도 했던 1980년 5월 광주에 실제 투입됐던 특전사 출신의 바로 그 강사다.

"시위대 앞에서 우리는 쇳소리를 내야 합니다. 요런 쇳소리 목소리에 시위대는 일차적으로 공포를 느낍니다. 자, 들어보세요."

강사가 정말 쇠가 갈리는 소리로 '진압! 진압!' 단어를 뱉어낸다.

"다들 아시겠죠. 자, 그러면 한번 해봅시다."

강사의 지시에 따라 전투경찰들이 방패를 일렬로 맞추고 목소리를 쇳소리처럼 낸다. 그리고 군홧발을 치켜들며 전진한다.

"진압! 진압!"

"아주 잘했어요. 다음으로 사복 체포조 여러분은 시위대의 기선 제압이 최우선이기 때문에 거리에서 시위대와 마주 볼 때 자세를 낮춰야 합니다. 똥 싸는 자세 알죠? 그 대신 진압봉은 머리 위로 높이 치켜듭니다. 그러면 시위대는 우리 얼굴 대신 진압봉이 보입니다. 이것도 공포로 다가갑니다. 내 말이 맞아요, 틀려요?"

강사의 습관적인 말투에 사복 체포조들이 "맞습니다!" 하고 합창한다.

"80년 5월 광주에서 우리 공수대원들이 폭도들 제압할 때 요런 자세에서 곤봉으로 후려쳤어요"

강사가 광주 시민들을 곤봉으로 후려쳤다고 너무나 쉽게 얘기하자 전라도 여수 출신인 김용수의 마음이 불편하다. 기분 나쁜 듯 고개를 돌리는데 최성식과 눈이 마주친다. 같은 고향 출신인 최성식이 눈길을 피한다.

"사복 체포조들! 제가 방금 말한 자세를 취하고 저 앞에 허수아비 시위대를 향해 돌격 앞으로 해봅시다. 자! 진압 시작!"

강사의 명령이 떨어지자 사복 체포조들이 자세를 낮추고 곤봉은 치켜들고 "진압! 진압!"을 두 번 외치고 앞으로 뛰어간다. 그러고는 앞쪽에 세워져 있는 지푸라기 허수아비들을 곤봉으로 힘껏 내려친다. 그런데 김용수만 유독 곤봉으로 세게 내려치지 못해 허수아비를 한 번에 거꾸러뜨리지 못한다.

시위 진압 훈련을 마친 소대원들이 전투경찰 버스에 탑승하고 있다. 차를 타려는 김용수에게 최성식이 다가가 툭 하고 어깨를 친다.

"어디 아프냐?"

"아니……."

"그런데 왜 허수아비를 한 번에 박살 못 내?"

최성식이 김용수의 행동을 뒤에서 다 본 것이다.

"그거야……. 못 할 때도 있지. 어떻게 매번 잘하고 성공하냐?"

김용수가 말을 얼버무린다.

성남에서 출발한 전투경찰 버스가 서대문서를 향해 달려가고 있다.

이 시간, 이정훈으로부터 시위 오더를 받은 후배 한 명이 승차한 버스에서 운전기사에게 묻는다.

"아저씨, 강남구청 사거리 멀었어요?"

"다음 정거장에서 내리세요."

버스 안에는 남녀 대학생 십여 명이 앉아 있거나 서 있다. 강남구청 사거리의 어느 건물 위에서 거리를 내려다보고 있는 이정훈. 배치되는 전투경찰 버스가 보이지 않는다.

30분 후, 이정훈이 이번에는 영동 사거리 건물 1층의 다방에 앉아 있다. 다방 유리창을 통해 바깥을 보고 있다. 손목시계를 보니 다른 후배에게 오더를 내린 시간이 다 됐다. 시간에 맞춰 대학생들이 모여든다. 여기도 전투경찰 버스가 없고 전경들의 검문 검색도 없다. 시위 주동자가 당연히 나타나지 않고 학생들은 자체 해산한다.

마지막으로 김영철에게 오더를 내린 신사동 사거리 쪽으로 이정훈이 걸어간다.

이때 성남에서 출발하여 한남대교 쪽으로 달려가던, 최성식과 김용수가 타고 있는 전투경찰 버스가 차에 문제가 생겼는지, 운전병이 불안하게 브레이크를 밟았다가 떼었다가 한다.

"어어? 차가 왜 이래?"

전투경찰 수송 버스가 신사동 사거리에 멈춘다. 시위 진압 훈련에 지친 사복 체포조 김용수는 코를 골며 자고 있다.

"엔진이 퍼졌습니다."

운전병의 얘기에 자고 있던 김용수가 눈을 뜨며 불평을 한다.

"아~ 밥시간인데 여기서 멈추면 어떻게 해? 빨리 고쳐봐."

운전병이 차량 엔진 부분을 살펴보고 최성식은 무전 대원에게 명령한다.

"본서에 무전 때려! 밥차 신사동 사거리로 오라고. 그리고 근무조는 버스 앞뒤로 뻗치기 근무 나가!"

최성식의 명령에 김용수가 끼어든다.

"소대장님, 여기서 무슨 데모를 한다고 애들 근무를 시켜요?"

"버스 주차 시 뻗치기 근무는 기본이야."

전투경찰 버스가 신사역 사거리 한쪽 도로에 주차하고 버스 앞뒤로 전투경찰들이 방패를 들고 경계 근무를 한다. 지나가는 시민들이 보면 영락없이 시위를 대비하는 모습이다. 신사역 쪽을 향해 걸어가던 이정훈이 이 모습을 목격하고 충격에 빠진다. 근처 건물로 몸을 감춘다. 그리고 호흡을 가다듬는다.

"영철이가 설마……."

이정훈이 내린 시위 시간에 맞춰 학생들이 신사역 사거리에 접근해 온다. 버스를 타거나 지하철로 온 것이다. 경계 근무를 하던 전경들이 학생들이 나타나자 최성식에게 다급히 보고한다.

"소대장님! 대학생들이 몰려옵니다."

"뭐야?! 대형 갖춰!"

최성식의 말이 떨어짐과 동시에 사복 체포조들이 버스에서 뛰어나가 학생들을 연행하기 시작한다. 가장 신뢰했던 김영철이 조직 내의 프락치라는 사실을 눈으로 직접 확인한 이정훈은 숨이 막힐 지경이다.

33.
고등학교 동창 모임에 참석하는
학생운동 리더

서대문 경찰서 강당에서 경찰 제복 차림의 최성식이 연단 위에 늠름하게 서 있다. 경찰서장으로부터 특별 포상을 받고 있다. 사회자가 최성식이 수상하는 상장 내용을 읽고 있다.

"표창장, 경사 최성식, 위의 사람은 평소 시위 진압에 탁월한 능력을 보여 우리 사회 안전에 이바지한 공로가 크기에 이 상을 수여함."

경찰서장이 상장을 최성식에게 전달하고 악수를 한다. 참석한 경찰들이 손뼉을 쳐준다. 이들 중에 김용수도 있는데 손뼉을 치면서 옆에 있는 사복 체포조 동료에게 말한다.

"우리 소대장 상복도 좋아. 버스가 고장 나서 신사역 사거리에 퍼질러지는 바람에 데모하러 온 애들 체포한 거잖아. 완전히 소가 뒷걸음질쳐서 쥐 잡은 꼴이야."

며칠 후, 잠실 허름한 술집에 이정훈과 김영철이 마주 보고 앉아 있다. 두 사람 사이에 불편한 침묵이 오랫동안 흐른다. 그러다가 김영철이 조심스레 묻는다.

"정훈이 형! 왜 저를 모임에서 빼는 거죠?"

이정훈은 답변 없이 소주를 들이켠다. 김영철이 빈 잔에 소주를 따라주려는데 이정훈이 손동작으로 거절한다. 김영철이 이게 무엇인지를 알아챈다.

"얼마 전에 저한테 내부 프락치가 있는 거 같다고 말했는데, 그게 저라고 생각하는 거죠?"

이정훈이 긍정도 부정도 안 하고 있다. 김영철이 자리에서 천천히 일어나 이정훈에게 고개 숙여 인사하고 술집을 나간다. 이정훈이 남은 소주를 마저 따라 마신다.

이날 저녁, 서대문 경찰서 근처 삼겹살집에 최성식과 김용수의 고등학교 동창들이 모여 있다. 시간에 조금 늦어서 식당 안으로 이정훈이 들어온다. 김용수가 자리에서 벌떡 일어선다.

"정훈이 왔다."

이정훈의 출연에 고등학교 친구들이 몰려나온다. 이정훈이 친구들의 손 하나하나를 잡아주며 반갑게 인사 나눈다.

"우리가 고등학교 졸업하고 처음이지?"

그러고는 전칠성을 알아본다. 전칠성은 가리봉 오거리 시위에서 구류 처분을 받았던 노동자다.

"칠성이, 하나도 안 변했네?"

전칠성은 이정훈이 자기를 알아봐 주자 감격스러워한다.

"고맙다, 성훈아."

"뭐가 고마워?"

"날 기억해줘서."

"야, 친구끼리 고맙고 자시고가 어딨어? 자, 다들 자리에 앉자."

이정훈을 중심으로 친구들이 자리에 앉는다. 최성식이 이정훈 옆에 친한 척 앉아 있다.

"자, 다들 건배!"

최성식의 건배 선창에 동창들이 소주잔을 높이 들어 '건배'를 따라 외치고 술을 마신다. 이번 추석 때 동창들끼리 단체로 버스를 빌려서 고향 여수에 내려가자는 의견도 나누고 이 얘기 저 얘기 하고 있을 때, 이정훈이 구석에 조용히 앉아 친구들 얘기만 듣고 있는 전칠성에게 다가간다.

"칠성이는 뭐 하니?"

"나, 공장에서 일해. 구로에서."

그 전칠성이 맞다. 8월 15일 노학 연대 시위 때 구류를 산 노동자 전칠성이다. 둘 사이 대화에 김용수가 끼어든다.

"칠성이 새끼, 운동권이야."

"운동권이라니?"

이정훈이 무슨 뜻인지 알고 있으면서도 짐짓 모른 척했다.

"광복절 날 가리봉에서 데모가 있었는데, 내가 잡고 보니 칠성인 거 있지? 아, 세상 좁다, 좁아. 칠성아! 대학생 데모하는 거 막는 것도 죽을 지경인데, 니네 공돌이들까지 데모하면 우린 집에도 못 들어간다."

김용수의 푸념에 이정훈이 따끔하게 말한다.

"용수야! 공돌이가 뭐냐? 칠성이는 성실히 일하는 노동자야. 그렇게 부르지 않았으면 좋겠다."

이정훈의 충고에 김용수가 알겠다고 고개를 끄덕인다.

"아냐, 괜찮아. 공돌이면 어떻고 노동자면 어때? 오랜만에 정훈이랑 친구들도 만났는데. 자, 건배!"

전칠성의 건배 제안에 다들 즐겁게 잔을 드는데 최성식은 그러지 않는다. 전경 소대장인 최성식에게는 노동자 전칠성이 하찮게 보이는 거다. 그런 최성식을 보고 김용수가 약간 비아냥거린다.

"소대장님, 오늘은 경찰인 거 잊고 건배하시죠?"

마지못해 최성식이 소주잔을 친구들과 부딪친다. 그리고 이정훈을 쳐다본다.

"요즘도 그림 그리니?"

"아니, 공부하느라 그럴 틈이 없어."

"정훈아, 고등학교 미술반 시절에 너는 밀레 같은 그림을 그리겠다고 했어. 고단한 민중의 삶을 표현하겠다고."

"내가 그런 말을 했어? 기억이 안 나네."

"나는 미술 점수 잘 받아 대학 가는 데 도움 되려고 미술반에 들어갔는데, 너는 그렇지 않더라고."

최성식이 미술반 이야기를 하는데 식당 문이 거칠게 열리며 서울에서 여수의 고등학교로 전학 왔던 3명이 함께 나타난다. 이정훈이 등장했을 때와는 달리 아무도 반갑게 일어나지 않는다. 단 한 사람, 최성식만 그들에게 달려 나간다.

"여기야, 여기! 진짜 반갑다."

"야! 주차장도 없는 식당을 잡으면 어떡해?"

전학생들이 손에 들고 있던 자동차 끼를 보란 듯이 식탁 위에 내려놓는다.

"최성식 너는 요즘 같은 세상에 짭새 하느라 뺑이 친다."

"뺑이는 뭘……."

"우리 외삼촌이 치안본부 대공과 3과장인데, 니 얘기 잘 해놓을게."

"친구야, 정말 고맙다."

거만한 전학생들 앞에서 알랑거리고 있는 최성식을 다른 동창들이 곱지 않은 시선으로 바라본다. 전학생 하나가 이정훈을 발견한다.

"오우, 이정훈!"

이정훈은 전학생들에게도 반갑게 손을 내민다.

"오랜만이다."

"얘들아, 오늘은 여기 내가 다 계산할 테니까, 나중에 정훈이 판사 되면 나한테 찐하게 술 한 잔 사라. 알겠지?"

호탕하게 말하는 전학생에게 이정훈이 안부를 묻는다.

"미국 유학 간다고 들었는데 언제 가?"

"비자 나오면 바로 갈 거야."

최성식이 자신의 존재를 드러내기 위해 건배 제안으로 나선다.

"자! 다들 모였으니 거국적으로 건배하자. 건배!"

모두가 술기운이 돌고 있을 때 식당에 있는 TV에서 코미디 프로그램 〈유머 1번지〉가 나온다.

"재미있는 거 한다. 아주머니, 테레비 소리 좀 키워주세요."

전학생 말에 동창들이 술 마시는 걸 잠시 중단하고 TV를 보고 있다. 개그맨 김형곤이 전두환, 이순자 흉내를 내는 '회장님' 코너가 나오지 않자, 이정훈이 묻는다.

"김형곤 나오는 회장님 코너는 안 하네?"

"아~ 우리 정훈이가 공부하느라 테레비를 못 봐서 모르는구먼. 회장님 코너 없어졌어."

"왜?"

그 이유를 김용수가 자세하게 설명해준다.

"김형곤이가 자꾸 대머리 흉내를 내니깐 누구를 생각나게 하잖아. 그리고 '잘될 턱이 있나?' 하면서 영부인 이순자 턱을 더듬으니깐 그 코너가 없어진 거 같아."

그러면서 김용수가 '잘될 턱이 있나' 흉내 내면서 이순자의 주걱턱을 연상하게 만든다. 동창들이 그걸 보고 재미있다고 깔깔깔 웃는데 최성식만 버럭 화를 낸다.

"야! 친구들 만나는 순수한 자리에서 정치 얘기하지 마."

최성식의 호통에 김용수가 계급이 깡패라서 참는다. 썰렁한 분위기에서 전학생이 노래 하나 하겠다고 일어선다. 전학생이 비틀스의 노래 'Yesterday'를 부르는데 발음이 엉망이다. 최성식은 박수로 박자까지 맞춰주고 있다. 전학생이 박자 따로 영어 가사 따로 노래를 부르고 있을 때, 이정훈이 전칠성에게 다시 다가간다.

"칠성아, 너한테 연락하려면 어떻게 해야 해?"

"공장으로 하면 되는데."

"공장 이름이 뭐야?"

"태흥전자."

태흥전자는 지난번 8월 15일 노학 연대 시위를 주도했던 노동자가 다니던 공장이다.

"퇴근 시간에 맞춰서 내가 한번 놀러 갈게."

"바쁜데, 뭘 나한테 오고 그래."

"그냥, 너 어떻게 사는지 보고 싶어서."

이정훈과 전칠성이 대화하는 동안 전학생의 노래가 끝났다. 아무도 앵콜을 요청하지 않는다. 전학생이 스스로 노래 한 곡을 더 할까 봐, 김용수가 자리에서 일어나 사회자처럼 말한다.

"자, 오늘 우리 모임 2차는 최성식 소대장이 경찰서장 상 탄 기념으로 쏘겠습니다."

이에 최성식이 "오늘 회비 걷어서 먹기로 했잖아"하면서 김용수를 째려본다.

"아, 짠돌이. 그 포상은 거저먹은 데모 진압 상인데……."

"뭘 했기에 거저먹은 거야?"

전학생이 궁금해서 김용수에게 묻는다.

"지난주에 시위 진압 훈련 마치고 본서로 돌아가는데 버스가 고장이 난 거야. 그래서 어쩔 수 없이 멈춰 서 있는데, 대학생들이 몰려오는 거야. 어렵쇼? 강남은 절대 데모할 만한 데가 아닌데 학생들이 왜 여기에 모이는 거지? 한마디로 낚싯대에 지렁이 떡밥 미끼도 없는데 학생들이 우리한테 저절로 잡혀준 거지. 자동 빵으로 다 잡아버렸지."

김용수가 전하는 거저먹은 사연에 이정훈의 눈이 번쩍 뜨인다.

"용수야! 거기가 강남 어디야?"

"신사역 사거리."

신사역 사거리에 전경 버스가 고장 나서 주차해 있는 것을, 이정훈은 시위 오더가 샜다고 판단한 거였다. 이정훈은 술이 확 깬다.

34.
군 입대 신체검사를
받은 김영철

고등학교 동창들과 모임을 끝내고 잠실 비밀 아지트로 돌아온 이정훈은 밤새 잠을 이루지 못했다. 가장 신뢰한다던 후배 김영철을 프락치로 의심한 사실이 너무나 부끄러워 못 견딜 지경이다. 아침 일찍, 이정훈이 슈퍼마켓의 공중전화로 김영철 고향집에 전화한다. 김영철의 어머니가 받는다.

"안녕하세요? 저는 영철이 학교 선배 되는 사람인데요, 영철이 좀 바꿔주세요. 네에? 신체검사를 받으러 갔다고요. 그러면 이정훈이라는 선배한테 전화 왔다고 전해주세요. 안녕히 계세요."

이정훈이 전화 통화를 마치고 슈퍼마켓 안으로 들어간다. 슈퍼마켓 주인 손녀딸이 우울한 얼굴이다.

"우리 꼬맹이 표정이 왜 그래?"

"이게 없어졌어!"

손녀딸이 개그맨 김형곤이 유행시킨 동작인 '잘될 턱이 있나'를 해 보인다. 슈퍼마켓 주인아저씨가 손녀의 말을 거든다.

"지난주부터 그 코너를 안 하는 거야. 뭐~ 정치적이라고 하면서. 그냥 웃자고 하는 건데, 전두환이 코미디도 못하게 하네!"

슈퍼주인 아저씨가 말을 해놓고 자기 말이 과한 게 아닌가 주위를 두리번거린다. 이정훈이 비밀 아지트 연립주택 쪽으로 걸어간다. 밤새도록 술을 마시고 외박을 했는지, 연립주택 위층에 사는 호스티스가 출입문 앞에서 있다. 이정훈이 호스티스와 얼굴 안 마주치려고 뒤에서 걸음을 멈춘다. 그러자 호스티스가 뒤돌아 궁금함을 꼬부라진 혀로 묻는다.

"아저씨는 왜 3층 살면서 꼭 4층까지 올라갔다가 내려가요?"

"그런 적이 있나요? 그건 제가 술에 취해서……."

이정훈이 변명을 하는데 호스티스가 말을 끊는다.

"아저씨, 술 취한 건 한 번도 못 봤어요."

이정훈이 호스티스의 정확한 관찰력에 당혹스러움을 느낀다. 다음 할 말이 떠오르지 않는다. 더 이상 대화를 하지 않고 이정훈이 앞서 걸어 올라간다.

충청도에 있는 김영철의 집, 허름한 농촌 주택이다. 김영철이 군 입대 신체검사를 마치고 집으로 돌아왔다.

"다녀왔습니다."

김영철이 어머니에게 인사하자 어머니가 농협 달력 찢어 만든 메모지를 아들에게 건네준다.

"영철아, 학교 선배라면서 너한테 전화 왔다."

"누군데요?"

"거기에 이름 적어놨다."

김영철이 어머니가 삐뚤빼뚤 적어놓은 이정훈이라는 이름을 발견한다. 어머니가 앉은뱅이 밥상에 반찬을 꺼내놓는다.

김영철이 어머니와 같이 밥을 먹는다. 맛있게 밥을 먹는 아들을 어머니가 자애로운 눈빛으로 쳐다본다.

"영철아, 내는 니가 데모 때문에 감옥도 한 번 갔다 왔는데 또 데모할까 봐 늘 걱정이었다. 그런데 니가 이렇게 군대에 간다니 마음이 놓인다. 니 아버지, 너 중학생 때 죽으면서 이 에미 손을 잡고 뭐랬는지 아니? '우리 똑똑한 영철이 꼭 대학교 보내야 한다. 당신이 피를 팔든 머리카락을 잘라 팔든, 꼭 대학생 만들어야 한다.'"

말하는 어머니 눈에 눈물이 고인다. 평생 농사일에 찌든 얼굴이다. 그런 어머니 모습에 김영철이 빙긋이 웃어준다.

"엄마~ 걱정 마세요 자, 밥 먹어요."

"영철아, 에미가 살아가는 것은 너 때문이다. 너 그냥 몸 건강히 대학교 졸업하고 취직하고 결혼해서 애 낳고 잘 살면 에미는 그것으로 죽어서 니 아버지 볼 낯이 생긴다."

"네, 알겠어요. 제가 엄마 서울 구경도 시켜드리고 호강시켜드릴게요."

"고맙다, 내 새끼. 고맙다."

가리봉 오거리에 있는 태홍전자 공장 마당에서 전칠성이 대형 지게차로 큰 박스를 나르고 있다. 익숙한 솜씨로 한 치의 흐트러짐 없이 박스를 대형 트럭에 차곡차곡 쌓아 올리고 있다. 전칠성이 야근을 마치고 퇴근하는데 길 건너편에서 누군가 손을 흔든다. 이정훈이다.

"어어? 정훈아, 진짜로 왔네."

"그래, 진짜 왔다. 칠성이 너 지게차 모는 거 밖에서 봤는데 아주 능수능란하게 잘하더라."

"그거야 매일 하는 거니까 그렇지."

"저녁 안 먹었지?"

이정훈과 전칠성이 저녁 식사를 마치고 공장 뒤쪽 한적한 둑방길을 걸어간다. 벌써 귀뚜라미 소리가 들리며 더위가 한풀 꺾인 날씨다. 걷다가 이정훈이 발걸음을 멈춘다. 그리고 전칠성을 쳐다본다.

"칠성아, 내가 사실 너한테 부탁할 게 있어."

"부탁? 뭐든지 말해, 다 들어줄게."

"지난번 8월 15일 가리봉 시위 때 구속된 김진철 씨가 우리 라인이야."

이정훈이 방금 말한 '우리 라인'이 뭔지 아는 전칠성이 일순 긴장한다.

"구로에서 노학 연대 투쟁이 성공하지 못하면 우리 운동의 미래는 밝지 못해. 니가 우리 라인이 되어줬으면 한다."

어안이 벙벙한 모습으로 입도 못 열던 전칠성이 어렵사리 입을 연다.

"정훈아, 내가 너한테 못 한 말이 있는데 지금 해도 되겠니?"

"무슨 말인데?"

"우리 고1 때 니가 서울 전학생들 때려서 경찰서 갔다가 학교에 다시 왔을 때, 내가 꼭 너한테 하고 싶었던 말이야."

전칠성이 잠시 호흡을 가다듬고 말을 이어간다.

"정훈아, 고맙다. 그리고 지금은 니가 학생운동을 한다는 게 진짜진짜 고맙다. 내가 또 니 도움을 받는구나."

"아니야, 서로 도와서 노동자 학생 연대 투쟁을 이뤄내는 거야."

전칠성의 눈에는 눈물마저 글썽인다. 걸어가면서 이정훈이 이번 시위에 대해 자세하게 설명해준다. 그러자 전칠성이 묻는다.

"그러면 디데이(D-day)를 다음 주 토요일로 하는 거지?"

"응, 지금 진행 중인 한미전자 파업을 지지하는 시위를 해내지 못하면 한미전자는 깨진다고 봐야지. 그러면 다시 이 지역에서 불붙기가 힘들어. 칠성아, 니가 연결 가능한 공장들 작업 좀 해줘."

"내가 최선을 다해 알아볼게."

가리봉 공장 지역은 거리에 가로등도 별로 없어 어둡지만, 둘의 눈에는 밝은 내일이 분명히 찾아올 것만 같다.

35.
노동자 학생 연대 시위가
발생하다

전철성과 헤어지고 지하철 막차를 타고 가까스로 잠실 비밀 아지트로 돌아온 이정훈이 슈퍼마켓 앞을 지나간다. 그런데 피곤한 몸이지만 누군가 자기를 따라오고 있는 낌새를 느낀다. 일단 골목 안으로 몸을 숨기며 뒤를 보는데 김영철이 서 있다. 고향에서 올라와 이 근처에서 이정훈을 기다리고 있었다.

"영철아!"

이정훈이 골목에서 뛰어나와 김영철을 끌어안는다.

"미안하다, 너를 의심해서. 내가 어떻게 해야 이 빚을 갚을 수 있겠니?"

"형, 나는 섭섭한 마음, 고향에 놔두고 왔으니까 그런 말 안 해도 돼요."

작은 체구의 김영철은 커다란 눈만 끔벅거리고 있다. 이정훈은 그런 김영철을 잠시나마 프락치로 의심했다는 미안함에 뼈가 저려온다.

김영철이 다시 조직에 합류하면서 가리봉 오거리 가두시위 계획은 빠르게 진행된다. 서울 시내 대학마다 '노동자 학생 연대 투쟁' 집회를 알리는 유인물이 뿌려지고 대자보도 부착됐다. 시위를 위한 출정 집회를 총학생회가 주최하면서 노동자 학생 연대 투쟁의 열기가 서서히 달아오르고 있다.

　노학 연대 가두시위에 대비하여 서울 시내 경찰서는 비상이 걸렸다. 노학 연대 시위 장소를 이정훈이 한 곳이 아니라 세 군데로 공개했기 때문이다.

　마침내 노학 연대 시위가 벌어지는 날이 밝아왔다. 토요일 오전, 서대문 경찰서에서 시위 진압 장비를 전투경찰들이 점검하고 있다. 그걸 지켜보고 있는 최성식에게 김용수가 다가온다.

　"소대장님! 우리는 어디로 출동합니까? 들어온 정보 없어요?"

　"이 새끼들이 머리 쓴다고 성수동, 영등포, 가리봉에서 하겠다고 공개적으로 날렸어."

　"아~ 가리봉 쪽은 가기 싫은데……."

　고등학교 동창 전철성이 있는 가리봉 지역을 김용수가 떠올린 것이다.

　"소대장님이 봤을 때, 셋 중에 어디가 진짜일 거 같아요?"

　"지난번 가리봉에서 한판 붙었으니깐, 이번에는 공돌이들이 학생들한테 달라붙기 쉬운 성수 지역이 아닐까?"

　"아, 이럴 때 망원들이 우리한테 정보를 줘야 하는데."

　김용수가 경찰에 시위 정보를 제공하는 학생 프락치, 망원을 그리워한다.

　잠시 후 출동 명령이 내려온다. 최성식의 소대가 배치될 곳은 김용수가 그렇게 가기 싫어하는 가리봉 오거리다. 전경 버스에 앉아 있는 김용수는 자리가 불편한지 계속 뒤척거린다. 진투경찰 수송 버스가 가리봉역으로 진입해 들어간다. 출근하는 시민들로 가리봉역 앞은 인산인해다.

이정훈이 지하철 2호선을 타고 있다. 조간신문을 읽고 있는데 오늘 예정된 노동자 학생 시위가 기사로 나와 있다. 신문에서는 극심한 차량 정체와 시민의 불편이 예상된다고만 했지, 오늘 시위의 이유에 대해서는 한마디도 없다. 이정훈은 오늘 시위를 성공시키기 위해 두 지역에는 가라 오더[36]를 냈다. 경찰력을 분산시키고 진짜로 시위를 벌일 지역에 학생과 노동자 들의 모든 힘을 집결하는 것이다. 지하철이 '성수역'으로 진입한다.

── 이번 정차 역은 성수, 성수입니다.

지하철 안내 방송이 나온다. 성수역 앞에도 이미 전투경찰 버스가 기다란 줄처럼 깔려 있다. 지하철 안의 학생들이 조금밖에 내리지 않는다. 지하철이 다시 출발한다. 지하철은 영등포 공장 지구인 '문래역'이 다음 정차역이라는 안내 방송을 하고 있다. '마찌꼬바[37]' 철공소가 가득한 문래역 일대는 전투경찰과 사복 체포조가 거리를 가득 메우고 있다. 여기서도 학생들이 많이 내리지 않았다. 문래역을 지나친 학생들은 다음 역 신도림에서 수원행 1호선 열차로 갈아탄다. 달리던 지하철이 '가리봉역'에 멈춰 선다. 여기서 수많은 학생들이 우르르 내린다. '성수 지역', '영등포 지역'은 가라 오더였다. 이정훈이 다시 한 번 '가리봉 오거리'에서 적들과 한판 대결을 벌이려는 것이다.

이정훈은 가리봉역에서 내리지 않고 역을 하나 더 지나서 내린다. 그리고 어느 건물로 들어간다. 옥상 위에서 망원경으로 가리봉 오거리 쪽을 본다. 가리봉역 쪽도 엄청나게 많은 전투경찰과 사복 체포조 들이 배치되어

---

36 가라 오더 : 시위가 발생하지 않는 가짜 지령
37 마찌꼬바 : 시내에 있는 작은 공장

있다. 학생들이 지하철역 밖으로 나가지 않고 시위 주동자가 나타날 시간을 초조하게 기다리고 있다. 현재 파업 중인 한미전자 정문 입구는 아예 전투경찰 버스가 가로막고 있다. 노동자들이 밖으로 나가는 걸 애당초 봉쇄하겠다는 전술이다.

일촉즉발의 긴장감이 감도는 가리봉 오거리에서 택시 한 대가 신호에 걸려 멈춘다. 그 안에는 오늘 시위를 주동할 학생과, 주동자를 보호할 학생들이 타고 있다.

"아저씨, 여기서 내릴게요."

"어어, 여기는 도로 한복판인데?"

시위 주동자가 택시 기사에게 요금을 내며 다급히 부탁한다.

"우리가 내리고 나서 여기를 최대한 빨리 빠져나가세요."

운전기사가 무슨 말인지 이해를 못 하고 있는데, 택시에서 벌써 내린 시위 주동자가 쇼핑백에서 메가폰을 꺼내 든다.

"노동운동 탄압하는 전두환 정권 타도하자!"

시위 주동자가 차도 한복판에서 메가폰으로 구호를 외치자 이것을 신호로, 파업 중인 한미전자 옥상에서 노동자들이 힘차게 구호를 따라 외친다.

"노동운동 탄압하는 전두환 정권 타도하자!"

시간에 맞춰 가리봉역 안에 있던 학생들이 함성을 지르며 역 밖으로 몰려나온다. 버스로 집결하는 학생들도 한 정거장 전에 미리 내려서 가리봉 오거리 쪽으로 걸어오고 있다. 여러 군데서 동시다발적으로 학생들이 나타나자 전투경찰들이 당황한다. 한미전자에서 파업 중인 노동자들이 정문을 가로막고 있는 전투경찰 버스를 밀어붙이기 시작한다.

"산업 없는 세상에 살고 싶다. 8시간 노동으로 생활임금 보장하라!"

한미전자 노동자들이 구호를 외치며 버스를 밀기 시작하자, 주위의 공장들에서 노동자들이 거리로 나온다. 그중에는 태흥전자 전칠성의 모습도 보인다. 거리로 나온 노동자들이 학생들과 함께 스크럼을 짜기 시작한다. 노동자와 학생 연대가 첫 단추를 끼우는 모습이다. 예상치 못한 시위 전술에 당황한 최성식의 무전기가 쉴 틈 없이 소리를 내고 있다.

"한미전자 일어났다! 태흥전자 일어났다! 삼광실업 일어났다! 구미어패럴 일어났다! 지원 바람! 지원 바람!"

지원 요청 무전을 끝낸 최성식이 소대원들을 이끌고 가리봉 오거리 쪽으로 움직인다. 가리봉 오거리에는 노동자들이 쳐대는 꽹과리가 보인다. 노동자들이 학생들이 외치는 구호에 맞춰 꽹과리까지 쳐대고 있다. 보통 학생들 가두시위에는 등장하지 않는 꽹과리 소리에 전경들이 약간 겁을 먹는 표정이다. 학생들이 인도의 보도블록을 빼내서 깨뜨린다. 전경들과 싸울 돌멩이를 만드는 것이다. 육교 위에 반정부 현수막이 걸린다. 반정부 내용이 적힌 유인물이 건물 여기저기서 뿌려진다. 이제 가리봉 오거리를 노동자와 학생들이 장악하기 시작한다. 화염병을 든 학생들이 한미전자 정

문을 막고 있는 전투경찰 버스로 달려간다. 전경 버스 문을 강제로 열어젖힌 학생들이 그 안에 있는 전경들에게 소리친다.

"타 죽기 싫으면 다 나와!"

전경들이 공포에 휩싸여 내빼기 시작한다. 학생들이 화염병을 버스 안에 던진다. 버스는 금방 화염에 휩싸인다. 학생, 노동자 그리고 시민들의 환호가 터진다. 노동자들이 근처 공사장에서 출입금지 철책을 끌어다가, 오거리에 전투경찰의 접근을 막기 위해 바리케이드를 친다. 망원경으로 이 장면을 지켜본 최성식이 손을 부르르 떤다.

"어떤 새끼인지 전술 하나는 기가 막히게 짜네."

최성식이 무전기로 페퍼포그 가스차에 지시한다.

"바리케이드 밀어버려!"

바리케이드를 부수기 위해 페퍼포그 가스차가 다가가자 골목 안에 미리 숨어 있던 학생들이 뛰어나와 가스차를 향해 화염병을 던진다. 불붙은 가스차에서 운전자가 문을 열고 나와서 '걸음아 나 살려라' 도망을 친다. 시동이 꺼진 가스차마저 바리케이드로 변신한 것이다. 그걸 보고 있는 전경과 사복 체포조 들은 다리가 움직이지 않는다. 김용수는 군대에서도 느껴보지 못한 '이러다 잘못하면 죽을 수 있겠구나' 하는 생각에 몸이 저절로 떨려온다.

가리봉 오거리를 시위대가 장악하자, 전경들과 사복 체포조들도 쉽사리 접근을 못 한다. 전경 버스가 불타고 있는 것도 그 이유 중 하나다. 전투경찰들이 최루탄을 시위대를 향해 쏘아댄다. 그렇지만 시위대는 도망가지 않고 있다. 사복 체포조들이 시위대를 체포하러 뛰어가면 골목 안에서 기다리고 있던 선무소조들이 나타나 화염병을 던진다. 그들이 들어오는 것을 막는 것이다. 깨진 화염병에 도로가 불바다로 변한다. 활활 타오르는 도로를 바라보며 김용수도 시위대 체포를 포기하고 있다. 그런 자신들을 향해 야유를 보내는 시민들 때문에 김용수와 사복 체포조들은 그냥 제자리에만 서 있다.

노동자들 퇴근 시간에 맞춰 점점 더 늘어나는 시위대는 거대한 파도가 되어 가리봉 오거리를 출렁이고 있다. 이에 겁먹은 전투경찰과 사복 체포조들이 후퇴하기 시작한다. 그러자 노동자와 학생들이 환호하고 손뼉을 치면서 스크럼을 짜기 시작한다. 하나가 되어 운동가요를 부른다.

"수천 년에 굴욕에 찬 어둠을 불사르고, 새 역사의 지평에 떠오르는 찬란한 빛, 하늘은 그 얼마나 눈물 속에 기다렸나. 위대한 노동자의 승리의 그날을~"

물러난 전투경찰들이 최루탄도 쏘지 못하고 지켜보고만 있다. 최성식은 이를 악물지만 어떤 명령도 내리지 못하고 있다. 가리봉 오거리를 가득 메운 노동자, 학생, 시민들은 일치단결하여 '파쇼 정권 타도하자' 구호를 외치며 가리봉역 앞에 있는 전투경찰들을 무장해제시키려 점점 다가온다. 이에 전경들이 뒷걸음쳐 후퇴하다가 방패를 떨어뜨린다. 최성식도 절체절명의 순간, 들고 있던 메가폰을 떨어뜨리고 줍지도 못하고 도망친다. 그 메가폰을 짓밟는 성난 시위대의 발걸음……

전투경찰들은 이제 보이지 않는다. 저녁 늦은 시간, 가리봉 오거리엔 어둠도 함께 거리를 장악했다. 파업 중인 한미전자 옥상에서 제일 먼저 횃불이 올라온다. 그 뒤를 이어 동맹 파업하는 공장 건물 옥상에서 횃불이 밝혀진다. 가리봉 지역 십여 개의 공장 옥상에서 봉화처럼 피어오르는 횃불을 보고 노동자, 학생, 시민들이 힘찬 박수와 함께 함성을 지른다. 전두환 정권의 하수인 경찰력을 완전히 몰아낸 가리봉 오거리, 여기는 해방의 거리다. 해방구를 만들었다.

36.
코카콜라 이글 작전

가리봉 오거리에서 대규모 가두시위가 벌어진 저녁, 최지혜는 학교 도서관에서 공부를 마치고 귀가한다. 집 거실에서 아버지와 어머니가 TV를 시청하다가 최지혜를 반갑게 맞이한다.

"지혜야, 미국대사관 입사 축하한다."

"아빠 도움이 컸어요."

"우리 지혜가 워낙 똑똑해서 된 거지. 출근은 언제부터야?"

"다음 주 월요일이오."

켜놓은 TV에서 뉴스 앵커가 오늘 벌어진 가리봉 오거리 시위를 보도하고 있다. 최지혜가 자기 방으로 들어가려다가 멈춰선다.

── 오늘 저녁 6시 가리봉 오거리에서 시가전을 방불케 하는 폭력 시위가
발생했습니다.

TV 뉴스 화면에는 전투경찰 차가 불에 타고 학생들이 던진 돌멩이에 맞아 쓰러진 사복 체포조들의 모습이 보인다. 뉴스 앵커의 멘트가 다급하다.

—— 이번 시위는 과거 시위와는 전혀 다른 양상을 보였습니다. 한미전자 파업에 동조하는 다른 공장에서도 동맹 파업을 했습니다. 이 시간까지 가리봉 오거리 일대를 점거한 근로자와 학생 들이 폭력 시위를 계속 벌이고 있습니다.

뉴스를 보고 있던 최지혜 아버지는 소파에서 벌떡 일어난다.

"이 빨갱이 대학생 놈의 새끼들, 세상천지도 모르고 날뛰는 거 봐라. 이거 나라가 어떻게 되려고 저런 새끼들 제대로 막지도 못하고. 에이, 큰일이야……. 미국으로 이민을 가던든가 해야지."

최지혜는 묵묵히 TV를 보다가 자기 방으로 올라간다.

***

가리봉 오거리 가두시위가 성공리에 끝난 다음 날, 서울대학교 관악산 쪽에 헬기 한 대가 떠 있다. 학생회관을 나오는 김영철과 후배들이 점심때부터 계속 서울대 교정을 맴도는 것 같은 헬기를 수상하게 쳐다본다.

"영철이 형, 혹시 경찰이 헬기로 우리 동선을 파악하려는 건 아니겠죠?"

후배 물음에 김영철이 양손을 망원경처럼 해서 하늘을 쳐다본다.

"소방 헬기 같은데……. 이럴 때일수록 다들 보안에 신경 쓰자고."

김영철과 후배들이 교문을 나선다. 김영철은 이정훈과 만나기로 한 장소인 광화문 세종문화회관을 가기 위해 버스를 탄다. 관악산 쪽에 떠 있는 헬기가 좀체 사라지지 않고 있다.

　광화문 세종문화회관 입구 계단에 이정훈과 김영철이 아이스크림까지 먹으며 여유롭게 앉아 있다. 세종문화회관 길 건너편에는 미국대사관 건물이 있다. 미국의 성조기가 옥상에서 휘날리고 있다. 그 건물을 바라보며 이정훈이 조용히 말을 꺼낸다.

　"코카콜라 공장 정문은 이중 철문으로 되어 있어서 거기로 직접 들어가는 건 불가능해."

　이정훈이 말하는 코카콜라 공장은 미국대사관이다. 김영철도 앞만 바라보고 듣고 있다.

　"1979년 이란의 미국대사관 점거 때는 이란 대학생들이 담을 넘어갔는데, 저기 코카콜라 공장 담벼락은 철조망을 한 번 더 올려쳐서 그냥은 넘어가지 못해."

　"형, 그렇다면?"

　이정훈이 답변 대신 자리에서 일어선다. 김영철이 이정훈을 따라간다. 길 건너편 미국대사관 뒤쪽에는 종로 소방서가 있다. 둘이 걸어가며 이정훈이 턱으로 종로 소방서를 가리킨다.

"저기 종로 소방서에 코카콜라 공장 문을 따고 들어갈 열쇠가 있어."

미국대사관 근처를 삼엄하게 경비하며 돌아다니는 사복 체포조들로부터 의심을 사지 않기 위해 이정훈과 김영철이 즐거운 대화를 나누는 척한다.

"종로 소방서에 있는 사다리차가 문제를 풀어낼 열쇠야."

이정훈의 '사다리차' 단어를 들으며 김영철이 그의 말뜻을 이해했다.

"그래서 형이 나한테 1종 대형 운전면허 연습을 시켰군요?"

"영철아, 이제 무사고 운전을 할 때가 온 거 같다."

이정훈과 김영철이 종로 소방서 근처 지형 탐색을 끝낸 후 잠실 비밀 아지트로 이동한다. 거기서 이정훈이 그려놓은 미국대사관 부근 약도를 둘이 보고 있다.

"종로 소방서, 고가 사다리차는 최대 20m 높이까지 펼 수 있어. 탑승은 3명 정도 가능하고 최대 기립 각도는 55도야. 소방차를 우리가 탈취해서 영철이 니가 대사관 2층 베란다 쪽으로 사다리를 펼치면, 탑승구에 타고 있는 나랑 오훈이, 호진이가 대사관으로 들어갈 거야."

"제가 사다리차 운전을 해보니까, 소방차에서 최대 각도로 사다리가 올라가려면 뒤쪽 무게중심이 장난이 아니에요. 그걸 버티려면 사다리차 양쪽 바퀴에 있는 지지대를 펼쳐야 하는데 그게 10분은 걸려요. 그걸 어떻게 해결하죠?"

"그게 고민이야. 5분이면 경찰 특공대가 날아올 판인데 10분이면 우린 다 달린다[38]고 봐야지."

"정훈이 형, 대사관 건물 유리창은 방탄유리라고 하던데요? 누군가 안

---

38 달린다 : 경찰에 연행되다

에서 창문을 열어줘야 들어갈 수 있고요."

"그래서 우리를 맞이할 사람이 있지. 최지혜."

이정훈의 입에서 한 사람의 이름이 나왔다. 김영철은 오랜만에 들어보는 이름, 최지혜다.

"지혜 누나요?"

"그동안 지혜가 미국대사관 점거 택을 위해 운동도 포기한 척한 거야."

"아, 그것도 모르고 저는 잠시나마 지혜 누나를 미워했어요."

"나도 너를 원망한 적이 있었잖아."

"그러면 쌤쌤인가요?"

김영철이 심각한 대화를 하면서 즐거워한다.

"영철아, 코카콜라 이글 작전에 동원 가능한 보안 철저한 애들 모아봐! 덩치 크고 운동신경 좋은 애들로. 그리고 이번 건은 당연히 전원 구속이다."

"예, 알겠습니다."

이때, 비밀 아지트 현관문 벨이 울린다. 문 밖에서 여기 연립주택 소유

주인 아주머니의 목소리가 들려온다.

"미스터 킴! 반상회비 걷으러 왔어."

집주인이 이정훈을 '미스터 킴'이라고 부르는 것은 이정훈이 본명 대신 가명을 썼기 때문이다. 반상회는 동네 주민들이 한 달에 한 번씩 모여서 회의를 하는 건데, 전두환 정권의 주민 통제 방식이다. 지역에 사는 주민들의 신분을 다 파악하려는 수법이다. 이정훈이 현관문에 부착된 보안 렌즈를 통해 집주인인 걸 확인하고 문을 열어준다. 김영철은 방 안으로 들어가 숨는다.

"미스터 킴, 집에 있었네, 이번 달 반상회비 3천 원 내!"

이정훈이 천 원짜리 석 장을 꺼내 준다.

"여기 있습니다."

"그리고 회비만 내지 말고 반상회에도 참석해."

"예, 이번 달에 꼭 참석하겠습니다."

집주인이 반상회비를 받아서 간다. 이정훈이 외출하려고 와이셔츠를 입고 넥타이를 매며 김영철을 쳐다본다.

"지혜 좀 만나고 올게. 한 2시간 정도 걸릴 거야."

"예, 갔다 오세요."

이정훈이 떠나고 혼자 집에 남은 김영철이 사다리차 운전 교범을 꺼내 공부를 한다. 대입 시험을 앞둔 수험생이 최종 점검을 하는 모습이다.

37.
비밀 아지트가
적들에게 털리다

　이정훈이 비밀 아지트에서 나와 최지혜와 만나는 장소로 가기 위해 버스에 올라탄다. 잠시후, 잠실 슈퍼마켓 앞에서 아저씨가 손녀딸을 세발자전거에 태워 밀고 있는데 그 앞을 검은색 승용차가 과속으로 지나간다. 깜짝 놀란 아저씨가 그 승용차 뒤에서 욕을 해댄다. 잠실 비밀 아지트에서 김영철이 사다리차 운전 조작법 책을 보고 있는데 현관문 벨이 울린다. 김영철이 대답을 안 한다. 집에 아무도 없는 것처럼. 그러자 아까 반상회비를 걷어 갔던 여기 연립주택 집주인의 목소리가 아까와는 달리 톤이 높다.

　"미스터 킴, 안에 있어?"

　뭐가 급한지 현관문까지 두드린다. 김영철이 발뒤꿈치를 들고 살살 걸어가 현관문 보안 렌즈를 통해 바깥을 살핀다.

　"소포가 왔는데 문 좀 열어봐!"

집주인 손에 소포가 없다. 김영철의 심장이 덜컥 내려앉는다. 뒷걸음질 치면서 물러난 김영철이 유리창을 통해 1층 밖을 내다보니 건장한 남자들 서너 명이 보인다. 이때 집주인이 열쇠로 문을 열려고 한다. 김영철은 침착하게 미국대사관 약도가 그려진 전지를 떼어내고 라이터를 켜서 불태운다. 현관문이 열린다. 김영철이 의자를 집어 들어 베란다 유리창을 깨부순다. 경찰의 급습 사실, 흔적을 남기려는 것이다. 집으로 뛰어 들어온 수사관들에게 김영철이 저항하지만 금방 제압당한다. 팔이 등 뒤로 꺾인 채 손목에 수갑이 채워진다.

이정훈은 시내에서 최지혜를 만나 미국대사관 점거농성에 대해 논의를 하고 다시 비밀 아지트로 돌아온다. 슈퍼마켓 앞에서 잠시 걸음을 멈추고 손목시계를 본다. 저녁 6시 10분 전이다. 이정훈이 발걸음을 옮기려는데 슈퍼마켓 앞에 있는 공중전화 부스 유리가 박살 나 있다. 이게 뭐지? 불안함에 소름이 살짝 돋는다. 슈퍼마켓 아저씨가 이정훈에게 다가온다.

"아까 난리가 났어."

이정훈이 묻지도 않는데 아저씨가 말을 건다.

"난리라뇨?"

"몇 시간 전에 미스터 킴이 사는 연립주택에 강도가 들어서 경찰이 체포했는데 잡혀가던 강도가 갑자기 몸부림치는 바람에 여기 공중전화 유리가 다 부서졌어."

순간, 불온한 분위기가 사르르 이정훈의 발목부터 위로 올라온다. 목울대에 침이 걸려 넘어가지 않는다.

"그런데 지금 생각해보니 강도가 일부러 여기다 갖다 박은 거 같기도 하고. 경찰들한테 끌려가면서 뭐라 뭐라 소리 지르더라고."

탐정처럼 아까 벌어진 사건을 더듬어보는 아저씨에게 이정훈의 목소리가 떨린다.

"그 강도가 뭐라고 했는데요?"

"글쎄, 무슨 말인지 너무 무서워서 듣지를 못했는데, 덩치는 작고 눈만 아주 크고 얼굴도 여자같이 생긴 게 강도 같지는 않더라고."

주인아저씨가 연행된 강도의 인상착의를 말하는데 손녀가 정답을 말한다.

"할아버지! 내가 들었어. 그 강도가 이렇게 말했어."

손녀가 강도라는 사람이 경찰한테 연행 당시 했던 언행을 흉내 낸다.

"파쇼 정권 타도하자, 타도하자! 타도하자!"

손녀가 구호를 외치며 팔까지 높이 치켜든다. 이정훈은 찰나, 시간이 멈추고 심장도 멈췄다. 정보기관에 조직의 비밀 아지트가 발각된 것이다. 김영철이 이 사실을 이정훈에게 알리기 위해 공중전화 부스를 일부러 부순 거였다. 자신의 검거 사실을 이정훈과 조직원들이 알아차리고 도망가기를 바랐던 것이다. 슈퍼마켓 근처에 있는 사람들 모두가 수사관으로 보인다. 연립주택에서 저녁 6시가 되자 '오오~ 오우오우오우~ 오오~~' 하는 팝송이 환청처럼 들려온다. 이정훈의 양발이 땅에 고정되어버린 듯 움직이지 않는다.

'침착하자, 침착하자……'

이정훈이 가까스로 정신을 차린다. 일단 슈퍼마켓 안으로 들어간다. 연립주택 쪽에서 덩치가 큰 남자가 슈퍼마켓 쪽으로 걸어온다. 슈퍼마켓 아저씨가 그 남자를 보더니

"저 사람이네. 아까 강도 잡아갔던 경찰!"

이 말에 이정훈의 머리가 복잡해진다. 그리고 슈퍼마켓 아저씨한테 부탁한다.

"아저씨, 제가 영서 데리고 동네 한 바퀴만 돌고 올게요."

아저씨가 뭔 뜬금없는 소린가 이정훈을 쳐다보다가 허락한다.

"그렇게 해."

"영서야! 이리 와."

이정훈이 부르자 아저씨의 손녀가 강아지처럼 이정훈 품에 안긴다. 이 순간, 예의 없는 자에 의해 슈퍼마켓 문이 거칠게 열린다. 들어온 수사관이 아이를 안고 있는 이정훈은 의심하지 않고 바로 옆에서 물건을 고르던 대학생 차림의 남자에게 신분증 제시를 요구한다. 이정훈이 아이를 안고 천천히 밖으로 걸어 나가는데 식은땀이 비 오듯 쏟아진다. 길을 건너 건물 모퉁이를 돌고 난 후 아이를 내려놓았다.

"영서야! 너 여기서 집에 갈 수 있어?"

"응."

"그러면 아저씨한테 말해봐. 집에 어떻게 가는지."

"여기 건널목을 손 들고 건너서 저기 식당에서 오른쪽으로 가면 우리 집이잖아."

"딩동댕! 정답! 차 잘 보고 가야 하는 거 알지?"

이정훈이 호주머니에서 천 원짜리 지폐 한 장을 꺼내 아이 손에 쥐여준다.

"추석 세뱃돈이야."

"에이, 추석에 누가 세배를 해? 설날도 아닌데. 아저씨, 바보!"

아이가 안전하게 건널목을 건너서 슈퍼마켓으로 들어가는 걸 확인한 후 이정훈이 뛰기 시작했다. 어디로 뛰는지도 몰랐다. 숨이 턱까지 차오르고 심장이 터질 것 같다. 그러다가 발이 멈춰졌다. 무서웠다. 이정훈의 몸을 중심으로 360도 물샐 틈 없는 방향에서 공포가 목을 죄어왔다.

지난 가리봉 오거리 시위에서 시위대에게 진압 장비까지 뺏긴 서대문 경찰서 소속 소대장 5명을 불러놓고 경찰서장이 구둣발로 정강이를 차고 있다.

"이 새끼들아, 시위대한테 작살나게 깨진 가리봉이 전쟁터였으면 니들은 총살형이야. 방패랑 최루탄 발사기 다 버리고 도망치는 놈들이랑 총 버린 군인이랑 다를 게 뭐야?"

화가 안 풀린 경찰서장이 책상 위에 있는 커다란 책을 집어 들어 소대장들 머리를 한 대씩 후려갈긴다. 그 소대장들 중 한 명의 머리에서 피가 나자 그제서야 경찰서장의 구타가 중단된다.

"꺼져, 이 병신들아!"

소대장들이 경찰서장에게 경례를 붙이고 서장실을 나온다. 그중에 한 명, 최성식이 머리에 난 혹을 손으로 문지르면서 건물 밖으로 빠져나간다. 화가 머리끝까지 치밀어 오른 최성식이 씩씩거리고 있는데 전경 한 명이 다가온다.

"소대장님, 가리봉 오거리 시위 관련 지명 수배자입니다. 버스 안에 붙여놓으라고 합니다."

수배 전단을 받아본 최성식이 깜짝 놀란다. 지나가던 김용수도 그런 최성식의 행동을 보고 최성식 어깨 너머로 수배 전단을 보고 숨이 일순간 막힌다. 수배 전단에는 이정훈의 사진이 있기 때문이다.

「수배자 : 이정훈(서울대 공법학과 4학년 제적)

혐의 : 가리봉 오거리 폭력 시위 배후 조종자

현상금 : 2백만 원」

정신을 차린 최성식이 수배전단을 움켜쥔다.

"정훈이 이 새끼가 우리를 속였어. 우리를 통해 뭔가 정보를 얻으려고 일부러 동창회도 나오고 그런 거야. 아주 가증스러운 새끼!"

"정훈이가 뭘 속였다는 거야?"

"어쭈? 김용수! 너 지금 이 새끼 편드는 거야?"

"편이 아니라 정훈이가 뭘 속였다는 거야?"

"니가 뭘 안다고 정훈이 편을 들어? 너 이제 짭새 하다가 운동권 하려고? 미친 새끼! 주제를 알아야지. 꺼져, 이 새끼야!"

최성식의 얼굴이 붉으락푸르락해지자 김용수가 자리를 피한다.

잠실 연립주택 비밀 아지트에서 김영철을 체포하고 검은색 승용차가 강남대로를 달려가고 있다. 승용차 안에 있는 김영철은 검은 안대로 눈이 가려져 있다. 양손에는 수갑이 채워진 채 뒷좌석 가운데에 앉아 있는데 양옆으로 수사관이 있다. 체포 과정에서 격렬하게 저항한 김영철의 양팔은 시퍼렇게 멍이 들어 있다. 검은색 승용차가 반포대교를 건너 남산 3호 터널 쪽으로 향한다. 김영철이 속으로 심호흡을 하며 정신을 차리려 한다. 자신이 어디로 가고 있는지 알아내기 위해 귀를 세운다. 밖의 소음이 증폭된다. 터널을 통과하기 때문이다.

'도심 터널을 지나는 거 같은데. 1호 터널, 2호 터널, 3호 터널.'

터널을 통과한 차가 신호에 걸렸는지 멈춰 선다. 김영철이 몸을 살짝 움직이자 양옆에 있는 수사관들이 완력으로 김영철의 팔을 누른다. 와글와글 소리가 가려진 눈으로 보인다. 많은 사람들이 모여서 뭔가를 사고파는 거 같다.

'상인들 물건 파는 소리가 들린다. 시장이다. 남대문 시장?'

그러다가 들려오는 기차 기적 소리에 얼굴빛이 창백해진다.

'3호 터널을 지나 남대문 시장을 거쳐 서울역이면 남영동 대공분실?'

민주 인사들의 고문으로 악명 높은 치안본부 대공분실이 있는 곳이 남영동이다. 김영철의 예상대로 검은색 승용차는 남영동 대공분실 앞에 멈춰 선다. 정문 안을 가리고 있던 커다란 셔터가 좌우로 열리며 차가 들어간다. 차에서 내린 몸집이 작은 김영철을 수사관들이 양쪽에서 팔짱을 끼듯 들어 잡고 건물 안으로 들어간다. 검은 안대에 눈이 가려져 앞이 안 보이는 김영철이 위층으로 올라가는 거 같은데 기괴하다.

'왜 빙빙 돌아가는 거지?'

김영철이 공간 개념을 잃어버리자 공포감이 세차게 밀려온다. 대공분실 계단은 일반적인 계단이 아니라 꼬여서 빙글빙글 돌아 위로 올라가는 나

242

선형 철책 계단이다. 깊이를 알 수 없는, 폭풍 치는 바닷속으로 빠져드는 듯 끝 모를 무서움이다. 김영철의 다리 힘이 풀린다. 무릎이 꺾여 넘어지려는 김영철을 수사관들이 잡아채 올린다.

"아, 이 새끼, 아직 시작도 안 했는데 벌써 쓰러지네."

그런 김영철의 행동을 수사관들이 비웃는다.

김영철이 대공분실 5층 어느 방으로 끌려 들어가 의자에 앉혀진다. 눈을 가린 안대를 수사관이 풀어준다. 김영철이 커다란 눈으로 주위를 둘러본다. 이 방의 창문은 너무나 작게 뚫려 있다. 방음 장치가 있고 감시카메라도 천장에 달려있고 구석에는 욕조가 보인다. 그걸 보는 순간, 김영철의 오금이 저려온다. 수사관 하나가 김영철과 마주 보며 의자에 앉는다.

"영철아, 우리 퇴근 시간도 훨씬 지났다. 집에 가서 가족들이랑 밥도 먹어야 하고 너는 또 내일 학교에 가서 공부도 해야 하니깐 빨리 끝내고 가자."

수사관의 친절한 말투에 김영철이 뭐라 할 대답이 없다. 수사관이 대답 안 하는 김영철에게 화도 안 낸다.

"머리 좋은 애들은 시험 볼 때 출제자의 의도를 먼저 파악하잖아? 너희 서울대 애들은 똑똑하니깐 우리가 문제를 내기 전에 너는 우리가 묻는 문제의 답을 알고 있어. 그렇지?"

수사관이 김영철과 눈을 떼지 않고 있는데 김영철이 시선을 피한다.

"니가 아는 그 정답만 말하고 빨리 집에 가자."

"죄송하지만 무슨 말씀을 하는지 잘 모르겠습니다."

수사관의 부드러운 회유에 김영철이 모르겠다고 하는데도 수사관의 목소리는 부드럽다.

"성냥을 살 모르겠다?"

"예에, 무슨 말씀인지 정말 모르겠습니다."

수사관이 야릇한 미소를 짓는다.

"에이, '모른다'는 정답이 아니지. 운동권 투사들은 처음엔 그렇게 나오는 게 멋진 거야. 신념에 가득 찬 운동권 학생의 모습이거든. 좋다! 니 모습에 반했다. 그러면 질문을 구체적으로 할게. 정훈이 알지? 이정훈! 정훈이 잘 가는 장소만 말해줘. 날짜랑 시간도 필요 없어."

"정훈이 형은 아는데요, 정훈이 형이 잘 가는 장소는 제가 진짜 모르는데요."

"아~ 영철아, 똑똑한 서울대 애들이 질문하는 출제자의 의도를 파악하지 못하면 어떡하니?! 안타깝다."

수사관은 오랜 관록으로 김영철이 이정훈의 행방을 알고 있다는걸 알아챘다. 정말로 모르는 사람이랑, 알면서도 모른다고 잡아떼는 사람의 차이를 수사관들은 동물적 감각으로 안다. 수사관이 자리에서 일어서며 동료 수사관들에게 지시한다.

"그냥 쉽게 가자! 차분한 말투로는 도무지 대화가 안 된다. 물 받아라."

남영동 대공분실 복도

말이 끝남과 동시에 수사관들이 욕조에 물을 받는다. 물 받는 소리에 김영철 얼굴빛이 사색이 된다. 그걸 눈치챈 수사관이 김영철 코앞까지 다시 다가간다.

"우리도 이렇게까지 하고 싶지 않아. 자, 정훈이 잘 가는 데 한 곳만 말해줘."

어릴 때 놀다가 저수지 얼음이 깨져 물에 빠졌던 김영철은 세숫대야에 얼굴도 담그지 못할 정도로 물에 트라우마가 있다. 그것 때문에 움찔하는 김영철을 수사관은 수사에 협조하려는 걸로 착각한 것이다.

"영철아, 부탁 하나 하자. 니가 홀어머니 모시고 살면서 서울대 졸업하면 최소 5급 공무원부터야. 그러면 우리가 니 밑에서 헬렐레 하면서 일할지도 몰라. 그때 우리 잘 좀 봐주라. 오늘은 우리한테 협조 부탁한다. 자, 정훈이 어디 가면 만날 수 있지?"

이때 기차의 경적 소리가 들린다. 김영철이 그 소리를 고스란히 듣는다.

'내가 여기 도심 한복판에 잡혀 왔는데 사람들은 내가 여기 잡혀 온 걸 모르고 있다. 이걸 알려야 하는데……'

들리는 기차 경적에 되려 김영철은 절망감에 빠진다. 도심 한복판에 있는데 아무도 모르다니.

'다시 저 기차 소리를 들을 수 있을까?'

김영철이 욕조의 물이 넘치는 게 보인다.

"안 되겠다. 정훈이가 어디 가는지 기억이 잘 나게 시원하게 물 한번 먹자!"

수사관 두 명이 뒤에서 김영철의 팔을 꺾고 한 명은 김영철의 머리를 욕조 물속으로 밀어 넣는다. 어릴 적 서수지 얼음이 깨질 때 들었던 그 소리가 다시 들린다. 물속에서 나를 잡아당겼던 그 두려웠던 기억이 지금 김영철의 온몸을 손톱으로 긁어대고 있다. 물속에서 피비린내가 풍겨온다. 김영철의 기억이 선명해진다.

'디스코텍, 우산 속. 신촌 로터리에 있는 그 디스코텍 간판이 보인다. 말하고 싶다. 정말 다 불고 싶다. 하지만 말하지 않는 게 원칙이기 때문에 말해서는 안 된다.'

어머니의 얼굴이 떠오른다.

'어머니, 죄송합니다. 엄마……'

욕조 속 물거품이 심하게 올라오고 있다.

남영동 대공분실 철조망 쳐진 담벼락

38.
파쇼 정권에 살해당한
동지의 복수를 다짐하다

1986년, 을씨년스러운 한 해도 이제 달력 한 장 남았다. 연말 12월, 거리에는 대형 크리스마스트리가 설치되고 구세군의 자선냄비가 등장했다. 올해 들어 가장 추운 날씨지만 연말 분위기에 추위는 문제가 되지 않는다. 조명기구를 전문적으로 파는 가게가 즐비한 을지로 3가 환한 거리를 이정훈이 걷다가 미행이 붙은 걸 눈치챈다. 그래서 보행 속도를 줄이며 상황을 판단한다.

'적들은 내가 잘하는 게 뭔지 모른다. 가두시위 전술 택을 짜는 나는 서울 시내 지역을 택시 기사보다 더 빠삭하게 알고 있다.'

이정훈이 미행을 따돌릴 방법을 생각하며 사람들로 발 디딜 틈도 없는 세운상가 쪽으로 걸음을 옮긴다. 형사들의 추적을 따돌리기 좋은 장소다.

'징게친 세운 상가는 외부 계단으로 2층에 올라갈 수 있는 독특한 건물

구조다. 그렇기 때문에 일단 2층으로 올라서면 누가 따라오는지 알 수 있다.'

이정훈이 청계천 세운상가 건물 양 끝에 설치되어 있는 시멘트 계단으로 올라가서 아래를 슬쩍 내려다보니 형사 두 명이 어슬렁거린다.

'역시 곰[39]들이 붙었군. 이 계단은 천국으로 가는 Stairway To Heaven이야.'

이정훈은 예전 청계천 가두시위 택을 짤 때, 소아마비 시위 주동자와 여기 계단을 보며 '여기가 레드 제플린의 노래 '천국으로 가는 계단(Stairway To Heaven)'이라고.' 했던 말이 떠오른다. 미행 형사들과 일정 거리를 유지하며 이정훈이 세운상가 공중보도인 구름다리를 향해 걷는다.

'구름다리'라 부르는 이곳은 불법 복제 음반을 파느라 사람들이 득실거린다.

이정훈이 사람들 틈에 섞여 불법 복제 음반인 빽판을 고르는 척하자, 미행하는 형사 둘은 멀찍이 서서 누군가를 기다리는 척한다. 이때 불법으로 노상에서 물건을 판매하는 속칭 '삐끼'가 이정훈에게 접근한다.

"손님, 신품으로 좋은 거 나왔는데, 오케이?"

포르노 테이프를 사라는 것이다. 그런 삐끼를 보면서 이정훈이 좋은 꾀를 생각해낸다.

"저기 뒤쪽 전봇대 앞에 남자 두 명 보이죠? 그 사람들이 포르노 테이프 사러 왔다고 하던데요."

"아, 그래요? 감사합니다."

---

39 곰 : 형사를 비유하는 은어

삐끼가 이정훈의 말을 믿고 형사들에게 다가간다. 두툼한 파카를 입고 곰처럼 서 있는 형사 두 명에게 삐끼가 다정히 팔짱까지 낀다.

"아저씨, 테이프 사러 왔죠? 저 따라오세요."

그러다 보니 삐끼가 형사들의 시야를 막고 있다.

"야, 비켜, 미친 새끼야!"

"뭐어? 미친 새끼? 아, 씨발, 왜 반말을 하고 지랄이야?!"

"이 새끼가 뒤지려고 환장했나. 너 지금 공무 집행 방해하고 있어! 빨리 꺼져!"

삐끼가 형사와 실랑이를 벌이고 있을 때 중고 냉장고를 실어 나르는 리어카가 그들의 앞을 지나간다. 이때 틈을 놓치지 않고 이정훈이 세운상가 건물 안으로 잽싸게 몸을 피한다. 그리고 아래층에 있는 아세아극장 안으로 티켓을 끊고 들어간다. 형사들이 그제야 이정훈이 사라진 것을 알아챈다. 이정훈이 한숨 돌리며 상영관 의자에 앉는다. 영화 제목도 모르고 들어왔는데 마침 '겨울 나그네' 영화를 하고 있다. 예전 충무로 대한극장 앞 시위를 주도했던 학생과 이정훈이 보려고 했던 바로 그 영화다.

—— 정훈아, 니가 겨울 나그네 영화 보고 나서 나한테 스토리 얘기해주라.

영화감독이 꿈이었다는 시위 주동자가 했던 말을 기억해내며 이정훈이 혼잣말로 중얼거린다.

'그래, 빵에서 나오면 내가 꼭 얘기해줄게.'

이정훈은 피 말리는 수배 상태에서 오랜만에 느긋함에 젖는다. 영화를 몇 분 보다가 도피 생활의 피곤함에 스르르 잠이 든다.

거의 2시간이 지난 후 이정훈이 극장에서 나온다. 형사들이 자기를 찾다가 포기하고 돌아가기에 충분한 시간이다. 세운상가 1층으로 내려간다.

가전제품이 산더미처럼 쌓여 있는 세운상가 복도에 켜져 있는 수많은 텔레비전에서 KBS 9시 뉴스가 나오고 있다. 뉴스를 알리는 시그널 음악이 끝나고 첫 번째 소식을 전하는 앵커의 보도에 무시무시한 배경 음악까지 깔린다. 앵커가 입술을 혀로 적시고 첫 뉴스를 시작한다.

"어제 저녁 10시경, 치안본부 남영동 대공분실에서 대학생 한 명이 사망했습니다. 사망자는 서울대 영문학과 3학년 김영철 군으로, 지난주 발생한 가리봉 오거리 폭력 시위 배후 조종 혐의로 수배 중인 서울대생 이정훈의 행방을 묻던 경찰이 책상을 탁 하고 치자 김영철 군이 억 하고 쓰러졌다고 합니다. 경찰은 사망 원인을 심장마비로 보고 있습니다."

텔레비전을 통해 알게 된 김영철 사망 소식에 이정훈의 머리가 텅 비어버린다. 눈앞이 보이지 않는다. 지나가던 사람이 이정훈의 어깨를 세게 치고 지나가자 정신이 든다. 시선을 어디에 둬야 할지 모르겠다. 이정훈이 근처 화장실로 들어간다. 화장실로 들어간 이정훈이 문을 걸어 잠그고 변기의 물을 내린다. 물 내려가는 소리에 엉엉 운다. 이를 악물고 콧물, 눈물까지 흘린다.

그다음 날 서울대학교 도서관 앞, 대자보에는 김영철 사망 소식을 알리는 내용이 적혀있다. 학생들이 삼삼오오 모여서 그 대자보를 읽고 있다. 그 시간 법학과 사무실에서는 경찰의 프락치인 법학과 조교가 교수들에게 축하 인사를 받고 있다. 석사학위 논문이 통과된 것이다.

"논문 통과 축하해."

"감사합니다, 교수님."

"내년에 미국 유학도 간다면서?"

"네……."

조교에게는 더없이 기쁜 날이지만 그의 눈은 초점이 맞지 않는 듯 멍하다. 환청처럼 김영철의 목소리가 들려온다. 예전, 교수식당에서 밥을 같이 먹을 때, 김영철이 조교에게 했던 말이다.

— 조교님, 고맙습니다. 다음에 꼭 이 돈 갚겠습니다.

조교가 얼이 빠진 채 중얼거린다.

"영철아, 안 갚아도 돼."

— 아닙니다. 꼭 갚을 날이 올 겁니다.

그날 밤, 신촌에 위치한 디스코텍 '우산 속' 입구를 통과하는 사람이 있다. 캐주얼 스타일의 날라리 복장을 한 이정훈이다. 대학 입학 후 처음으로 디스코텍을 구경한다. 여기를 찾아온 것은 조직의 비밀 아지트가 경찰에 적발될 경우, 그날로부터 정확하게 3일 후 저녁 9시에 여기서 만나기로 후배들과 미리 정해 놓았기 때문이다. 김영철도 이 장소를 알고 있었다. 남영동 대공분실 수사관들이 원했던 답을 김영철이 끝내 말하지 않은 것이다. 경찰은 수배자들이 디스코텍에서 회합하리라 상상도 할 수 없다. 시끄러운 댄스음악이 이야기하기에도 좋았다.

디스코텍이 처음이라 두리번거리는 이정훈에게 웨이터가 다가온다. "아는 웨이터 있냐?"라는 물음에 이어 이정훈은 홀 구석 테이블로 안내된다. 하루 24시간 신경이 곤두서는 수배 생활이라 시끄러운 음악을 들으면서도 이정훈의 눈꺼풀이 처진다. 꾸벅꾸벅 졸기 시작한다. 이때 잠실 연립주택 비밀 아지트에서 저녁 6시만 되면 들려오던 그 팝송이 흘러나온다. 그 음악에 이정훈의 눈이 번쩍 뜨인다. 춤추는 스테이지 무대 위에서 안개가 뿜어져 나오며 김영철이 그 사이로 걸어 나온다. 이정훈이 손을 번쩍 들어 김영철을 반긴다.

"영철아!"

김영철이 이정훈 옆에 앉는다.

"영철아, 여기 디스코텍 알려주지, 왜 버틴 거야?"

"버티는 게 원칙이잖아요. 형, 우리에게 내일이 있을까요? 아마도 내일이 없다면 오늘 우리가 여기 있지 않을 거예요. 대학 입학하고 디스코텍도 한번 가보고 싶었는데 이렇게 오게 되네요."

김영철이 신기한 듯 디스코텍 내부를 살피는데 천장에 설치된 현란한 사이키델릭 조명 불빛이 들어온다. 이정훈도 잠시 눈이 멀었다가 눈을 뜨는데 김영철이 없다. 디스코텍 DJ가 비밀 아지트에서 저녁 6시마다 들려오던 팝송의 제목을 말해준다.

"오늘 우산 속 나이트를 찾아주신 레이디스 앤 젠틀맨에게 선사하는 뮤직은 발티모라의 타잔보이입니다."

디스코텍 디제이의 멘트에 이어 옹알이가 스피커를 빵빵 치면서 나온다. 마침내 노래 제목을 알아냈다. 그런데 이정훈은 왠지 알지 말아야 할걸 알아버린 듯 찝찝한 기분이다. 이정훈이 비통한 심정으로 중얼거린다.

"영철아, 이 노래 제목이 타잔보이래, 타잔보이!"

시간에 맞춰 후배들이 모두 모였다. 홀 구석에 있는 테이블에서 미국대사관 점거농성에 대해 회의를 시작한다. 음악 소리 때문에 잘 들리지 않지만 서로의 귀에 대고 얘기를 한다.

"소방차 몰 줄 아는 사람이 영철이밖에 없는데 정훈이 형 어떻게 하죠? 그나마 운전할 줄 아는 호은이는 감옥에 있고요."

"찾아보자고. 영철이의 죽음으로 민중의 분노가 끓어오르는 지금, 우리가 파쇼 정권의 마지막 남은 숨통을 끊어야 해!"

테이블 위에 놓여 있는 맥주를 이정훈이 후배들 잔에 따라준다. 그리고 비장하게 의미심장한 말을 꺼낸다.

"영철이 죽음에 이제 우리가, 아니 내가 답할 시간이 왔어. 한 시대와 함께 사라지는 것에 기꺼이 동의한 우리의 동지 영철이의 꿈을 우리가 꼭 실현하자!"

모두가 잔을 부딪친다. 눈에 눈물이 그렁그렁하다. 광란의 밤을 즐기는 젊은이들 사이에서 이정훈과 후배들은 새로운 조국의 희망을 꿈꾸고 있다.

39.
명동성당 추모집회

눈이 오려는지 하늘에는 푸른 기운이 하나도 없다. 아직 오후 시간인데도 하늘은 짙은 회색빛으로 변하고 있다. 오늘 명동성당에서, 고문 살해당한 김영철 열사 추모집회가 열린다. 전투경찰 수송 버스 수십 대가 명동성당 지역 전체를 에워싸고 있다. 을지로 입구에서 대기 중인 최성식 소대원들의 전투경찰 버스 안에 김용수가 앉아 있다. 예전에 전투경찰한테 뺏은 워크맨으로 팝송 '타잔보이'를 듣고 있다가 스톱 버튼을 누른다. 그리고 원래 소유주인 전경을 부른다.

"야, 니 거 가져가!"

김용수가 전경에게 워크맨 카세트를 돌려준다. 전경이 자기 물건을 돌려받으며 '저 새끼가 웬일이야? 사람 됐네' 하는 표정을 짓는다. 차 안에 부착된 시국사범 수배 전단을 김용수가 힘없이 쳐다본다. 그렇게 만나고 싶었고 좋아했던 고등학교 친구 이정훈이 범죄자가 되어 김용수와 눈을 마주치고 있다.

'정훈아, 밥은 먹고 다니니?'

눈이 붉어진 김용수가 다른 동료들이 볼까 봐 버스 밖으로 걸어 나간다. 연말연시 서울 시내 풍경은 화려하고 풍요롭지만, 김용수 마음은 오늘 하늘처럼 무겁고 착잡하다. 길 건너 고급 식당 건물에 'Merry Christmas & Happy New Year' 문구가 번쩍번쩍 점등되고 바로 옆 레코드숍에서 크게 틀어놓은 캐럴이 들려온다. 눈발이 날리는 건지, 점점 날은 어두워지고 있다. 바로 이 앞을 지나가던 시내버스 창문이 열리며 학생들이 밖으로 유인물을 뿌린다. 버스는 계속해서 달려간다. 바람에 휘날리며 뿌려진 유인물 한 장을 김용수가 수거한다. 그동안 학생들의 유인물을 수없이 압수하고 뺏었지만 한 번도 읽어보지 않았던 유인물을 오늘 처음으로 읽어본다.

"애국시민 여러분, 전두환 군사정권이 또 한 명의 소중한 생명을 뺏어갔습니다. 이 땅의 민주주의를 위해 싸워온 김영철 학생을 물고문으로 살해하고도 뻔뻔스럽게 자기 죄를 덮으려 합니다. 이 천인공노할 전두환 정권

에 맞서 우리가 이제 싸워야 합니다……."

김용수가 유인물을 다 읽고 가슴이 답답한 듯 하늘을 쳐다본다. 하늘이 내려앉았다. 김용수 머리 바로 위에 검은 구름이 내려오고 있다. 추모집회 시작은 6시다. 이 시간에 맞춰 전국 교회, 성당, 사찰에서 타종하기로 했다. 집회 시간이 가까워지자 학생들, 노동자들이 명동성당으로 몰려온다. 고문 치사당한 김영철의 얼굴이 그려진 대형 걸개그림이 명동성당 입구에 펼쳐 진다. 명동성당 마당에서는 그 전날부터 들어와 있던 학생들이 김영철을 추모하며 '꽃상여 타고' 노래를 부르기 시작한다.

"꽃상여 타고 그대 잘 가라. 세상의 모진 꿈만 꾸다 가는 그대, 이 여름 불타는 버드나무 숲 사이로, 그대 잘 가라 꽃상여 타고, 가슴에 돋는 칼로 슬픔을 자르고 어이어이 큰 눈물을 땅에 뿌리며, 그대 잘 가라 꽃상여 타 고……."

노래가 끝나갈 무렵 학생들이 외치는 반정부 구호와 함성이 명동 일대 를 슬픔과 분노로 뒤덮는다. 이에 전투경찰 소대장들의 명령이 하달된다. 기선을 제압하기 위해 사복 체포조들이 사과탄 안전핀을 뽑아 명동성당 쪽으로 다가오는 학생들을 향해 던졌다. 기다렸다는듯 시위 주동 학생의 메가폰 사이렌이 울린다.

"살인마 정권에 살해당한 김영철 동지의 피의 대가 쟁취하자!"

시위 주동자의 구호 '피의 대가 쟁취하자!'에 맞춰 명동성당 근처 건물 들에서 반정부 유인물이 쏟아져 내린다. 이와 동시에 '파쇼 정권 타도하고 민중공화국 수립하자!'라는 현수막을 학생들이 펼쳐 들고 스크럼을 짜며 두려움 없이 전투경찰들을 향해 다가간다.

합창처럼 "파쇼 타도! 민중공화국!"

'파쇼 타도! 민중공화국!'을 외치며 한 발 한 발 전진하는 시위대를 향해 전투경찰들의 최루탄 발사기가 위로 올라간다. '빠바바방' 하는 금속성 발사음과 함께 최루탄이 날아와 터지고 페퍼포그 차량에서 소위 말하는 '지랄탄'이 발사됐다. 검은 하늘 아래, 하얀색의 최루 가스가 퍼져가면서 명동성당 건물이 시야에서 사라졌다. 곧이어 뿌연 거리에 겨울바람이 불어오자 최루 가스가 점점 옅어지면서 불꽃들이 분노의 눈동자처럼 번쩍거리기 시작한다. 전투소조들이 화염병에 불을 붙인 것이다. 불붙은 화염병 수십 개가 불꽃을 길게 늘어뜨리며 날아가 전투경찰들 방패에 부딪힌다. 곧이어 전투소조인 각목조가 사생결단의 자세로 전투경찰들의 방패를 강타하기 시작한다. 예전 같으면 시위를 구경하다가 최루탄 한 방만 터져도 도망치던 시민들이 끝까지 자리를 지키며 학생들에게 박수를 쳐준다.

물러서지 않는 시위대를 향해 소대장 최성식이 최루탄 직격 발사를 명령한다. 전투경찰들이 시위대 쪽에 직격탄을 날린다. 그걸 맞고 쓰러지는 시위대, 그러나 도망가지 않는다. 다시 일어나 전투경찰들 앞으로 걸어간다. 이에 당황한 최성식이 사복 체포조들에게 시위 주동자 체포를 명령하지만, 김용수를 비롯한 사복 체포조들이 발을 떼지 못한다. 지금 그들은 끝모를 분노가 용광로 쇳물처럼 이글이글 끓어 오르고 있는 것을 두 눈으로 보고 있기 때문이다.

직격 최루탄이 터지며 인마 살상용 파편이 도로에 나뒹굴자 분노한 시민들이 스스로 보도블록을 깨서 전경들을 향해 던진다. 곧이어 전투소조들이 온몸으로 전투경찰들의 방패에 부딪히자 전투경찰들의 시위 진압 대형이 무너지고 그들은 시위대에게 등을 보이며 도망치기 시작한다.

이내, 명동성당에서 퇴중을 한다. 저녁 6시다. 김영철의 죽음을 애도하는 종소리가 묵직하게 울려 퍼졌다. 명동성당 근처를 지나가던 차들도 6시에 맞춰 경적을 크게 계속 울려댔다. 이날 KBS 보도국에서 9시 뉴스 방송을 준비하던 앵커에게 보도국 국장이 종이 한 장을 건넨다.

"국장님, 이게 뭐예요?"

앵커의 물음에 보도국장이 무미건조하게 대답한다.

"위에서 내려온 보도지침!"

앵커가 건네받은 종이를 보며 내용을 읽는다.

"명동성당에서 벌어진 추모집회의 폭력성과 시민들 피해를 부각시킬 것……. 이거 매번 너무한 거 아니에요? 제가 앵무새도 아니고, 지금 시민들 분노가 들끓고 있는데 시민들 피해라니요?"

"앵커 그만하고 싶어?!"

보도국장의 이 한마디에 앵커가 씩씩거리고만 있다. 잠시 후, 9시 뉴스 시그널 음악이 나가고 뉴스 보도가 시작된다.

"오늘 저녁 6시, 명동성당에서 발생한 고 김영철 학생 추모집회에서 벌어진 폭력 시위에 검찰은 엄정 대처하겠다고 발표했습니다. 현장에서 체포된 학생 52명과 시민 4명에 대해 구속영장을 발부했고 향후 벌어지는 시위에 대해서 적극 가담자는 물론 단순 시위 가담자도 구속수사를 원칙으로 하겠다고 발표합니다. 또한 화염병 제조, 투척자는 실형에 처하고……."

연말의 흥청거리는 분위기는 공장 집결 지역인 가리봉 오거리도 예외가 아니다. 크리스마스 캐럴이 흘러나오고 트리가 장식된 술집과 식당에 손님이 북적거린다. 그러나 늦은 저녁 시간에도 퇴근하지 못하고 노동자들이 일하는 공장이 많다. 이정훈의 친구 전철성이 근무하는 태흥전자도 수출 물량 납부 마감일에 쫓겨 잔업을 한다. 전철성이 지게차로 물품 박스를 나르고 있다. 이정훈이 그걸 보고있다. 안경도 벗고 빵모자를 쓰고 최신 유행하는 점퍼를 입고 있다. 이정훈이 전칠성이 운전하는 지게차를 유심히 본다.

'내가 칠성이한테 몹쓸 짓을 하는 건 아닐까?'

이정훈이 전칠성이 근무하는 공장 앞에서 그냥 여기를 떠날까 말까 고민하고 있다. 퇴근한 전칠성이 공장 앞에 서 있는 이정훈을 향해 손짓을 한다.

"정훈아, 내가 하지 않겠다고 하면 보안이 새는 거잖아?"

가리봉 오거리 다방에서 이정훈과 전칠성이 마주 보고 앉아있다. 크리스마스트리가 장식되어 있지만 싸구려인지 조명 불빛이 일정하게 반짝거리지 않는다. '내가 하지 않겠다면 보안이 새는 거다'라는 전칠성의 얘기에 이정훈이 아무 말도 하지 못한다. 전칠성이 곰곰이 생각하다가 짧게 그러나 단호하게 자기 결심을 밝힌다.

"할게!"

그러자 이정훈이 전칠성의 손을 잡는다.

"칠성아, 고맙다."

"나는 그거만 맡으면 되는 거지?"

"응, 그런데 이번 택은 백 퍼센트 전원 구속이 될 거야. 칠성이 니 역할이 크기 때문에 실형이 나올 수도 있어."

"그래도 주동자인 너보다는 징역 오래 살지 않겠지?"

전칠성이 환하게 웃는다. 이정훈이 슬픈 표정으로 함께 웃는다.

"내가 할 줄 아는 대형 일종 지게차 운전이 민주화운동에 도움이 된다고 생각하니 신나는데?"

그러다가 전칠성이 다방에서 켜놓은 TV에서 흘러나오는 뉴스에 말을 멈춘다.

—— 다음 주 토요일에 예정된 제2차 고 김영철 학생 추모집회가 열릴 남영동 치안본부 대공분실 일대를 전국 경찰 병력 삼만 명이 원천봉쇄할 예정입니다. 이날 남영역, 숙대입구역에는 지하철이 서지 않고 그냥 통과하고, 검찰은 시위 현장에서 체포된 사람들은 전원 구속영장을 청구할 방침입니다.

이정훈과 전칠성은 다방 화분에 걸쳐진 크리스마스트리의 불규칙한 조명 불빛을 보니 불안한 마음이 더욱 쿵덕거린다.

40

사라진 최지혜의 흔적들이
나타나다

미국대사관에서 근무하던 최지혜가 온데간데없이 사라지자, 최지혜의 아버지와 어머니는 이날부터 백방으로 딸의 행방을 수소문하고 다녔다. 그 바람에 아버지가 회사 일에 전혀 신경을 쓰지 못해서 회사는 부도 직전이다. 1988년 서울 올림픽이 열리던 해, 서울 시내 어느 고등학교에서 영어를 가르치는 여선생이 있다. 이 여선생이 바로 최지혜의 아버지와 함께 국회의원 권민수 사무실을 방문한 사람이다. 수업이 끝나고 쉬는 시간에 여선생과 최지혜 부모님이 운동장 벤치에 앉아 있다.

"서울대학교 영문학과 교수님을 찾아갔다가, 선생님이 학교 다닐 때 지혜랑 가장 친하던 과 친구라고 해서 찾아왔습니다. 바쁘신데 미안합니다."

"아버님, 말씀 낮추세요."

"내 딸이 미국대사관에 취직해서 다니다가 86년 12월 21일부터 집에 안 들어왔어요. 벌써 2년이 넘었습니다."

"지혜가 근무했던 사무실은 가보셨나요?"

"가봤는데 미국대사관은 일반인 출입통제구역이라고, 지혜가 일했던 사무실을 못 들어가게 합니다."

여선생이 잠시 고민하다가 감춰뒀던 사실을 말해준다.

"아버님, 지혜가 학생운동 했던 거 아세요?"

"학생운동이라면 데모?"

최지혜의 아버지가 깜짝 놀라며 애써 부정한다.

"걔는 절대 그런 거 할 애가 아니에요. 뭐가 부족해서 그런 걸 해요?"

최지혜 부모가 최지혜의 친구인 여선생을 만났을 때 대통령이 노태우였는데, 어느덧 세월이 흘러 최지혜의 집 거실 TV에서 김영삼 대통령 해외 순방 관련 뉴스가 흘러나오고 있다. 최지혜의 아버지와 어머니가 멍하니 TV만 쳐다보고 있다.

"지혜가 살아 있으면 결혼도 하고 애도 낳고 했을 텐데……. 당신은 알고 있었어? 지혜가 데모하는 거."

"아니요. 전혀 몰랐어요. 간혹 옷에서 최루탄 냄새가 나긴 했지만, 그거야 그 당시가 워낙 데모가 심했던 때라."

"김영삼이 대통령 되면서 민주 정부가 수립됐다는데, 이게 뭐야? 우리 가족이 왜 이 고통을 받는 거야?"

최지혜의 아버지가 탁자 위에 있는 양주를 병째로 벌컥벌컥 마신다.

"당신, 먹지도 못하는 술 그만 드세요."

"말리지 마! 술이라도 안 마시면 미칠 거 같아서 그래."

아버지를 말리던 어머니가 기침을 심하게 한다.

"당신, 병원 가봐야 하는 거 아니야?"

"괜찮아요. 혹시 우리 지혜가 단순 실종이 아니고 데모 관련이라면 지혜 친구가 말해준 민가협인가 하는 단체를 찾아가 봐야 하지 않을까요?"

어머니의 제안에 아버지가 답답한 얼굴 표정이다.

그리고 며칠 후, 민가협(민주화실천가족운동협의회) 사무실에서 최지혜의 어머니와 아버지가 간사와 상담하고 있다.

"서울대 83학번 영문학과 최지혜라고 했죠? 잠시만요. 학생운동 자료 찾아볼게요."

간사가 잠시 자리를 뜨자 최지혜 부모는 사무실 한쪽 벽에 부착된 민주 열사 사진을 보다가 의문사, 실종자 사진에 숨이 터억 막힌다. 특히 어머니는 심장에 마비가 오는지 손바닥으로 자기 가슴을 탁탁 친다. 잠시 후 간사가 돌아온다.

"최지혜 학생이 학생운동을 한 근거가 없네요. 구속되거나 구류를 살았던 기록도 없고요."

이 말에 아버지는 다행이라면서도 얼굴이 초조해진다.

한국에서 월드컵이 개최되는 2002년, 최지혜의 부모 집이 이사를 한다. 부유하던 집이 아버지 사업체의 부도로 은행에 넘어갔다. 최지혜의 방에서 짐을 포장하는 인부들이 입은 티셔츠에 'Be the Reds' 글씨가 적혀 있다. 짐을 나르는 인부가 최지혜 아버지에게 묻는다.

"여기 책들은 어떻게 할까요?"

"한 권도 빼지 말고 전부 챙겨주세요."

"따님이 공부를 잘하나 봐요. 서울대학 책이네요?"

인부가 최지혜 방 책꽂이에 빼빼이 꽂혀 있는 대형 책꽂이를 잡아당기는데 뒤쪽에 공간이 보인다. 거기서 두툼한 서류 봉투가 발견된다. 누가 봐도 숨겨놓은 모양새다.

"책꽂이 뒤에 이런 게 있네요."

인부가 서류 봉투를 아버지에게 건네준다. 아버지가 서류 봉투를 열어본다. 그 안에는 미국대사관 점거농성 관련 약도와 이정훈이 스케치한, 최지혜를 포함한 사회문화연구회 회원들의 얼굴이 그려진 그림이 들어 있다. 서류 봉투를 든 아버지의 손이 덜덜 떨린다. 1986년에 미국대사관 점거농성 직전, 이정훈이 최지혜에게 맡겨놓은 것이다.

최지혜 아버지와 어머니가 이사간 곳은 서울 외곽 지역의 단칸방이다. 그 방의 대부분을 차지하는 것은 최지혜의 대학 시절 전공 서적이다. 켜놓은 TV에서 2002년 서울 월드컵 개막식을 중계하고 있다. TV 카메라가 관중석에 앉은 김대중 대통령을 비춘다. 그걸 보고 최지혜 아버지가 비웃듯 조롱한다.

"세상 좋구나. 빨갱이 김대중이가 대통령 될 줄은 꿈에도 몰랐는데, 월드컵까지 보다니…… 그런데 세상은 좋아졌는데, 왜 내 딸은 돌아오지 않는 거야?"

아버지가 울분을 토하지만, 어머니는 말할 기력도 없다. 병색이 완연하다. 아버지는 이사할 때 발견한 서류 봉투 안에 있던, 최지혜가 포함된 사람들의 그림을 유심히 쳐다본다.

"우리 지혜랑 같이 있는 이 친구들이 누구지? 얘들이 누군지만 알면 지혜를 찾을 거 같은데……."

"그거 갖고 민가협에 다시 한 번 가보죠?"

최지혜의 아버지가 그 그림을 소중하게 다시 서류 봉투 안에 넣는다.

시청 앞 광장을 가득 메운 사람들이 월드컵 축구 단체 응원을 하고 있다.

"대한민국 짝짝짝짝짝!!!"

최지혜의 부모는 응원하는 사람들 옆을 무관심하게 지나쳐 힘들게 어디론가 걸어간다. 민주화운동실천가족협의회 간사가 사무실을 또다시 찾아온 최지혜 부모를 알아보고 반갑게 맞아준다.

"또 오셨네요."

"바쁘신데 우리가 귀찮게 해서 미안합니다."

"아닙니다."

"저 혹시……. 이 그림 가운데 있는 애가 제 딸인데요. 옆에 있는 사람들이 누군지 알 수 있을까요?"

최지혜의 아버지가 서류 봉투 안의 그림을 간사에게 보여준다. 간사가 그 그림을 자세히 보다가 눈이 동그래진다.

"따님이 서울대학교 다녔죠?"

"네, 맞습니다."

"따님 옆에 있는 사람이 김영철 열사 같은데요?"

"누구요? 김영철 열사요?!"

아버지는 자기 딸 옆에 있는 사람이 누군지 알게 되어서 기뻐하다가 열사라는 단어에 팔다리가 마비되는 느낌이다.

"1986년에 고문 치사당한 김영철 열사가 맞네요. 저기 사진 보세요."

상담 간사가 가리킨 벽에 걸려 있는 김영철 열사 사진과 그림 속의 얼굴이 똑같다. 최지혜 어머니는 반가운 마음에 김영철 사진을 보러 가다가 그만 쓰러진다.

119 구급대 차량에 실려 최지혜 어머니가 병원 응급실에 도착한 후 어머니는 병원에 입원한다. 최지혜 아버지가 옆에서 간병하고 있는데 6인용 입원실 TV에는 전직 대통령 전두환이 골프 라운딩을 하면서 동반자들과 희희덕거리는 장면이 나온다. 아버지가 어머니에게 절망적으로 묻는다.

"우리 딸과 친한 영문학과 후배라는 김영철이 고문당해서 죽었으니 이제 어디 가서 알아봐야 하지?"

"여보."

어머니가 아버지 물음에는 대답하지 않고 차분하게 입술을 오므렸다가 연다.

"그러고 보니 김영철 학생 죽었을 때가 생각나네요. 나라가 온통 데모하느라 난리가 났는데 우리는 그때 일본에 가족여행 갔잖아요."

어머니의 기억에 아버지가 그때를 힘겹게 떠올린다.

"지혜가 그때 호텔 방에서 울고 있기에 내가 왜 그러냐고 물으니까, 아는 사람이 억울하게 죽었다고 하는 거예요. 왜 우리가 그때 지혜 얘기를 들어주지 않고 야단만 쳤을까요?"

아버지 눈시울이 붉어진다. 그리고 떨리는 목소리가 입에서 신음처럼 흘러나온다.

"그러네. 그때 내가 화만 냈던 거 같아. 우리 지혜가 얼마나 속으로 아팠을까. 광주에서 사람도 죽이고 나쁜 짓을 많이 한 전두환이는 지금도 떵떵거리고 살면서 골프 치면서 가진 돈이 29만 원밖에 없다고 하는데, 착한 젊은이들이 민주주의 하자고 저항하다가 감옥 가서 죽고 그럴 때 난 뭘 하고 있었던 거야?"

아버지가 주먹까지 움켜쥔다. 아버지의 두 눈에 눈물이 고인다.

2015년의 서울대학교 교정, 학생회관 건물에는 '취업특강', '재즈 페스티벌' 등의 현수막이 걸려 있다. 그 건물을 둘러보는 70대 중반의 노인이 있다. 최지혜의 아버지다.

"입학할 때 지혜랑 여기서 사진도 찍었는데……."

지푸라기라도 잡는 심정으로 실종된 딸의 흔적을 찾아 헤매는 최지혜 아버지가 교정 한구석에 있는 묘비를 발견하고 그 묘비를 쳐다본다. 그 묘비에는 '이정훈 열사', '김영철 열사'라는 이름이 적혀 있다. 아버지가 그 묘비 앞에서 모자를 벗고 고개를 숙인다. 눈을 감으며 두 젊은이의 명복을 진심으로 빌어준다. 그리고 일주일 후, 최지혜 어머니가 사망했다. 병원 장례식장에서 최지혜 아버지가 조문객을 혼자 맞고 있다. 최지혜의 영문학과 동기인 여선생이 조의를 표한다. 그리고 조심스레 말을 한다.

"아버님, 제가 알아봤는데요. 국회의원 중에 권민수라고 있어요. 그 사람이 지혜랑 같은 조직에서 학생운동을 했다고 하네요. 그 사람은 지금 힘이 있으니까 지혜가 왜 사라졌는지 알아낼 수 있을 거예요."

박근혜가 국정 농단의 주범으로 구속되어 서울 구치소에 갇힌 날, 최지혜 아버지가 여선생과 함께 권민수 의원을 찾아간다. 여선생은 권민수에게 의문사항을 물어본다.

"의원님! 궁금한 게 있는데요. 1986년에 남영동 대공분실 앞에서 김영철 열사 추모집회를 하기로 했다가 왜 갑자기 미국대사관 점거농성을 한 거죠?"

여선생의 질문에 권민수가 바로 답을 해준다.

"이게 다 정훈이가 만들어낸, 상상을 초월한 '택' 전술이에요."

"정훈이면 서울대 이정훈인가요?"

여선생 질문에 권민수가 맞다고 고개를 끄덕인다.

41

빠져나갈 수 없는
자살 '택'을 짜다

1986년 한 해도 이제 막바지다. 새해까지 남은 날이 열흘이다. 송구영신 (送舊迎新) 한 해를 마무리하는 직장인들이 퇴근 시간, 바쁘게 오가고 있다. 이 시간, 김영철이 고문 치사당한 치안본부 대공분실이 있는 남영역 앞에 한 사람이 서 있다. 이정훈이다. 퇴근길에 눈이 내리기 시작한다. 교통 혼잡이 예상될 정도로 많은 눈이 쏟아붓기 시작한다.

'시위 주동자들을 위해 택을 짜주던 내가 이제 시위를 할 택을 짠다. 영철이가 죽은 장소에서 시위를 할 것이다. 전술은 기습 시위 방식이 아니라 공개 시위다. 그러면 이곳 남영동으로 서울 시내 전투경찰 병력이 총집결할 것이다. 이제 파쇼 정권과 한판 대결을 할 시간이다. 절대 서로 피할 수 없는 싸움이다. 어떤 식으로든 나는 성공시킬 것이다.'

굳은 결심을 하며 이정훈이 대입 개수학원들이 있는 거리에서 주위를 둘러본다.

'차도가 너무 넓다. 양쪽에서 학생들이 스크럼을 짜기에는 위험하다. 차량의 속도도 빠르다.'

이정훈이 금성극장 쪽으로 걸어가다가 높은 건물을 발견하고 거기로 들어간다. 건물 옥상에서 남영동 일대가 훤하게 보인다. 전체 지형을 살피기에는 옥상만큼 좋은 곳이 없다. 이정훈이 망원경을 꺼내 지형물을 일일이 확인한다. 강추위에 장갑도 끼지 않고 맨손으로 망원경을 잡고 있다. 손이 무척 시리다. 그러나 이건 이정훈에게 아무 문제도 되지 않는다.

그런데 지금 이정훈 말고 또 다른 사람이 맞은편 고층 건물에서 망원경으로 거리 동태를 파악하고 있다. 이정훈의 망원경이 그쪽을 향한다. 그러다가 서로의 신분이 확인된다. 옥상에 설치된 대형 광고 간판 형광등 불빛에 서로의 얼굴이 드러난 것이다. 최성식이다. 김영철 사망 이후 남영동에서 대규모 가두시위가 벌어질 것은 불을 보듯 뻔하다. 이에 최성식이 지역 탐사를 하고 있는 것이다. 이정훈이 최성식의 시선을 피하지 않는다. 최성식이 한 손을 슬쩍 내려 허리춤에 찬 무전기 스위치를 켠다. 이정훈이 알아채지 못하게 입술을 작게 움직여 무전 교신을 한다.

"금성극장 쪽 방향 박카스 광고판 있는 건물 옥상에 수배자 출현."

실룩거리는 최성식의 입 모양을 간파한 이정훈이 니가 꼼수 부리는 걸 알고 있다는 듯 손까지 한 번 들어준다. 이에 당황한 최성식이 망원경을 밑으로 내린다. 그러다가 다시 올려 보는데 이정훈이 시야에서 사라졌다.

다음 날, 점심시간 무렵에 강남의 우면산을 산행하는 젊은이들이 있다. 등산복 차림은 아니지만 나름 등산하기 위해 모인 사람들 같다. 이정훈과 조직의 후배들이다. 겨울철이라 지나가는 사람이 드문 약수터에서 후배들과 '코카콜라 이글작전' 가두시위를 모의하고 있다.

"다들 이해했지?"

"네, 알겠어요. 그런데 미국대사관 건물에는 미 해병대가 상주해 있다고 하는데, 우리가 들어가면 총을 쏘지 않을까요?"

"그거야 들어가 봐야 알겠지."

"우리가 점거에 성공하더라도 특수부대가 투입되겠죠? 헬기 타고 날아오는 거 있잖아요."

"그것도 나중에 고민할 문제겠지."

이정훈이 낙관적인 대답만 한다.

"그런데 정훈이 형, 미국대사관 점거 택은 가두시위는 퇴로가 없어요. 퇴로가 없으면 자살 택[40]이에요."

"걱정하지 마. 퇴로는 내가 현장에서 만들 거야."

오늘따라 이정훈 얼굴이 편해 보인다.

"우리 여기까지 올라왔는데 약수나 한잔하자."

이정훈이 먼저 플라스틱 바가지로 약수를 받아 마신다.

"야호는요?"

"야호는 내가 수배 중이니까 이번엔 참자. 그 대신 다음에 꼭 하자."

이정훈과 모의를 끝낸 후배들이 '야호' 외치는 건 생략하고 산을 내려간다.

최성식이 경찰서 내무반에서 자기 소대 사복 체포조들에게 선심 쓰듯 뭔가를 발표한다.

---

40 자살 택 : 빠져나갈 곳이 없어 100% 체포를 각오한 시위전술

"이번 주말 남영동 대공분실 근처에서 대규모 시위가 있다. 수배 중인 이정훈이 나타날 것이다. 꼭 체포해서 현상금도 받고 승진도 하기 바란다."

그런 최성식을 보는 김용수가 입맛이 쓰다.

우면산에서 내려와 각자 뿔뿔이 헤어지는 이정훈과 후배들. 잠실 지역 비밀 아지트가 적들에게 발각되는 바람에 수배 중인 이정훈은 떠돌이 신세가 됐다. 여관은 경찰의 불심검문 때문에 숨어 있기가 쉽지 않다. 그래서 주로 심야 영업을 하는 만화방에서 밤을 보낸다. 이정훈이 거리를 걷다가 공중전화를 발견하고 고향집에 전화를 건다. 어머니의 가는 목소리가 수화기 너머에서 들려온다.

—— 여보세요?

이정훈이 아무 말도 안 한다.

—— 여보세요? 말씀하세요.

매서운 겨울 칼바람에 이정훈의 눈동자가 비수가 꽂히듯 아려온다. 이정훈이 흔들리는 어깨를 진정시킨다. 어머니가 본능적으로 아들의 전화임을 알아챈다. 어머니의 목소리가 갑자기 커진다.

—— 정훈아, 우리 아들 정훈이 맞지? 정훈아, 밥은 먹고 다니는 거지?

이정훈이 혹시 있을 전화 도청으로 자기 위치가 파악될까 봐 수화기를 내려놓는다. 그러고는 슬픔을 떨쳐내려는 듯 입술을 깨문다. 붉어진 눈이 빨간색 공중전화를 한동안 쳐다본다.

민주화운동 단체에서 공표한 '김영철 열사 추모 시위' 날이 밝아왔다. 12월 맹추위가 기세등등하다. 남영역, 숙대입구역이 폐쇄됐다. 사람들이 이 역에서는 아예 타지도 내리지도 못한다. 지하철이 그냥 통과하는 것이다. 그뿐만 아니라 남영동 대입 재수학원가, 성남극장, 금성극장 앞 버스 정류장에는 시민들의 모습이 보이지 않고 사복 체포조들만 우글거린다. 남영동 대공분실로 진입하는 길은 경찰이 바리케이드를 쳐서 아예 차량들이 들어오지 못한다. 남영동 일대에 학생들은커녕 지나가는 시민도 몇 명 보이지 않는다. 얼마 전에 검찰이 발표한 시위 참가자 전원 구속 엄포에 시위대가 위축된 것이다.

그래도 남대문 시장 쪽에 집결한 시위대가 차도로 뛰어들어 스크럼을 짜며 남영동으로 향한다. 시위대 등장에 남대문 경찰서 앞에 주차해 있던 전투경찰 버스에서 전경들과 사복 체포조들이 내려온다. 곧바로 전경들이 쏘아대는 최루탄에 학생들이 화염병은커녕 돌멩이도 제대로 던지지 못한다. 기세등등해진 사복 체포조들이 시위대를 향해 달려오자 시위대 스크럼은 깨지고 도망치기 시작한다. 그 모습을 보고 최성식의 얼굴에 야릇한 미소가 번진다.

"오합지졸 같은 놈들, 이게 바로 우리의 힘이다."

남대문 시장 쪽으로 도망쳤던 시위대가 다시 서울역 쪽에 집결하여 구호를 외치면 사복 체포조들이 달려오고 뒤로 밀려갔다 다시 오는 양상을

반복한다. 이 와중에 시위대 사이에서 주동급 학생들이 조용히 다른 오더를 전한다.

"삼백에 미대사관."

3시에 미대사관으로 집결하라는 뜻이다.

"동선 파악 안 되게 다들 개별적으로 천천히 빠져."

학생들이 남영동에서는 시위를 벌이지 않고 서울역 광장 앞에서 전투경찰을 상대로 치고 빠지는 전술만 반복하고 있는데 시위대의 숫자가 점점 줄어든다.

이런 시위 전술을 눈치 못 챈 경찰은 시위대 전원을 몰아내려는 듯 페퍼포그 가스 차량까지 동원하여 지랄탄을 쏘아댄다. 서울역 앞 고가도로가 보이지 않을 정도로 시야가 최루 가스에 가려졌다. 오늘따라 겨울바람도 불어오지 않아 연기가 좀처럼 가시지 않는다. 최성식이 방독면을 낀 상태로 진압 장면을 보고 있다가 불길한 생각이 든다.

"누가 봐도 오늘은 큰 싸움인데 너무 고요하다. 여수 앞바다 태풍이 오기 전, 잔잔한 물결을 보는 기분이다. 혹시⋯⋯."

최성식이 예전 학생운동 세력들이 신설동 로터리에서 가두시위를 안 하고 치안본부를 기습적으로 타격했던 때를 떠올렸다. 손이 떨린다. 추위 때문이 아니다. 최성식이 무전기로 현재 상황을 상부에 긴급히 보고한다.

"시위대 숫자가 줄어드는 거 같습니다. 서울역 앞 시위대 움직임 확인 부탁합니다. 서울역 시위대 동선, 확인바람!"

잠시 후, 날아온 경찰 헬기 한 대가 서울역 인근에 모여 있는 시위대의 머리 위를 맴돈다.

42.

작은 불씨 하나가
광야를 불사르리라!

남영동 일대에 시위 진압을 위해 집결해 있는 전투경찰 소대장들은 치
안본부 헬기로부터 긴급 무전을 받고 깜짝 놀랐다.

"뭐라고요? 시위대 숫자가 늘어나는 게 아니라 점점 줄어들고 있다고 요? 학생들 움직이는 방향은요?"

시위에 참여한 학생들은 경찰이 눈치 못 채게 미국대사관이 있는 광화 문 쪽으로 모여든다. 남영동 시위대가 광화문으로 모여들기 시작할 무렵, 봉고차 한 대가 이순신 장군 동상을 지나 미국대사관 옆 도로로 우회전해 서 들어간다. 이 차를 운전하는 사람은 전칠성, 조수석에는 이정훈, 뒷좌석 에는 후배들이 타고 있다. 이정훈과 후배들은 등산용 배낭을 메고 있다. 미 국대사관 정문은 경비원들이 철통 경비를 하고 있다. 그 옆길에는 미국 비 자 발급을 위해 인터뷰하려는 사람들이 길게 줄 서 있다. 이 사람들 틈에 학생운동 세력도 끼어 있다. 대사관 건물 2층에서 누군가 창밖을 보고 있 는데 최지혜다. 방탄유리로 된 창문은 잠겨 있다. 그래서 밖에서는 창문을 열 수도 없고 부수는 것도 불가능하다.

종로 소방서에서 조금 벗어난 곳, 공중전화 부스 앞에 봉고차가 멈춘다. 거기서 내린 이정훈의 후배가 공중전화로 전화를 건다.

"종로 소방서죠? 지금 정동교회에 불났습니다. 빨리 와주세요."

통화를 마친 후배가 시동을 끄지 않고 주차 중인 봉고차 안으로 들어온 다. 차 안의 모든 사람들이 초조하게 기다리고 있다. 이정훈이 손목시계를 본다. 3시 5분 전이다.

미국대사관 비자 발급 사무실 벽면에 부착된 시곗바늘도 3시 5분 전을 가리키고 있다. 비자 발급을 받으려는 학생에게 미국 영사가 영어로 묻는 다.

"미국에 아는 사람이 있는가?"

"큰아버지가 샌프란시스코에 살고 계십니다."

"학생운동으로 구류를 산 적이 있는데 반미 시위를 어떻게 생각하는가?"

미국 영사의 질문에 인터뷰하던 학생이 사무실 시계를 쳐다본다. 3시다. 그걸 확인하고 학생이 당당하게 어깨를 편다.

"미국은 광주 학살로 정권을 장악한 전두환 정권에 대한 지원을 즉각 중단하고 자신들이 광주 학살의 배후 조종자였음을 밝히지 않으면 한국에서 반미 시위는 광야를 불사르는 들불처럼 일어날 것이다."

고분고분하던 학생이 갑자기 영어로 반미 선동을 하자 미국 영사가 당황한다. 학생이 곧이어 자리에서 일어나 구호를 외친다.

"장기 집권을 획책하는 전두환 정권에 대한 미국의 지원을 즉각 중단하라!"

그러자 한국 경찰이 들이닥친다.

미국대사관 길 건너편 세종문화회관은 연말을 맞아 유명 오페라 공연을 하고 있다. 그 공연을 보려고 줄 서 있는 사람 중에 서울대학교 법학과 조교의 모습이 보인다. 여자 친구랑 팔짱을 끼고 있다. 그 바로 뒤에는 광화문 시위를 주동할 학생이 서 있다. 훗날 국회의원이 된 권민수다. 오후 3시에 맞춰 권민수가 메가폰 사이렌을 울린다. 이 바람에 앞에 서 있던 법학과 조교가 깜짝 놀란다. 이정훈이 짜놓은 시위 전술 '택'에 따라 권민수가 세종문화회관 계단을 걸어 내려오자 주위에 있던 학생들이 유인물을 뿌리며 구호를 외친다.

"전두환 정권 지원하는 미국은 지원을 즉각 중단하라!"

권민수와 시위 학생들이 세종문화회관 앞 도로까지 내려오자 서울역 쪽에서 은밀하게 이농해 온 시위대가 합류한다. 미국대사관 정문을 지키던 전투경찰 버스에서 사복 체포조들이 나오기 시작한다. 전혀 예상치 않은 상황에서 벌어진 거리 시위를 법학과 조교가 지켜보고 있다.

'정동교회 화재 신고'를 접수한 종로 소방서 소방대원들이 출동하려고 1층으로 뛰어나온다. 그리고 소방차에 시동을 건다. 기다리던 소방차 시동이 걸리자 봉고차 안에서 모두 나온다. 그들은 조직폭력배처럼 쇠파이프를 손에 들고 있다. 출동하려는 소방차를 이정훈의 후배들이 가로막는다. 이 중 후배 한 명이 소방차 운전석 문을 열며 정중히 부탁한다.

"정말 죄송합니다. 이 땅의 민주화를 위해 소방차를 빌리겠습니다."

"니네들, 뭐야?!"

갑자기 나타난 학생들을 향해 소방차 운전기사가 묻는데 대답 대신 쇠파이프가 소방차 옆 유리창을 박살 낸다. 학생들 위세에 겁이 난 소방대원들이 소방차에서 내린다. 그러자 전칠성이 잽싸게 소방차 운전석에 올라탄다. 이정훈과 후배들도 소방차에 소방관처럼 매달린다.

"칠성아! 바로 저기 담벼락에 갖다 붙여!"

미국대사관 담벼락으로 전칠성이 소방차를 몰고 가지만 소방차가 워낙 커서 덜컹덜컹하며 담벼락을 쭈욱 긁어댄다. 세종문화회관 앞에서 시위가 발생하고 서울역 쪽에서 몰려온 학생들이 광화문 도로를 점거하는 바람에 경찰이 미국대사관 뒤쪽을 신경 쓰지 못한다. 이정훈이 경찰의 시선을 따돌리기 위한 전술 택을 짠 것이다. 소방차가 등장하자 미국 비자 신청하러 줄 서 있던 학생들이 소방차 옆으로 달려와 전투소조 역할을 한다. 봉고차에 실려있는 쇠파이프로 무장하고 소방차를 보호한다.

세종문화회관 앞 시위는 빠르게 진압당하고 있다. 일선 경찰서 사복 체포조와 달리 미대사관을 지키는 사복 체포조들은 무술 유단자들로 구성되었다. 남영동 시위에 참여했던 학생들이 하나둘 빠져서 광화문으로 간 것을 뒤늦게 눈치챈 전투경찰 버스 수십 대가 미국대사관을 향해 과속으로 질주한다. 그 차량 중 한 대에 최성식과 김용수가 타고 있다. 미국대사관 앞에서 벌어진 시위로 대사관 직원들과 내부 경비원들이 정신이 없을 때, 최지혜가 2층 베란다 창문을 열어놓는다. 그리고 이정훈이 나타나기를 기다린다.

탈취한 소방차 사다리 탑승구에 이정훈이 올라타려 하자 전칠성이 말린다.

"정훈아, 지지대를 내리지 못하면 안 돼! 사람 무게 때문에 사다리가 뒤로 넘어갈 거야. 먼저 지지대를 내려야 해!"

전칠성이 소방차 사다리를 미대사관 2층 베란다 쪽으로 뻗기 위해서 지지대를 내리려 하는데, 쉽게 작동되지 않는다.

"아, 이게 왜 안 내려가지?"

전칠성이 지지대를 내리기 위해 노력하는데 안 된다. 그러자 이정훈이 다른 방법을 생각해낸다.

"칠성아, 지지대 포기하고 봉고차를 소방차 뒤쪽에 바짝 갖다 붙여봐."

전칠성이 봉고차로 달려가는데 미국대사관 정문의 사복 체포조들이 소방차를 발견하고 소리친다.

"저 새끼들 잡아!"

사복 체포조들이 달려오자 시위대 전투소조들이 쇠파이프를 휘두르며 접근을 필사적으로 막는다. 사복 체포조들도 학생들이 쇠파이프로 덤비는 게 처음이라 뒤로 물러선다. 그 틈을 타서 전칠성이 봉고차를 그대로 소방차 뒤쪽에 들이박는다. 앞쪽 범퍼가 완전히 찌그러진다. 이정훈의 생각대로 봉고차가 소방차 뒤쪽에 무게를 잡아준다. 전칠성이 다시 소방차에 올라타자 이정훈이 다급히 외친다.

"사다리 올려!"

전칠성이 기계를 작동하자 사다리가 펼쳐지기 시작한다. 하지만 다 펴지지 못하고 미대사관 2층 베란다 난간에 못 미친다. 작동이 멈추고 움직이지 않는다.

"칠성아, 조금 더 올려봐."

"뒤에 무게가 실리지 않아서 더는 안 올라가."

전칠성의 얼굴이 울상이 된다. 이정훈이 더 이상 시간을 끌어서는 안되겠다고 판단하고 사다리를 잡고 올라간다. 이정훈 한명이 올라탔는데도 사다리가 휘청거린다. 자칫 뒤로 넘어갈 수도 있다. 그러자 이정훈이 후배들에게

"소방차 뒤에 올라타!"

후배들 다섯 명이 봉고차가 받치고 있는 소방차 뒤쪽에 올라탄다. 그러자 무게중심이 어느 정도 잡히고 이정훈이 사다리 탑승구로 올라간다.

쇠파이프를 휘두르는 전투소조에게 접근하지 못하던 사복 체포조들이 사과탄 안전핀을 뽑아 학생들 얼굴을 향해 던진다. 터진 사과탄 파편이 학생들 얼굴에 그대로 박힌다. 어떤 학생은 눈에 파편이 박혔는지 아스팔트 바닥에 그대로 쓰러진다. 전투소조들의 저항을 물리친 사복 체포조들이 소방차로 달려온다. 그런데 달려온 사복 체포조들이 소방차 뒤쪽에서 학생들과 뒤엉키는 바람에 뒤쪽에 무게가 더 실린다. 사복 체포조들이 지지대 역할을 해준 것이다. 이 틈을 놓칠세라 이정훈이 후배 두 명에게 손짓한다.

"빨리 올라와!"

소방차 안에 있던 두 명의 후배도 이정훈이 있는 탑승구로 들어온다.

그러자 전칠성이 사다리를 위로 올린다. 미국대사관 2층 베란다를 향해 사다리가 조금씩 올라간다.

최성식이 지휘하는 전경 버스가 광화문 이순신 장군 동상 앞에 도착한다. 세종문화회관 쪽 시위대를 보며 무엇을 노리고 여기서 시위를 하는지 알아내려고 주위를 둘러보던 최성식의 눈에 미대사관 건물이 들어온다. 최성식이 사복 체포조들을 부른다.

"미국대사관 뒤쪽!"

그러면서 최성식이 먼저 뛰어간다. 그 뒤를 김용수와 사복 체포조들이 따라간다.

김용수가 철책이 쳐 있는 미국대사관 담벼락 위로 소방차의 사다리가 걸쳐있는 걸 달려가면서 본다. 그러다가 뛰던 발이 그대로 멈춰버린다. 반가운 얼굴을 사다리 탑승구에서 봤기 때문이다. 이정훈이다. 그리고 소방차 운전석에 앉아 있는 전칠성도 발견했다. 김용수 입에서 '정훈아……'라는 이름이 신음처럼 흘러나오는데 최성식의 날카로운 목소리가 귓가를 때린다.

"저 새끼들 끌어내!"

사다리가 올라가면서 이정훈은 미국대사관 2층 유리창 너머의 최지혜 얼굴을 본다. 열려 있는 유리창을 통해 최지혜가 사무실 라디에이터에 묶어놓은 밧줄을 이정훈에게 내려준다. 이정훈이 이 와중에도 최지혜를 향해 잘했다고 엄지손가락을 치켜준다. 이정훈이 위에서 내려온 밧줄로 사다리를 묶는다. 이제 위에서도 버틸 힘을 얻었다.

달려온 최성식이 소방차 운전석에 앉아 있는 전칠성의 얼굴을 무전기로 강타한다. 그러나 전칠성이 작동 장치를 놓치지 않고 끝까지 버틴다. 사복 체포조들이 소방차 뒤쪽에 있던 학생들을 끌어내기 시작한다.

"이제 들어가자."

이정훈이 탑승구에 있는 후배들과 함께 미국대사관 2층 난간으로 올라서려는데 최지혜 등 뒤로 경비원들이 보인다. 최지혜가 묶어놨던 밧줄이 풀려버린다. 그리고 2층 유리창도 닫힌다. 소방차 뒤쪽 무게중심을 지탱해주던 전투소조 학생들이 체포되자 사다리가 뒤로 넘어간다. 사다리뿐 아니라 소방차 전체가 뒤로 넘어가려는 순간, 이정훈은 2층 난간으로 뛰어 올라 에어컨 실외기를 가까스로 잡는다. 탑승구에 있던 후배 두 명은 사다리가 뒤로 넘어가면서 그대로 밑으로 추락한다.

이정훈의 시위 전술 계획대로라면 미국대사관 안으로 들어가 농성을 벌여야 하는데 이제 그럴 수가 없다. 이정훈이 2층 난간을 돌아서 미국대사관 정문 쪽으로 걸어간다. 세종문화회관 앞 시위대는 거의 다 진압당했다. 이정훈이 메고 있던 배낭에서 현수막을 꺼내 미대사관 정문 출입구 밑으로 내린다.

—— 장기 집권 획책하는 전두환 정권 지원을 미국은 즉각 중단하라!

이정훈이 메가폰 사이렌을 울린다. 이정훈의 등장으로 세종문화회관 쪽에서 시위를 구경하던 시민들이 술렁거린다.

"미국대사관을 점거했네."

오페라 공연을 관람하기 위해 줄 서 있던 법학과 조교가 이정훈을 발견한다. 미국대사관 2층 난간에 이정훈이 나타나자 전투경찰 버스들이 미국대사관을 에워싸기 시작한다. 시위 진압 병력 대부분이 그쪽으로 빠지자 학생들이 다시 하나둘 세종문화회관 앞으로 모여든다. 이정훈이 메가폰에 입을 갖다 댄다.

"애국시민 여러분! 저는 전두환 독재 정권에 의해 억울하게 죽은 김영철 열사가 죽어가면서 지켜준 이정훈이라는 사람입니다. 애국시민 여러분, 김영철 열사가 저를 끝까지 지켜준 이유는 무엇일까요? 그건 우리 모두가 평등하게 사는 세상, 민중이 주인 되는 세상을 만드는 것이 김영철 동지의 작은 소망이었기 때문입니다."

미국대사관은 치외법권 지역이라, 미국의 허락 없이는 한국 경찰이 최루탄도 함부로 발사할 수 없다. 그렇기 때문에 전투경찰들도 이정훈의 이야기를 듣고 있을 수밖에 없다. 여기에 최성식과 김용수도 포함되어 있다.

"내년 대통령 선거를 앞두고 전두환은 장기 집권 음모를 꾸미고 있습니다. 이를 막아내기 위해서는 우리 민중이 똘똘 뭉쳐 우리의 힘으로 전두환 정권을 타도해야 합니다. 김대중, 김영삼으로 대표되는 야당이 우리의 희망이 아닙니다. 민중의 힘으로 전두환 정권을 타도하고 민중이 주인 되는 세상을 만들어야 합니다."

이정훈의 강렬한 연설에 시민들 몇몇이 박수를 보낸다. 그리고 세종문화회관 쪽에서 시위 학생들이 반정부 구호가 적힌 현수막을 다시 펼쳐 들고 나타난다. 전투소조들이 화염병과 각목을 꺼내 전투 대형을 형성한다. 근처 신문사 기자들이 미대사관 점거 소식을 듣고 나타나 사진기 셔터를 계속 누르고 있다. 이정훈이 메가폰으로 힘차게 구호를 외친다.

"미국은 전두환 정권 지원을 즉각 중단하라!"

이정훈의 구호 선창에 맞춰 시위대들도 구호를 함께 외친다. 이때 미국대사관 백인 경비원들이 2층 난간에 나타난다. 이정훈을 체포하기 위해서다. 이정훈이 그들을 향해 비장하게 영어로 말한다.

"Come any closer and I'll set myself on fire!(접근하면 분신하겠다!)"

이성훈이 배낭에서 휘발유 시너통을 꺼내 머리에서부터 시너를 붓는다.

신고 있던 신발 안까지 시너가 흘러 들어간다. 이정훈의 단호함에 겁먹은 경비원들이 뒷걸음질치며 건물 안으로 들어간다. 이정훈의 이런 행동이 무엇을 의미하는지 아는 시민들이 비명을 지른다. 사복 체포조 김용수도 자기도 모르게 소리친다.

"정훈아, 그러면 안 돼!"

시너를 뒤집어쓴 이정훈이 살을 에는 듯한 겨울바람을 맞으며 입김을 불어본다. 생애 마지막 호흡인 듯 천천히 내뱉어 본다. 메가폰을 다시 치켜든다.

"애국시민 여러분! 전두환 정권에 의해 억울하게 살해당한 김영철 동지의 죽음을 헛되이 하지 맙시다. 1980년 광주에서 무고한 시민 2천여 명이 전두환에 의해 살해됐습니다. 이 잔인무도한 살인마 정권의 학살을 미국은 미리 알고 있었습니다."

경찰 헬기 3대가 미국대사관 건물로 날아온다. 실탄을 장전한 K2 소총을 멘 경찰 특공대원들을 헬기가 미국대사관 옥상에 내려놓는다. 헬기에서 줄을 타고 내려온 것이다. 경찰 특공대 등장에도 시위대 스크럼은 흩어지지 않고 점점 더 미국대사관 쪽으로 다가간다. 모여드는 시위대를 보면서 이정훈이 마지막 결심을 한다.

"이제, 퇴로는 내가 만든다."

마지막 유언을 하듯 이정훈이 잠시 눈을 감았다가 뜬다. 라이터를 든 오른손을 높이 치켜든다. 그리고 메가폰 없이 외친다.

"자! 노동자, 농민, 학생, 시민 모두가 힘을 모아 전두환 파쇼 정권의 완전한 타도 투쟁으로 나아갑시다! 민중이 주인 되는 세상을 만듭시다!"

옥상에서 경찰 특공대원들이 이정훈에게 총을 겨누며 '양손을 높이 들라'고 명령한다. 경찰 특공대원들을 쳐다보고 나서 이정훈이 몸에 불을 붙인다. 불길이 온몸을 휘감는다. 기도를 통해 뜨거운 화염이 들어오지만 마지막 힘을 모아 처절하게 호소한다.

"파쇼 정권 타도하고 민중공화국 수립하자!"

온몸에 불이 붙은 이정훈이 밑으로 떨어진다.

43.
유언

일제 강점기 독립운동가의 후손, 고등학교 시절 주위 가난한 친구들의
아픔을 함께한 친구, 엘리트 코스를 밟아 출세가 보장된 대학생, 그러나 민
중이 주인 되는 새로운 세상을 만들려고 하던 이정훈의 몸뚱이가 숯덩이

로 변했다. 그의 분신자살을 두 눈으로 목격한 시위대의 움직임이 일순간 멈췄다. 시간도 멈췄다. 사복 체포조 김용수는 경악한 눈으로 입을 벌린 채 서 있다. 서울대 법학과 조교는 그 자리에 털썩 주저앉는다. 이정훈이 외친 마지막 구호 '파쇼 정권 타도하고 민중공화국 수립하자'는 유언이 되었다.

미국대사관 백인 경비원들이 달려 나와 불타고 있는 이정훈 몸에 소화기를 뿌린다. 주체할 수 없는 슬픔이 목구멍으로 치밀어 노여움으로 변한 시위대가 꿈틀거린다. 각목을 든 남학생들이 그대로 미국대사관 정문으로 달려간다. 그들을 막아서는 전투경찰의 방패를 분노로 타격한다. 어떤 두려움도 없는 눈빛의 대학생들 각목에 전투경찰 방패가 갈라지고 전경들이 뒷걸음질친다. 사복 체포조들이 곤봉을 빼들지만, 분노한 시위대는 그들을 향해 달려든다.

길가에 있던 시민들도 그냥 달려든다. 사복 체포조의 뒤통수를 후려친다. 전투소조가 떨어뜨리고 간 화염병을 시민들이 주워들어 자기가 라이터 불을 붙여 전투경찰들을 향해 던진다. 시위대가 외치는 구호가 피울음이 되어 전경과 사복 체포조 들의 가슴을 서늘하게 만든다. 이정훈의 죽음의 긴긴 그림자가 광화문 앞에 드리운다. 이 넓은 광화문 앞을 지나가는 차가 한 대도 없다. 시위대들이 파쇼 정권의 하수인 전투경찰, 사복 체포조 들을 몰아냈다. 이정훈이 죽음으로 돌파해낸 것이다. 그의 말대로 퇴로가 없는 미국대사관 점거농성을, 그는 자신의 몸을 불살라 퇴로를 만들어낸 것이다.

광화문 도로가 해방구가 된 날, 이정훈의 고향에서 숫돌에 낫을 갈던 이정훈의 아버지가 손을 베인다. 낫이 잘 드는지 손가락을 슬쩍 대보다가 손을 베인 것이다. 평생을 농사꾼으로 살아오면서 이런 적이 없었는데……. 이정훈의 아버지가 불안한 마음으로 주위를 살핀다.

강남 고속버스터미널 매표소 TV 앞에서 시민들이 KBS 9시 뉴스를 시청하고 있다. 뉴스 앵커가 이정훈의 분신자살 소식을 전하고 있다.

 ── 지난 가리봉 오거리 폭력 시위 배후 혐의로 경찰의 수배를 받아오던 서울대생 이정훈 군이 오늘 미국대사관 건물을 점거하고 시위를 벌이던 중 분신자살을 했습니다. 경찰 조사에 의하면 이정훈 군은 평소 가난한 가정 형편을 비관해왔으며 최근에는 여자 친구와 헤어지면서 극심한 신경쇠약에 시달려왔다고 합니다.

사실을 왜곡하는 앵커의 뉴스 보도에 시민들의 목소리가 높아진다.

"왜 죄 없는 학생들이 죽어야 하는 거야? 우리 아들딸들이 저러고 있는데 우리는 뭘 하는 거야!"

이정훈의 비밀 아지트가 있었던 잠실 연립주택 슈퍼마켓 아저씨도 미국대사관 점거농성 뉴스를 보다가 분신자살한 이정훈의 사진을 본다.

"저… 저 착한 학생이 죽다니……. 세상이 잘못됐어!"

손녀가 TV에 나온 이정훈을 알아보고 훌쩍인다.

"할아버지, 무서워……."

이 시간, 최지혜 부모는 집에서 오늘 벌어진 미국대사관 점거농성 시위를 TV 뉴스로 보고 있다. 미국대사관 건물에서 온몸에 불이 붙은 채 떨어지는 이정훈의 모습이 그대로 나온다. 최지혜의 아버지가 쌍욕을 해댄다.

"저, 미친 새끼! 저거, 저거……. 근데 지혜가 오늘따라 너무 늦네."

최지혜의 어머니는 충격적인 사건에 심장이 뛰는지 TV 화면을 더 이상 쳐다보지 못한다.

KBS 저녁 9시 뉴스를 마친 앵커가 보도국장실로 들어간다.

"국장님."

앵커가 국장 앞에 서 있다. 그런 그에게 별 관심 없다는 듯, 보도국장이 앵커는 쳐다보지도 않고 켜놓은 TV를 보면서 묻는다.

"왜에?"

"지금 학생들이 죽어가는데 더는 이 짓 못 하겠습니다!"

"이 짓이라니? 앵커 그만하고 싶어?!"

이 말에 앵커가 보도국장을 향해 뉴스 원고를 집어 던진다. 그리고 보도 국장실을 나간다.

미국대사관 시위로 연행된 학생들이 전투경찰 버스 통로에 무릎 꿇고 있다. 사복 체포조 한 명이 후배 전투경찰들에게 명령한다.

"커튼 쳐!"

연행된 학생들을 구타할 때 밖의 시민들이 못 보게 하려는 것이다. 후배 전경들이 커튼을 치려 하자 김용수가 손을 내젓는다.

"커튼 치지 마!"

동료 사복 체포조가 '이 새끼가 왜 이러지?' 하면서, 무릎 꿇은 학생의 머리를 헬멧으로 내려친다. 김용수가 동료 사복 체포조에게 다가간다.

"학생들 때리지 마!"

"뭔 소리야? 이 새끼들 때문에 우리가 뺑이 친 걸 생각하면⋯⋯."

그러면서 동료 사복 체포조가 학생을 또 때린다.

"때리지 말라고 했잖아!"

김용수가 동료 사복 체포조 얼굴에 주먹을 날린다. 동료가 쓰러진다. 그러자 뒤에서 이 상황을 지켜보던 최성식이 고함을 친다.

"너 지금 뭐 하는 거야?!"

김용수가 최성식의 얘기는 듣지도 않고 전경들에게 소리친다,

"잡혀 온 학생들 때리지 마!"

"이 새끼가 미쳤나······."

최성식이 김용수의 어깨를 잡아챈다. 뒤돌아선 김용수가 최성식을 노려본다.

"미친놈은 바로 너야!"

"어쭈? 너는 지금 상관 명령 불복종이야! 이 병신 같은 새끼가!"

최성식이 김용수를 한 대 치려 하자, 최성식의 팔을 김용수가 꽈악 잡는다.

"너는 지금 미안하지도 않냐? 정훈이한테 미안하지도 않냐고?!"

고함을 치는 김용수의 눈에서 눈물이 흐른다. 김용수의 살벌한 눈빛에 겁이 난 최성식이 가만히 있다. 김용수가 버스 문을 발로 박차고 나간다. 뛰기 시작한다. 뛰는 속도가 점점 빨라진다. 뛰어가면서 사복 체포조 상의와 가죽 장갑을 벗어 던진다. 한참을 뛰어가던 김용수가 길거리 레코드숍에서 정수라의 노래 '아! 대한민국'이 스피커를 통해 나오자 걸음을 멈춘다.

　　── 원하는 것은······ 무엇이건 될 수가 있어······. 아아~ 우리 대한민국

　　　　······사랑하리라~

김용수가 그 스피커를 발로 걸어차 박살 낸다. 그리고 땅바닥에 주저앉아 오열하기 시작한다.

44.
이제 더 이상
'택'을 짜지 않는다

이정훈의 시위 전술 '택'에 따라 시위를 주동했던 학생들과 노동자들이 수감되어 있는 교도소에 비상이 걸렸다. 교도소 감방 문을 학생들과 노동자들이 구호를 외치며 발로 차고 있다.

"이정훈 열사의 피의 대가 쟁취하자!"

미국대사관에서 분신자살한 이정훈의 소식을 전해 들은 학생들과 노동자들이 식사를 거부하고 단식투쟁을 하고 있다. 가리봉 오거리 시위를 주동한 노동자, 대한극장 앞에서 시위 주동을 한 영화감독이 꿈이었던 학생, 남대문 시장 시위를 주동했던 의예과 학생, 청량리 로터리 시위에서 끝까지 저항했던 시위 주동자, 세운상가 시위를 주동한 소아마비 주동자, 그리고 신설동 로터리에서 교통사고를 당한 이화여대 시위 주동자가 교도소에서 옥중 투쟁을 벌인다. 특히 청량리 시위 주동기는 시사뿐만 아니라 물조

차 거부하며 울먹이고 있다.

"정훈아, 내가 석방되면 니가 김형곤 흉내 내주겠다고 약속했잖아. 그런데 죽기는 왜 죽어."

이정훈의 죽음을 비통해하며 수감 중인 학생들이 감방 문을 차대자 일반 재소자들까지 동조한다. 교도관과 교도대원들이 일반 잡범들뿐만 아니라 조직폭력배까지 감방 문을 부서져라 차대자 섣불리 진압에 나서지 못한다.

이화여대 시위 주동자가 감방 안에서 카랑카랑하게 구호를 외친다.

"이정훈 열사의 피의 대가 쟁취하자!"

이에 수감 중인 학생, 재소자 들도 따라 외친다. '쟁취하자!'의 격렬한 구호가 교도소 복도를 따라 흘러나온다. 이화여대 시위 주동자가 신설동 가두시위에서 당한 교통사고 때문에 다리를 절뚝이며 감방 문을 발로 힘껏 걷어찬다.

"이정훈 열사의 뜻 이어받아 파쇼 정권 타도하고 민중공화국 수립하자!"

그러고는 주저앉아 흐느끼기 시작한다. 서울대학교 입학식 때 이정훈과 신림동 중국집에서 만난 의예과 시위 주동자가 운동가요를 나지막하게 부르기 시작한다.

　　——어두운 죽음의 시대, 내 친구는 굵은 눈물 붉은 피 흘리며 역사가 부른다. 멀고 험한 길을 북소리 울리며 사라져 간다. 친구는 멀리 갔어도 없다 해도 그 눈동자 별빛 속에 빛나네. 내 맘속에 영혼으로 살아 살아 이 어둠을 사르리 사르리……

　혼자 부르기 시작한 노래가 합창이 되었다가 마지막에는 통곡이 되었다. 교도대원들 중 몇 명은 상관 눈치를 보며 눈물을 훔치고 있다.

　서울대학교 이정훈 학생의 분신자살 소식이 전해진 가리봉 오거리, 이정훈의 8월 15일 노학 연대 투쟁 가두시위 때 적극적으로 동조했던 공장들 건물 밖으로 검은 만장이 걸려 있다.

　　——노동자의 영원한 벗, 이정훈 열사의 정신 계승하여 노동해방 쟁취하자!

　이 시간, 명동 YMCA 건물 앞에 신문, 방송 취재 차량이 몰려와 있다. 서울대학교 법학과 조교가 양심선언을 하고 있다. 조교가 고개를 푹 숙이고 고백을 한다.

　"저는 그동안 치안본부 대공과의 프락치로 활동하며 후배 김영철을 죽음으로 몰아넣었고, 그뿐만 아니라 분신자살한 이정훈의 행방을 그들에게 보고하면서……."

　조교가 말을 잇지 못한다.

　이정훈의 죽음 이후 학생운동 세력들은 더 이상 거리 시위 전술, 택을 짜지 않는다. 학생들의 억울한 죽음과 자기희생의 모습을 목격한 시민들이 스스로 떨쳐 일어섰다. 그리고 그들이 발붙여 사는 생활 터전에서 동료들과 시위 전술 '택'을 자연스럽게 형성하여 전두환 군부독재 정권과 싸웠기 때문이다. 1987년 6월 10일. 이 날은 시민들 스스로 택을 짜고 처음으로 싸운 날이다.

대통령을 직접 뽑는 직선제 개헌을 수용하지 않겠다는 전두환 정권의 발표에 분노한 시민들이 명동 일대에 모였다. 1987년 6월, 항쟁이 시작되었다. 넥타이를 맨 직장인들까지 힘을 합해 시위를 벌였다. 장사를 포기하고 남대문 시장 상인들이 보도블록을 깨서 돌멩이를 학생들에게 전달해주고 있다. 그토록 시위가 벌어지지 않던 강남 지역 고속버스터미널 앞에서도 시민들이 반정부 구호를 학생들과 함께 외치고 있다. 시민들의 자발적 시위 참여에 전투경찰, 사복 체포조 들은 속수무책으로 거리에서 무장해제 당하고 있다.

마침내 민중의 투쟁에 겁먹은 전두환이 1987년 6월 29일에 직선제 개헌을 받아들이겠다고 항복한다. 그러자 민중의 혁명 의지가 '직선제'라는 개량적 슬로건에 가라앉는다. 김영철, 이정훈 열사가 그렇게도 바라던, 파쇼 정권의 완전한 타도 후에 민중이 주체가 되어 만드는 새로운 사회, 민중공화국으로 나아가지 못한 것이다.

그렇지만 노동자 계급은 1987년 7월 억압의 쇠사슬을 끊고 역사의 주체

로 그 모습을 드러냈다. 울산의 현대중공업 노동자들이 포크레인, 지게차 등을 앞세우고 거리 시위를 벌인다. 마산과 창원에서도 거대한 노동자 시위대가 거리를 휩쓸고 지나갔다. 그리고 가리봉 오거리에서도 노동자들이 스크럼을 짜고 전두환 파쇼 정권의 하수인 전투경찰들과의 싸움을 두려워하지 않았다. '노동해방 쟁취' 머리띠를 두른 김용수가 스크럼 대열 한가운데 서 있다. 노동자들이 형성한 시위 대열 위로 붉은 태양이 찬란하게 떠오른다.

그러나 김영철, 이정훈 등 수많은 대학생이 죽음으로 이 땅의 민주화를 갈망했지만, 세상은 변하지 않았다. 전두환 이후 노태우, 김영삼, 김대중, 노무현, 이명박 그리고 박근혜가 차례로 대통령으로 취임했지만, 민중의 삶은 나아지지 않고 인간답게 살고자 하는 민중에 대한 탄압만 계속되고 있다.

"집회 신청하러 왔습니다."

2016년 봄, 아직은 쌀쌀한 겨울 기운이 남아 있다. 민원인들이 '서울광장 집회 신청'을 하기 위해 서울시청 시설관리과를 방문했다. 집회 신청을 접수받는 50대 초반의 여자 공무원이 민원인에게 신청서를 내준다.

"여기에 집회명 등을 작성해서 주세요."

민원인이 신청서를 작성해서 그 종이를 공무원에게 내민다. 신청서 내용을 여자 공무원이 보고 혼자 중얼거린다.

"민족민주 열사 추모집회라……."

점심 식사를 마친 여자 공무원이 2층 시청 건물 창가에서 동료들과 함께 커피를 마시고 있다. 시청 앞 광장의 시위를 원천봉쇄하기 위해 경찰이 컨테이너 박스를 2층으로 겹겹이 쌓고 있다. 그 광경을 지켜보던 여자 공무원이 한마디 한다.

"저러면 시위대가 택 짜기가 쉽지 않은데……."

여자 공무원의 말을 들은 후배 남자 공무원이 묻는다.

"택이 뭐예요?"

"택? 택은 택틱스라는 영어 단어로, 전술이라는 뜻이야. 예전 전두환 시절에 대학생들이 가두시위를 많이 했는데, 그때 시위 전술 택을 잘 짜던 대학생이 있었어."

"그러면 선배님도 운동권 출신이에요?"

후배의 질문에 여자 공무원이 그냥 씨익 웃어만 준다.

"택을 잘 짰다는 그분 지금 뭐 하세요? 국회의원? 아니면 벤처기업 사장님?"

후배의 질문에 말을 아끼던 여자 공무원이 입을 연다. 목소리가 떨린다.

"그 사람 지금 뭐 하냐면……. 우리들 가슴속에 소중히 있어."

이 말을 마치고 여자 공무원이 눈물을 보이지 않으려 걸어간다. 목발을 짚고 쩔뚝거리며 걸어간다. 1986년 신설동 로터리에서 교통사고를 당한 이화여대 시위 주동자다.

이화여대 시위 주동자였던 여자 공무원이 사무실 자기 자리에 앉아 지갑에서 뭔가를 꺼낸다. 신설동 가두시위 전날, 이정훈에게 받았던 자기 얼굴이 그려진 종이다. 이 그림을 아직도 간직하고 있다. 얼굴 그림이 번져간다. 여자 공무원의 눈물이 그 그림 위에 떨어진 것이다.

그다음 주, 서울시청 앞 광장에서 '민족민주 열사 추모식'이 열리고 있다. 김영철 열사, 이정훈 열사 사진이 위패처럼 상 위에 올려져 있다. 방송, 신문기자들이 취재한다. 시골에서 올라온 김영철 열사의 어머니가 이정훈 열사 부모와 다정하게 인사를 나눈다. 이때 국회의원 권민수가 최지혜의 아버지를 모시고 나타난다.

"자, 자! 여러분, 오늘 이 자리에 귀한 분을 모시고 왔습니다. 1986년에 제가 시위를 주도했던 미국대사관 점거농성 당시, 이정훈 열사가 미국대사관 건물로 들어갈 수 있도록 그 안에서 도와준 사람이 있었습니다."

권민수 의원이 미국대사관 점거농성 시위를 마치 자신이 주도한 것처럼 과대포장한다. 기자들을 향해 사진 좀 찍어달라는 제스처를 잠시 취하고는 다시 말을 이어간다.

"그 사람이 바로 최지혜라는 서울대 학생이었습니다. 이 학생은 이정훈 열사의 점거농성이 있었던 날 실종됐습니다. 제 옆에 계신 분이 실종된 딸을 찾으러 30년을 헤매고 있는 최지혜의 아버님이십니다. 여러분, 박수 부탁합니다."

추모집회에 모인 사람들이 최지혜 아버지를 향해 박수를 친다. 권민수 의원이 의기양양하게 마치 감춰뒀던 비밀인 양 발표한다.

"최지혜는 미국대사관에 근무하면서 이정훈과 저를 비밀리에 돕다가 사라졌습니다. 남들이 봤을 때는 학생운동을 그만둔 것처럼 하고 미국대사관에 취직했던 겁니다. 자, 이제 민주화운동보상법에 따라 저의 학생운동 동기였던 최지혜가 보상금을 받을 수 있도록 하겠습니다. 그리고 지혜와 함께 제가 꿈꿔왔던 사회가 이루어지도록 노력하겠습니다. 그러기 위해선 여러분이 제게 힘을 실어주셔야 합니다."

권민수 의원의 자기 자랑이 끝나자 신문기자 한 명이 손을 든다.

"그런 중요한 일을 한 서울대생 최지혜를 진작 의원님이 밝혀주지, 왜 30년이 지난 지금에야 알려주는 겁니까? 이해가 되지 않네요."

"그거야 그 당시 학생운동이 워낙 보안이라서……"

말문이 막힌 권민수가 말을 얼버무린다. 그런 권민수의 언행을 보던 최지혜의 아버지가 힘겹게 입을 연다.

"저어, 의원님, 의원님 꿈이 뭔지는 제가 잘 모르겠지만, 제 딸아이의 꿈을 함부로 말씀 안 했으면 좋겠습니다. 그리고 민주화운동 보상금도 필요 없습니다. 제 딸 지혜가 돈 때문에 학생운동을 했다고 믿지 않습니다."

최지혜 아버지의 일침에 권민수 의원이 고개를 옆으로 돌린다. 비통한 표정으로 서 있는 최지혜 아버지에게 이정훈 열사의 아버지와 김영철 열사의 어머니가 다가간다.

"저는 이정훈 아버지 되는 사람입니다. 그리고 여기 계신 분은 정훈이와 가장 친했던 김영철 열사 어머니이십니다."

최지혜 아버지가 마침내 자기 딸과 친하던 사람들의 가족을 만났다. 한동안 말이 없던 최지혜 아버지가 들고 있던 가방을 연다. 그 안에서 1986년 비밀 아지트에서 이정훈이 스케치한 최지혜, 김영철의 얼굴이 그려진 종이를 꺼낸다.

"여기 이 학생이 김영철 맞죠?"

김영철 열사 어머니가 자기 아들 얼굴을 발견하고 울음을 터뜨린다. 최지혜 아버지가 김영철 열사 어머니에게 그림을 전해준다. 이정훈 열사의 아버지가 최지혜 아버지에게 고개를 숙인다. 그리고 아들 대신 사과한다.

"미안합니다. 제 아들 때문에 영철이도 죽고 지혜도 실종되고……."

"아닙니다. 제가 왜 그때 딸아이를 이해하지 못하고 데모하는 학생들을 욕했는지 너무나 후회스럽습니다. 그리고……."

최지혜 아버지가 잠시 말을 멈췄다가 진심을 토해낸다.

"제 딸아이를 한 번만 꼭 만나고 싶습니다. 만나서 아버지가 미안하다고……. 딸아이의 마음을 이해해주지 못해 아버지가 정말 미안하다고……. 딸아이 앞에서 무릎이라도 꿇고 싶습니다."

최지혜 아버지의 주름진 얼굴에서 그동안 참고 참았던 눈물이 주르륵 흘러내린다. 이정훈 열사의 아버지가 최지혜 아버지의 손을 꼬옥 잡아준다. 이날 집회를 주최한 단체에서 마지막으로 열사 가족들과 함께 '벗이여 해방이 온다'라는 노래를 합창으로 불렀다. 최지혜의 아버지는 이 노래를 오늘 처음 들었고 가사도 몰랐지만, 끝까지 함께했다.

—— 그 날은 오리라. 자유의 넋으로 살아 벗이여 고이 가소서. 그대 뒤를 따르리니 그 날은 오리라. 해방으로 물결 춤추는 벗이여 고이 가소서. 투쟁으로 함께 하리니 그대 타는 불길로 그대 노여움으로 반역의 어둠을 뒤집어 새날 새 날을 여는구나. 그 날은 오리라 가자 이제 생명을 걸고 벗이여 새 날이 온다. 벗이여 해방이 온다.

2017년 5월 9일 대통령 선거를 앞두고 나라가 시끌벅적하다. 각 당 대통령 후보들의 유세 차량이 하루에도 수십 번씩 거리를 오가며 확성기로 자신을 뽑아달라고 떠들어대고 있다. '민주화실천가족운동협의회' 간사가 사무실 한쪽 벽면 '실종자' 사진 액자가 있는 곳에 최지혜 사진을 새롭게 걸고 있다.

—— 최지혜, 서울대생 1986년 미국대사관 근무 중 실종됨

사진을 걸고 난 간사가 한숨을 쉬며 다른 간사에게 말을 건넨다.

"후우~ 비밀스럽게 지하 활동을 하던 최지혜는 조직 동료인 김영철, 이정훈 열사가 모두 죽는 바람에 묻혀버린 걸 아무도 몰랐던 거잖아요?"

"그렇죠. 영원히 묻혀버릴 뻔했는데……. 이런 분들이 또 얼마나 많겠어요."

45.
산 자여, 답하라!

대통령 선거를 며칠 앞두고 강남의 고급 룸살롱에서 경찰청 핵심 수뇌부와 국회의원 권민수가 함께 술을 마신다. 경찰청 핵심 수뇌부에는 최성식도 포함되어 있다. 권민수가 최성식을 대놓고 칭찬한다.

"최성식 서장은 어떻게 컨테이너 박스로 바리케이드를 쌓아서 시위대 접근을 차단할 생각을 했어요? 아주 대단해요."

"그렇게 생각해주시니 영광입니다, 의원님!"

최성식이 권민수 잔에 술을 성심성의껏 따라준다. 사실 최성식이 아이디어를 낸 컨테이너 박스 바리케이드 작전은 예전 1986년 이정훈이 가리봉 오거리 시위에서 선보인 공사장 판넬 바리케이드에서 최성식이 영감을 받은 것이다.

"우리 최성식 서장은 차기 경찰청장감이야. 전투경찰 소대장 시절부터 시위 진압엔 아주 타고난 전술을 선보였어요. 그나저나 전술이 영어로 뭐더라?"

경찰청장의 물음에 최성식이 바로 답한다.

"택틱스(Tactics)입니다"

"맞아, 맞아. 이제 나이가 드니까 영어 단어도 까먹네."

둘의 대화에 권민수가 끼어든다.

"그래서 학생운동권이 시위 전술 짜는 것을 '택' 짠다고 했잖아요."

"우리 권 의원님은 예전 미국대사관 시위를 주도한 유명한 학생운동권이시잖아요?"

학생운동했던 게 무슨 훈장인 양 어깨에 힘을 주는 권민수의 비위를 최성식이 맞추고 있다.

"제가 그 당시 서대문서 기동타격대 소대장이었는데 미국대사관 시위 대단했습니다. 시위 주동자들은 정의감에 불탔습니다. 권 의원님 같은 분들이 나중에 크게 한자리하실 줄 저는 그때도 알았습니다."

최성식의 아부에 권민수가 거드름을 피운다.

"아~ 다 지난 옛날 이야기인데요. 그러고 보니 여기 계신 최성식 서장을 비롯해 경찰 분들이 우리 운동권 때문에 고생 많이 하셨죠? 제가 학생운동권을 대표해서 사과합니다."

"어이쿠, 사과는요! 다 시위 학생들 덕분에 나라가 민주화되고 발전한 거죠. 그나저나 권민수 의원께서 도와주셔야 최성식 서장이 쭉쭉 뻗어나갑니다."

경찰청장의 부탁에 최성식이 바로 권민수 앞에서 무릎 꿇는 자세까지 취한다.

"알겠습니다."

"의원님, 분위기도 띄울 겸 노래 한 곡 하시죠?"

최성식이 권민수에게 마이크를 공손히 전해준다. 권민수가 마이크를 잡자 룸 안에 있는 즉석 연주 밴드가 노래반주를 시작한다. 권민수가 운동권 가요 '광야에서'를 와이셔츠 단추까지 풀어헤치고 부른다.

"해 뜨는 동해에서 해 지는 서해까지~ 우리 어찌 가난하리오~ 우리 어찌 주저하리오~ 다시 서는 저 들판에서 움켜쥔 뜨거운 흙이여~"

호스티스들이 권민수 옆에서 탬버린을 치며 흥을 돋우고 있다.

같은 시간, 5월 '부처님 오신 날' 행사를 앞두고 서울시청 앞 광장에 대형 철탑 구조물이 설치되고 있다. 그 대형 철탑 구조물을 긴장되게 쳐다보는 50대 중반의 남자들이 서 있다. 그 남자들 중에는 김용수, 전칠성이 있다. 그들 바로 옆에는 가리봉 오거리 시위를 주동했던 노동자 김진철도 함께 있다. 김용수가 등에 배낭을 메고 있다. 1986년 겨울, 이정훈이 미국대사관 점거할 때 모습과 흡사하다.

"용수야, 고생해라."

고등학교 동기 전칠성이 김용수를 꼬옥 안아준다. 이 남자들이 15미터짜리 대형 철탑 구조물로 다가간다. 김용수를 제외한 나머지 남자들이 그곳을 지키는 관리인들에게 말을 걸면서 시선을 다른 데로 돌린다. 그러자 김용수가 재빠르게 철탑 구조물로 올라간다. 그제야 철탑 관리인들이 김용수를 끌어내리려 하지만 늦었다. 데이트 나온 남녀가 이런 모습을 신기한 듯 구경한다. 김용수가 철탑 구조물 난간을 잡고 올라간다. 한 발 한 발 떼면서 올라가는데 이정훈이 분신자살한 미국대사관 건물이 눈에 보인다. 김용수가 잠시 멈춘다.

"이정훈 열사의 뜻 이어받아 민중이 주인 되는 세상을 만들려고 이제 내가 여기를 올라간다."

김용수가 아래를 내려다보며 중얼거린다.

"내가 저 땅을 다시 밟을 수 있을까?"

철탑 맨 위에 올라간 김용수가 부처님 모형이 들어설 공간에 자리를 잡는다.

"부처님, 죄송합니다. 부처님 자리에서 제가 농성 좀 하겠습니다. 이해해주세요."

김용수가 합장 기도를 살짝 한 후 메고 왔던 배낭에서 현수막을 꺼내 아래로 펼쳐 내린다. 그리고 손나발로 구호를 외친다.

"해고는 죽음이다. 노동자도 인간이다. 우리 같이 살자!"

김용수의 외침에 밑에 있던 전칠성, 김진철 등 동료 노동자가 구호를 따라 한다. 높은 곳이라 불어오는 바람에도 구조물이 휘청거린다. 24시간 꺼지지 않는 서울 시내 화려한 조명 불빛이 김용수를 어지럽게 만든다. 자기 몸에 벨트를 묶어 철탑 구조물에 연결한다. 혹시라도 있을 추락을 방지하기 위해서다. 곧이어 경찰 수송 버스가 나타난다. 거기서 내린 경찰들이 소방용 안전 매트리스를 철탑 구조물 주위에 깔기 시작한다.

"짭새 놈들. 죽을 때까지 니들 냄새를 맡는구나!"

김용수가 한마디 내뱉는다.

다음 날 아침, 방송사에서 나온 기자가 시청 앞 철탑 구조물 바로 밑에서 생방송으로 상황을 보도하고 있다.

"신흥전자 해고 근로자 김용수 씨가 해고자 전원 복직을 요구하며 현재 시청 앞 석가탄신일 행사용 철탑 구조물 위에 올라가 농성을 벌이고 있습니다."

5월이지만, 새벽 기온은 턱이 돌아갈 정도로 온도가 떨어져 추위가 심했다. 불안하게 흔들리는 철탑 구조물 위에서 덜덜 떨면서 밤새 잠을 못 이룬 김용수가 웅성거리는 소리에 선잠을 깬다. 작은 공간에 있다 보니 온몸이 구겨진 것 같다. 부스스한 머리를 정돈하고 김용수가 일어나 밑을 향해 구호를 외친다.

"노동자도 인간이다! 부당해고 철회하라!"

경찰 병력이 배치된 시청 앞 광장으로 시민들이 몰려오기 시작한다. 전칠성과 노동자 동료들이 그 밑에서 김용수를 지켜주고 있다. 전칠성이 김용수를 향해 라면 상자를 들어서 보여준다.

"김용수, 이 시발놈아! 밥은 먹고 해라!"

예전 1986년 가리봉 오거리에서 전칠성이 시위를 할 때, 사복 체포조였던 김용수가 친구를 걱정하며 소리쳤던 말이다. 김용수가 위에서 줄을 내린다. 전칠성이 사발면이 들어 있는 라면 상자와 뜨거운 물이 담긴 보온병을 그 줄에 달아준다. 위에서 김용수가 줄을 당긴다.

곧이어 반가운 얼굴들이 나타나기 시작한다. 1980년대 이정훈과 함께 시위 전술 택을 짜며 시위를 주동했던 학생들이다. 남대문 시장 시위를 주동했던 의예과 학생은 의사 가운을 입고 왔다.

"김용수 씨, 몸은 어때요?"

"끄떡없습니다!"

김용수가 의사를 향해 손을 흔들어준다. 농성 중인 김용수를 촬영하는 카메라가 보인다. 대한극장 시위를 주동했던, 영화감독이 꿈이었던 학생이 김용수의 모습을 카메라에 담고 있다. 독립영화 다큐멘터리 감독이 되었다. 그가 옆에 있는 카메라맨에게 주문한다.

"위에서 김용수 씨가 구호를 외칠 때 퀵 줌으로 들어가 주세요."

청량리 로터리에서 끝까지 구호를 외치며 메가폰을 놓치지 않았던 시위주동자는 가족들과 왔다. 투쟁기금 모금함에 성금을 한다. 그리고 김용수를 향해 가족들과 함께 손을 흔들어준다. 봉고차 한 대가 시청 앞 도로에 정차한다. 이 차를 운전한 사람은 민정당 중앙정치연수원 점거 때 차를 몰았던, 몸이 허약했던 이호은이다. 그 차의 조수석에서 한 사람이 내린다. 다리를 저는 50대 남자는 이정훈과 함께 세운상가에서 시위 전술 택을 짰던 소아마비 학생이다. 둘은 차 안에서 모포와 1인용 텐트를 꺼내 철탑 구조물로 갖고 간다. 이정훈의 대학 서클 '사회문화연구회' 후배들의 모습도 보인다. 이정훈의 친구들, 후배들이 철탑 농성을 하는 김용수를 향해 손을 흔들어주며 힘내라고 손뼉도 쳐준다. 그러자 이에 응답하듯 김용수가 주먹을 불끈 쥐고 팔을 내어뻗는다.

"해고는 죽음이다. 노동자도 인간이다. 우리 같이 살자!"

이정훈의 친구들이 오른팔을 높이 치켜들고 함께 구호를 외친다. 동조하는 시민들의 수가 늘어나자 경찰 병력이 긴장하며 철탑 밑 접근을 적극적으로 막기 시작한다. 이때 시청 광장 앞을 지나가는 검은색 승용차 한 대가 있다. 그 안에는 남대문 경찰서 서장 최성식이 타고 있다. 철탑 구조물 위에서 농성하는 모습을 보고 최성식이 지껄인다.

"미친 새끼들! 니들이 그런다고 세상이 변할 거 같냐?!"

서울시청 건물 2층에서는 이화여대 시위 주동자였던 여자 공무원이 철탑 농성 시위를 보고 있다. 김용수가 계속 외치는 구호가 귀에 들려온다. 여자 공무원의 여린 눈빛이 변한다. 가녀린 손에 힘이 들어간다. 주먹을 힘껏 쥐고 여자공무원이 서서히 손을 들어 올린다. 그의 입은 비록 움직이지 않지만 큰 소리로 세상을 향해 외치고 있다.

수많은 민주 인사와 학생 들을 고문했던 남영동 대공분실은 현재 경찰청 남영동 인권센터로 변했다. 세운상가 건물을 설계한 세계적인 건축가 김수근의 또 하나의 작품이 남영동 치안본부 대공분실이라는 게 밝혀졌다. 이에 대해 김수근의 유가족은 어떠한 입장도 표명하지 않고 있다. 이해가 된다. 한국은 친일파 세력을 척결하지 못하고 그 후손들이 부귀영화를 누리며 오늘날까지 떵떵거리며 살고 있는데, 학생 민주 인사들을 고문할 건물을 지은 것을 귀찮게 반성까지 하랴.

그렇지만 이 땅의 민주화를 위해, 민중이 주인 되는 평등한 사회를 건설하기 위해 거리에서 전투경찰들과 싸우며 고문을 당하면서까지 지키려 한 그분들의 고귀한 꿈을 실현하는 게 살아남은 우리들의 몫이다.

남생농 내콩분실 건물

<감수의 글>

그 시대.

그들은 달렸다. 앞만 보고 달렸다.

그들은 "역사의 필연성"을 믿었고, 그들에게 그 역사의
주체는 '민중'이었다.

그들은 전체 운동의 "선도체"를 자임했는데,

그 말은 학생운동이 앞장서 싸워 민중이 주체로 서도록
도와야 한다는 것이었다.

그러므로 그들에게 뒷걸음질이란 있을 수 없었다.

"이 길을 가는 동안 지쳐 쓰러져도" 그들은 굴하지 않았다.

하지만 그 시대.

그들은 손잡고 껴안고 함께 울었다.

끌려가는 선배를 지키지 못한 날, 소주를 부으며 울며
노래를 불렀다.

잘 지내냐는 엄마의 시외전화에 짜증을 부리며 거짓말
한 날,

단호한 얼굴 밑의 가슴속에는 눈물이 차오르고 있었다.

그들에게 그 길은 사랑의 길이었다. 사람의 길이었다.

"어머니 해맑은 웃음의 그날"을 위해 그들은 자신의 삶
을 불살랐다.

『소설 6월10일』은 그 시대에 대한 기록이다.

그 시대, 함께 달리고 함께 껴안고 울었던 사람들에 대한 기록이다.

글을 읽는 동안 내내 그때의 광경이 영화 장면처럼 눈앞에 떠올랐다.

그것은 작가 김형진의 글이 갖고 있는 시각적 미덕 덕분이지만,

그 이전에 그 시대에 대해 품고 있는 작가의 애정 탓일 것이다.

독자들은 글 곳곳에 배어 있는 그 애정을 느낄 수 있을 것이다.

1980년대에 운동하던 사람들이 '변했다' '변절했다'는 말이 있다.

하지만 그런 사람들은 언론에 오르내리는 몇몇에 불과하다.

대부분의 사람들은 이 유명인사들만큼 '화려'하지는 않겠지만,

그때의 소중했던 마음을 잃지 않은 채 열심히 살고 있다.

이 책은 그 평범한 보통 사람들에 대한 '오마주'다.

그 시대의 우리에 대해 우리는 부끄럽지도 자랑스럽지도 않다.

우리는 해야 할 일을 했을 뿐이다.

우리는,

살았을 뿐이다.

김찬휘(정치경제연구소 '대안' 부소장)